KB054221

생각·글·말

내안의 가능성을 보다

한 혜 경 지음

한 혜 경

이화여대 영문과를 졸업하고 같은 대학 국문과에서 『채만식 소설의 언술구조연구』로 박사학위를 받았다. "세속도시의 꽃-하성란의 소설읽기"로 문학평론 등단, "어느날 백화점에서"로 수필 등단, 평론가와 수필가로 활동하고 있다.
이론서 및 평론집으로 『패러디 소설연구』(공저), 『소설가 소설연구』(공저), 『상상의 지도』, 『말·글·삶』 등이 있고, 수필집으로 『삽시 섬』(공저), 『벽에게 묻다』(공저), 『아주 오랫동안』 등이 있다.
1997년부터 명지전문대학 문예창작과에서 소설의 역사와 이론, 창작을 가르치고 있다. 2005년부터 글쓰기수업을 진행하면서 더욱 많은 학생들이 글쓰기와 친해질 수 있는 방법을 고심하고 있다.
문학작품을 읽고 글을 쓰는 것은 좀 더 아름다운 삶을 향해 나아가는 과정이라는 사실을 깨닫는데 내 강의가 도움이 되기를 바라면서 강의실에 들어간다.

생각·글·말-내 안의 가능성을 보다

2013년 9월 5일 3쇄 인쇄
2013년 9월 10일 3쇄 발행

지은이 한 혜 경
펴낸이 한 신 규
편 집 이 은 영
마케팅 안 혜 숙
펴낸곳 도서출판 문현
등 록 제2009-14호(2009년 2월 23일)
주 소 138-210 서울특별시 송파구 문정동 99-10 장지빌딩 303호
전 화 Tel.02-443-0211 Fax.02-443-0212
E-mail mun2009@naver.com

ISBN 978-89-94131-52-8 93810 정가 16,000원

머리말

자신의 생각을 정확하게 전달하는 것은 사회 구성원으로 살아가는 데 꼭 필요한 의사소통능력이다. 21세기 들어와 창의적이고 능동적인 인재를 요구하면서 이 능력은 더욱 중요해지고 있다.

그러나 우리의 교육환경은 의사소통능력을 키우는 데 큰 관심이 없었다고 할 수 있다. 입시 위주의 획일적 교육환경은 사고력이나 표현능력을 기르기보다 주어진 정답을 암기하는 데 더 무게중심을 두었기 때문이다.

그 결과 우리는 독창적 사고와 명확한 의사표현, 타인의 의견을 경청하는 태도를 올바로 배우지 못했다고 할 수 있다. 따라서 대학에서의 글쓰기와 말하기 교육은 창의적이고 논리적으로 생각하고 자신의 의견을 바르게 표현할 수 있도록 하는 데 초점을 두어야 할 것이다.

이를 위해 우리 대학은 2005년 1학기에 「글쓰기와 말하기」를 교양과목으로 신설하였다. 초기부터 이 과목을 담당하면서 많은 학생들이 글쓰기와 말하기에 대한 두려움을 갖고 있으며 글쓰기는 어렵고 따분하다는 선입관을 갖고 있음을 느낄 수 있었다. 그러나 직접 써 보고 말하기 연습을 반복함으로써 많은 학생들이 자신감을 얻는 것을 발견하게 되었다.

또 하나 새삼 확인한 점은 우리 학생들이 입시위주 교육에 길들여 있다 보니 책을 읽거나 생각하는 일에 익숙하지 않다는 사실이다. 말하기와 글쓰기 기술을 익히는 것도 중요하지만 자신과 이웃, 사회에 대해 생각해보고 책을 통해 사고력을 키우는 것이 병행되어야 한다는 생각에 생각하기와 읽기 부분을 덧붙인 글쓰기와 말하기 교재를 발간하게 되었다.

이 책은 크게 생각하기와 읽기, 말하기와 글쓰기의 네 부분으로 나누었으며 학생들이 대학생활과 일상적 삶에 실용적으로 활용할 수 있도록 구성하였다. 읽기는 모두 12주제를 선정하여 이와 관련된 글을 읽고 함께 토의할 수 있게 하였다. 또 글쓰기에 대한 부담을 줄일 수 있도록 글쓰기에 들어가기 전 창의성 훈련과 놀이처럼 글쓰는 과정을 넣었다. 그리고 무엇보다 실제 연습이 중요하므로 이론을 줄이고 연습을 통해 실력을 늘릴 수 있도록 하였다.

보다 많은 사람들이 책읽기를 통해 사고력을 키우고 말하기와 글쓰기 연습을 통해 자신이 생각하는 것을 정확히 전달할 수 있기를 바란다.

이 책을 완성하는 데 많은 참고문헌과 자료들의 도움을 받았다. 예문으로 인용된 글을 쓰신 분들께 깊이 감사드린다.

부족한 내용을 세련된 표지 디자인으로 돋보이게 해 주신 우리대학 나혜영 교수님께 감사의 마음을 전하며, 바쁜 가운데 책을 깔끔하게 만들어주신 문현 출판사 여러분께도 감사드린다.

2012년 2월

한 혜 경

차례

삶과 생각

읽기

말하기

글쓰기

부록

삶과 생각

제1장 삶과 생각

글은 글 쓴 사람의 생각을 바탕으로 하고 그 생각은 그의 삶과 가치관에서 나오기 때문에 삶과 생각은 글을 낳는 어머니라 하겠다. 즉 삶이 바르고 생각이 반듯해야 바른 글이 나올 수 있다.

시대가 변화함에 따라 요구되는 인간형과 지배적인 가치관이 변하기 마련이지만 변함없이 지켜야 할 것들도 있다. 인간의 존엄성과 자유나 사랑 등 인간답게 사는 길에 대한 생각은 언제나 중요하다. 즉 우리는 변하는 상황에 어떻게 대처할 것인가를 고민하면서 아울러 시대변화와 상관없이 지켜야 할 가치들과 인간다운 삶에 대해 생각해야 한다.

20대 젊은이들이라면 연애나 친구 이야기, 취미와 학교생활, 부모님이나 형제자매, 취업과 미래에 대한 생각에 많은 관심을 갖고 있을 것이다. 늘 이러한 것들에 대해 생각하고 고민하며 친구들과 이야기하기도 할 것이다. 이 생각들은 삶과 밀접하게 연관된 것들이며 그만큼 중요한 것임에 틀림없지만 자기 성찰적인 지혜로 이어지지 않는다면 큰 의미가 없다.

자신의 생각을 솔직하게 표현하는 것과 다른 입장이나 의견은 아랑곳없이 자신의 문제에만 천착하는 것은 다르다. 거리낌없이 자신을 드러내는 당당함을 긍정적으로 여기는 사회분위기 속에서 성찰적 태도는 소심함으로 오해되기도 한다. 그러나 성찰 없이 자신의 입장을 감정적이고 직설적으로 풀어놓는다면 대중주의와 포퓰리즘만 우세하게 할 뿐이다.

또한 정직한 대면이 필요하다. 부풀리거나 왜곡하거나 환상이 개입된 것은 아닌지 늘 검토할 필요가 있다.

그리고 열린 시각이 중요하다. 우리 사회가 좀 더 유연해지기 위해서는 선입견이나 고정관념과 같은 사고로부터 자유로운 태도를 지향하고, 흑백논리와 같은 경직된 사고로부터 벗어나야 할 것이다.

제2장

나와 주변의 삶 돌아보기

누구나 처음부터 깊은 사고를 하고 높은 교양을 지니는 것은 아니다. 평소 생각해 보지 않았던 것일지라도 우리 사회에서 문제가 되고 있는 것들을 무심히 지나치지 말자. 관심을 갖고 중요한 사안들을 생각하다 보면 조금씩 사고가 성장해 가는 것을 느낄 수 있을 것이다.

생각하기를 어렵게 여기지 말자. 우리 주변에서 일어나는 이야기들에서 시작하면 된다. 가령 집에 연로하신 할아버지가 계시는데 치매에 걸려 모든 가족이 고생하고 있다. 이때 인간의 생명과 존엄성에 대해 생각해 볼 수 있다.

친구가 좋지 않은 부탁을 한다. 이것을 들어줘야 할 것인가, 양심과 우정 사이에서 어느 것을 택할 것인가? 애인이 늘 사랑을 강요한다. 부모님도 사랑을 강요한다. 사랑은 의무인가?

고등학생일 때는 자유로운 대학생활을 꿈꿔 왔을 것이다. 그런데 막상 대학에 들어와 진정한 자유를 누리고 있는가? 나는 진정으로 자유를 원하는가, 아니면 부담스러워하는가?

나는 정직하게 최선을 다해 일하는데 다른 사람은 요령껏 일한다. 나도 적당히 할까 아니면 원칙대로 해야 할까. 진리를 추구하며 살아야 한다고 배워왔지만 그렇게 살기가 쉽지 않다. 그래도 진리를 좇아야 하나, 진리가 우리 마음을 불편하게 할 때 진리 대신 우리에게 위안 주는 환상을 좇아도 좋을까 등등, 우리가 마주치는 일상에서 생각할 만한 것은 매우 많다.

시선을 주변으로 돌려보면 여러 가지 문제로 힘겨운 사람들이 많다. 나와 나의 가족이 행복하다면 상관없는가? 아니면 다함께 행복한 것이 좋은 것일까?

'타자의 자리에 자기를 놓을 줄 아는 능력, 곧 타자에 대한 상상력'이 교양의 본질이라는 말이 있다. 타인의 삶의 기쁨과 슬픔에 얼마나 절실하게 공감하고 이해할 수 있는가?

최근 가족의 해체로 방치되어 온전한 보호를 받지 못하는 아이들이 늘고 있다. 삶의 수준이 높아진 것 같지만 한편으로 부의 편중현상이 심화되고 빈부격차가 심해졌다. 다함께 행복한 사회가 되려면 무엇이 필요할까? 개인은 무엇을 해야 하며 정부 차원에서 해야 할 일은 무엇일까?

이처럼 주변을 돌아보고 나뿐 아니라 그들의 문제에 대해 고민하고 해결방법을 모색해 보는 과정을 통해서 사고력이 늘어가고 좀 더 나은 삶을 지향하게 될 것이다. 그리고 떠오른 생각을 글로 옮기는 과정에서 그 생각은 더욱 깊어질 수 있으며 다 쓴 글을 읽어보며 고치는 과정에서 논리적 사고가 형성된다.

생각해보기

1. 이제까지 살아오면서 고민했던 적은 없었는지, 있었다면 무엇에 대해 고민했는지 생각해 봅시다.

2. 내 삶을 변화시킨 계기가 있었나 생각해 봅시다.

3. 존경하는 인물이나 내 삶에 영향을 준 인물에 대해 이야기해 봅시다.

제3장

생각열기

우리나라의 교육환경은 창의적 사고를 북돋아 주기보다는 정답 맞추기에 초점이 맞춰져 왔다. 정답 이외의 답을 말하거나 다른 생각을 말하는 것은 웃음거리가 되기 쉬우므로 자신의 생각을 자유롭게 말하는 것을 두려워하게 된다. 이것이 정답일까 아닐까, 내가 말할 때 실수하지 않을까, 웃음거리가 되지 않을까, 이 말을 해도 괜찮을까 하는 걱정이 앞서는 것이다. 대학에 와서 질문이나 토론시간이 허용되어도 원활하게 진행되지 않는 것은 정답 맞추는 데 익숙하기 때문이다.

다음의 글들은 입시위주 교육환경에서 자란 학생들이라면 공감할 수 있는 내용들이다. 학교에 대한 생각과 학생들의 심리상태를 읽어보자.

나는 책을 읽음에 있어 정독을 하지 못하고 건성으로 읽는 버릇이 있다. 이 습관이 형성된 것은 중학교 때부터인 것 같다. 초등학교 때까지는 교과서보다 동화책, 위인전기, 세계문학책을 더 많이 읽었다. 책의 내용보다 어느 책을 얼마만큼 읽었나를 더 중요하게 여겼다. 부모님의 강요에 의해 읽어서 그런 것 같다. …(중략)…

지금은 성격이 많이 활달해졌지만 그때만 해도 너무 내성적이어서 친구들과 잘 어울리지 못하고 집에서 소설책을 읽으며 시간을 보냈다. 그러나 중학교에 들어오니 초등학교 때와는 다른 환경이 나를 기다리고 있었다. 공부에 대한 압력이 학년이 올라갈수록 가중되어 공부에 대한 심한 히스테리를 일으킬 정도였다. 교과서와 관계없는 책을 읽는다는 것은 시간낭비처럼 느껴졌다. 그래서 자연적으로 책들을 멀리하게 되었다.

– 학생의 글

됐어 됐어 이젠 그런 가르침은 됐어
그걸로 족해 족해 족해 내 사투로 내가 늘어놓을래
매일 아침 일곱 시 삼십분까지 우릴 조그만 교실로 몰아넣고
전국 구백만의 아이들의 머릿속에 모두 똑같은 것만 집어넣고 있어
같은 것만 집어넣고 있어
막힌 꽉 막힌 사방이 막힌 널 그리곤 덥석 모두를 먹어 삼킨
이 시커먼 교실에서만 내 젊음을 보내기는 너무 아까워
좀 더 비싼 너로 만들어주겠어 네 옆에 앉아있는 그 애보다 더
하나씩 머리를 밟고 올라서도록 해 좀 더 잘난 네가 될 수가 있어
왜 바꾸진 않고 마음을 조이며 젊은 날을 헤맬까
왜 바꾸진 않고 남이 바꾸길 바라고만 있을까
국민학교에서 중학교로 들어가면 고등학교를 지나 우릴 포장센터로 넘겨
겉보기 좋은 널 만들기 위해 우릴 대학이란 포장지로 멋지게 싸버리지
이젠 생각해 봐 대학, 본 얼굴은 가린 채 근엄한 척할 시대가 지나버린 건
좀 더 솔직해 봐 넌 알 수 있어

– 서태지와 아이들, 「교실이데아」에서

가정에서 "예, 예" 하고 학교에서 "예, 예" 하며
입시 전쟁터에서 살아남은 우리
12시간을 한자리에 앉아 있을 수 있는
교과서와 문제집에 통달한 훈련된 우리
'꿈' 많은 부모님의 장한 아들과 딸
'선진조국'의 자랑스런 국민

교과서에 없는 질문은 하지 마세요, 선생님
正典을 외울 때가 행복했어요, 선생님
괴로운 고3이라니요, 괴로운 대학이지요!
명령해 주세요, 권위 있는 소리로,
문제의식도 주시고 그 해답도 주셔야지요.
현실 보는 눈을 따로 갖고 싶지도 않아요.

– 조혜정, 「예비지식인의 책읽기 반성」에서

첫 번째 예문은 우리나라 학생들 대부분이 공감하는 내용일 것이다. 입시위주의 공부에 치우쳐 자연스러운 독서 욕구가 제한되고 타율적으로 주어진 책들만 읽다 보니 건성으로 책을 읽고 책을 멀리하게 된 경험을 말하고 있다.

두 번째 예문은 획일화된 학교교육을 날카롭게 비판하고 있다. 대학으로 가기까지의 교육과정이란 포장에 불과하다는 것을 지적하며 솔직해져야 함을 외치고 있다. 그러나 바꾼다는 것은 어려운 일이다. 그래서 스스로 바꾸려고 하지 못하고 남이 바꾸길 바라는 소심함을 답답해 하고 있다.

세 번째 예문은 이러한 소심함이 대학에 와서도 극복되기 어려움을 보여준다. 자유가 주어졌지만 그동안 너무 오랫동안 길들여져 있어 자유를 만끽하지 못함을, 정답 맞추기에 익숙해서 문제를 타개할 능력이 없음을, 타개하기 두려운 마음을 토로하고 있다.

이는 우리사회가 획일화되고 수동적인 측면을 갖게 된 한 요인을 보여준다. 주어진 문제에 이의를 달지 않고 '예, 예' 하고 수긍하는 데 익숙하다 보니 토의나 토론문화가 형성되기 어렵다. 그래서 어떤 이슈가 생기면 차분하게 따져보며 토론하기보다 감정적 대응이 앞서는 것이다.

정답에서 조금 벗어나 보자. 정답이라고 알려졌던 것에서 거리를 두고 바라보면 조금 다른 것들도 보일 것이다. 우리가 갖고 있는 생각이 스스로 생각한 결과가 아니라 위에서부터 주어진 것은 아닌지 살펴보자. 자신만의 견해를 갖도록 애써보자.

고정관념 혹은 지배적 담론 다시 보기

우리에게는 자연스럽게 학습된 고정관념이 많다. 한 번도 그 개념의 진위를 의심해보지 않은 채 살아가는 사람이 많다. 가령 '현모양처'와 같은 개념은 오래전부터 있어온 것으로 알지만 조선시대 이후 가부장적 이데올로기에 의해 형성되어 내려온 것이다.

사회가 변화하면 그 사회를 지배하는 이데올로기와 취향이 따라서 변한다. 예를 들면 최근 한국사회에서 생각하는 아름다운 여성의 조건은 과거나 다른 사회의 조건과 같지 않다. 풍만한 여성이 미인의 조건이 되는 시대나 사회가 있는가 하면 입술이 두꺼운 여성이 미인인 사회도 있는 것이다. 또 시란 아름다운 표현으로 이루어진 함축적 문학이라는 생각이 지배적이지만 비어나 욕설이 담긴 산문처럼 긴 시도 있을 수 있다.

다음의 사진을 보자.

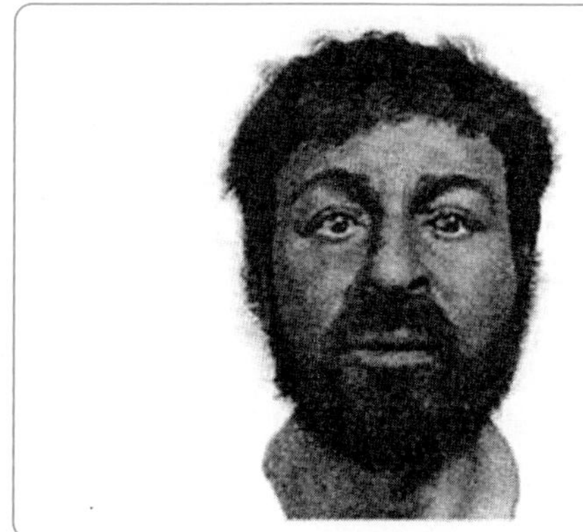

오른쪽 사진은 기독교인이 아니더라도 알 수 있을 정도로 널리 유포된 예수의 얼굴이다. 그러나 왼쪽 사진은 낯설 것이다. 이것은 영국 방송사 BBC에서 예수가 살았던 시대 유대인의 얼굴을 참작해서 복원한 예수의 모습이다. 따라서 뭉뚝한 코에 갈색 피부, 짧은 고수머리를 한 왼쪽 사진이 실제 예수 모습에 가깝다고 할 수 있다. 그러나 우리 머릿속에 각인된 예수의 모습은 잘생기고 구불구불한 긴 머리에 좀 마른 오른쪽 모습이다. 이는 백인들의 이미지에 맞게 그려진 것을 그대로 받아들여 인식한 결과이다.

요즘 대중매체가 발달함에 따라 그에 의한 이미지 전달 파급이 매우 신속하고 광범위하다. 광고나 TV드라마 등에서 파급되는 이미지는 진위 여부를 따지지 않고 쉽게 대중들의 머릿속에 각인된다. 가령, 외모가 못났으나 유능한 사람이 있고 뚱뚱하지만 성실하고 똑똑한 사람들이 존재할 수 있으나, 대중매체에서 뚱뚱한 사람을 게으르고 어리석거나 욕심이 많은 자, 능력 없는 자로 그리면 그렇게 인식되는 것이다.

007시리즈와 같은 영화를 보면 주인공은 잘생긴 백인인데 비해 악당들은 아시아인이나 아랍인, 흑인들이 맡는다. 관객들은 자신도 모르게 백인은 선한 이미지로, 유색인종은 부정적 이미지로 받아들이게 된다.

여성에 대한 고정관념도 상당히 많다. '여성적' 이라는 표현은 다소곳하고 조용한 여성의 이미지를 양산하며 말이 많은 여자는 나쁜 여자라는 인식을 심어 준다. 대체로 아름다운 여성은 하얗고 날씬하며 조용한 반면에 못생긴 여성은 검고 뚱뚱하고 수다스러운 모습으로 표현됨으로써 여성에 대한 왜곡된 선입견이 만들어지는 것이다.

지금 각자 인어공주나 신데렐라의 모습을 떠올려보자. 그 이미지가 어떠한가? 어릴 때 동화책을 읽기 전에 먼저 디즈니 만화를 접했다면 머릿속에 각인된 인어공주나 신데렐라의 이미지는 디즈니만화에 등장하는 모습일 것이다. 글로만 제시될 경우는 최대한 상상력을 동원할 수 있으나 그림이 곁들여지면 그것에 맞추게 되어 상상력이 제한되는 결과를 가져오기 때문이다.

다음 그림과 예문은 우리에게 익숙한 고정관념을 뒤집은 경우이다.

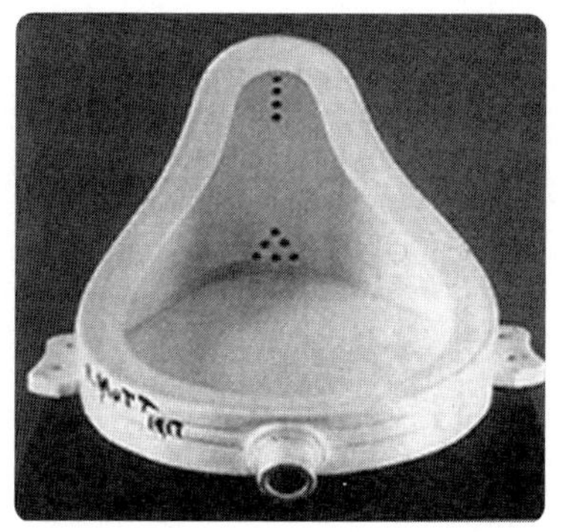

위의 그림은 변기이다. 이를 보고 아무도 예술품이라고 생각하지 않을 것이다. 그런데 뒤샹은 이 변기를 미술관에 가지고 와서 '샘' 이란 제목을 붙여 전시하였다. 당연히 많은 논란을 불러일으켰고 예술이란 무엇인가에 대한 기존의 생각을 뒤집어볼 수 있는 기회를 주었다.

예술품이란 한 예술가에 의해 창조된 것이며 아름다운 가치를 지닌 작품이라고 할 때, 공장에서 생산되고 배설과 관련된 이미지를 갖고 있는 변기를 '샘' 이라는 예술품과 연관짓기는 어려운 일이다. 그러나 변기에 담긴 물에서 샘을 연상할 수도 있고 변기에 앉아 생각이 샘솟듯이 솟아오를 수도 있으므로 변기를 '샘' 으로 명명할 수도 있는 것이다. 그리하여 뒤샹의 '샘' 은 예술에 대한 기존의 고정관념을 흔든 신선한 도전으로 받아들일 수 있다.

그러나 자신이 있음으로 해서 딸이 몹시 거북해한다는 것을 그녀도 잘 알고 있었으며 나는 그녀가 자신의 신체적 우월감 때문에 은밀한 기쁨을 느꼈다는 점을 부정하지 않겠다. 그렇다면? 그녀는 어떻게 해야 했는가? 모성애의 이름으로 사라져 버리는 것? 그녀도 어쩔 수 없이 나이를 먹었지만 이레나의 반응 속에 나타나는 자신의 힘을 의식하고는 다시 젊어지는 것을 느꼈다. 겁에 질려 왜소해진 이레나의 모습을 가까이서 보면서 그녀는 자신이 위압적인 우월감을 누리는 순간들을 가능한 한 연장시켰다.

위의 예문은 밀란 쿤데라의 소설『향수』의 일부분이다. 자유를 찾아 조국을 떠나온 주인공 이레나가 17년만에 어머니를 만나는 장면이다. 오랜만에 딸을 만난 뒤 그녀의 어머니가 느끼는 생각이 묘사되고 있다. 소심한 딸이 자신의 활력에 밀려 불편해하는 것을 보며 우월감을 즐기는 이레나 어머니의 내면은 흔히 어머니에게서 연상되는 절대적인 모성과 거리가 있다. 어머니 역시 인간으로서 모성 이외에 여러 가지 미묘한 심리가 있음을 보여주는 대목이다.

다음 그림을 보자.

이것은 쌩 떽쥐베리의「어린 왕자」에 나오는 보아뱀 그림이다. 위의 그림은 모자처럼 보이지만 통째로 삼킨 코끼리를 소화시키고 있는 보아뱀을 그린 것이다. 그림을 본 모든 어른들이 모자라고 대답하지만 후에 우연히 만난 어린왕자는 단번에 보아뱀임을 알아본다. 이 이야기는 어른이 되어 고정관념에 익숙해지면서 그것을 넘어서는 상상력이 고갈되고 있음을 보여준다.

그러므로 이처럼 굳어진 우리의 생각을 뒤집어 볼 필요가 있다. 어렸을 때 엉뚱한 생각을 한 적이 없었는지, 어른의 시선이 개입하지 않은 순수한 어린이의 시선으로 바라본 적은 없었는지 기억해보고, 상상력을 살려보자.

상상력은 단지 기발하거나 문학적인 상상력만을 의미하는 것이 아니다. 직접 경험해보지 않은 어떤 상황을 자신이 경험한다면 어떻게 될까 하는 생각에도 상상력은 필요하다. 곧 상상력은 다른 상황에 대한 이해 또는 포용이 전제되는 행위이기도 하다.

상상은 발상의 전환을 가져온다. 겉으로 보이는 모습만이 다가 아니라 뒤에 숨겨진 것이 있음을 보게 하며 좁은 시야를 확장시킨다. 발상의 전환을 위해서는 익숙한 것을 그대로 수용하기보다 한번 뒤집어보는 것이 필요하다. 어릴 때부터 들어와 익숙한 이야기나 상황을 패러디해보기, 이야기 후반 다시 쓰기, 동화 다시 읽기는 고정된 사고를 일깨우는 신선한 자극이 될 것이다.

특히 패러디는 기존에 존재하는 익숙한 이야기를 한편으로 모방하면서 다른 한편으로 변형시키는 것으로 기존의 생각을 재구성하거나 뒤바꾼다. 굳어진 사고를 일깨우고 다시 생각하게 함으로써 새로운 가치를 만들어내는 것이다.

다음 패러디된 작품들을 읽어보고 무엇을 어떻게 다르게 썼는지 생각해보자.

정오쯤에는 너무 어두워져서 게들을 던져버리고 돌아오던 펠라요는 마당의 뒤켠에서 신음하며 움직이는 것이 무엇인지 얼핏 알아볼 수 없었다. 가까이 다가가서야 그는 그것이 진흙속에 고개를 박고 있는 아주 늙은 노인인 것을 알아볼 수 있었는데, 그 노인은 거대한 날개 때문에 아무리 애를 써도 일어날 수가 없었다.

그 악몽과도 같은 장면에 놀라서 펠라요는 아픈 아이에게 습포를 갈아주고 있던 아내 엘리센다에게 달려가 그녀를 마당 뒤로 데리고 갔다. 그들은 놀라서 말을 잊은 채 그 쓰러진 노인을 바라보았다. 그 노인은 넝마주이처럼 허름한 옷을 입고 있었다. 대머리에는 몇 가닥 퇴색한 머리칼이 붙어 있었고, 이빨은 거의 없었으며, 물에 젖은 증조 할아버지 같은 그의 모습에서는 혹시 예전에는 갖추고 있었을지도 모르는 위풍을 전혀 찾아볼 수 없었다. 그의 더럽고 반쯤 꺾인 날개는 영원히 진흙 속에 엉켜버린 것 같았다. 그 노인을 너무나 오랫동안 자세히 바라보고 있었기 때문에, 펠라요와 엘리센다는 점차 그의 모습에 익숙해졌다. 그들이 말을 걸자, 그 노인은 선원의 목소리로, 알 수 없는 방언을 뭐라고 중얼거

렸다.(중략)

더군다나, 그 천사와 연관된 몇 가지 기적들은 상당히 정신적 혼란을 초래하는 것들이었다. 예컨대 소경이 눈을 뜨는 대신에 세 개의 새 이빨이 났다든지, 중풍병자가 걸을 수 있게 된 대신 복권에 거의 당첨될 뻔 했다든지, 또는 나병환자의 상처에서 해바라기가 피어났다든지 하는 것들이 바로 그것이었다. 그러한 기적들은–사실은 조롱처럼 보였지만–벌써 천사의 평판을 나쁘게 하고 있었고, 드디어는 그 거미여인이 천사를 완전히 파멸에 빠뜨렸다.

– 가브리엘 가르시아 마르케스, 「거대한 날개를 가진 노인」에서

내가 단추를 눌러주기 전에는
그는 다만
하나의 라디오에 지나지 않았다

내가 그의 단추를 눌러주었을 때
그는 나에게로 와서
전파가 되었다.

내가 그의 단추를 눌러준 것처럼
누가 와서 나의
굳어버린 핏줄기와 황량한 가슴 속 버튼을 눌러다오.
그에게로 가서 나도
그의 전파가 되고 싶다

우리들은 모두
사랑이 되고 싶다

끄고 싶을 때 끄고 켜고 싶을 때 켤 수 있는
라디오가 되고 싶다.

– 장정일, 「라디오와 같이 사랑을 끄고 켤 수 있다면」

옛날 어느 왕국에 피부가 희고 머릿결이 칠흑같이 검은 흑설공주가 태어났다. 왕비가 죽은 뒤 왕은 재혼을 했는데, 그 여인은 유명한 마법사이면서 아름다우며 성품도 온화한 여인이었다. 왕의 신하 중에 헌터 경이라는 자가 있는데 그는 교활한 자로서 신분상승을 위해 공주와 결혼하고자 애를 쓰며 심지어 폭력으로라도 공주를 소유하려고 한다.

새 왕비는 진실을 말하는 거울이 세상에서 제일 아름다운 사람은 흑설공주라고 말해도 분노하지 않는다. 공주의 마음을 사는 데 실패한 헌터 경은 왕비의 질투심을 부추겨 공주와의 사이를 이간질하려고 시도하나 왕비는 계모와 전처의 딸과 사이가 좋을 수 있으며 자신은 흑설공주를 좋아한다고 말한다.

그러나 헌터 경의 모략을 눈치채고 위험을 느낀 왕비는 이웃 난쟁이나라에 까마귀를 보내 일곱 난쟁이들을 불러온다. 그들에게 보석을 주며 흑설공주가 어려움에 빠지게 되면 도와주고 헌터 경을 감시해 달라고 부탁한다.

마침내 이웃나라의 왕자가 흑설공주에게 청혼하러 오게 되고 급해진 헌터 경은 왕자가 오기 전날, 공주를 납치하려 한다. 그러나 난쟁이들 때문에 실패하고 그들에게 끌려간다. 흑설공주는 왕자와 행복한 결혼을 하고 왕과 왕비와 함께 오래도록 행복하게 살아간다.

– 바바라 G. 워커, 「흑설공주」 요약

'노(no)' 를 거꾸로 쓰면 전진을 의미하는 '온(on)' 이 된다.

모든 문제에는 반드시 문제를 푸는 열쇠가 있다. 끊임없이 생각하고 찾아내어라.

– 노먼 빈센트 필

생각해보기

1. 자신이 잘 안다고 생각했는데, 잘못 알고 있었음을 발견한 경험이 있는지 이야기해 봅시다.

2. 어릴 때 엉뚱한 생각이나 말을 하여 웃음거리가 되었던 적은 없었는지 생각해 봅시다.

과제 1

학 과

학 번

이 름

제출일 20 . . .

다음은 보르헤스의 소설 「환상지도」의 일부이다 .

각기 상상 속의 나라를 한번 만들어보고 그 지도를 그려봅시다.

(틀뢴의) 북반부의 언어에서는 기본 요소가 동사가 아니라 단음절의 형용사이다. 사람들은 달moon이라고 말하는 대신, '어둡고 둥근 그 위의 투명한airy-clear over dark-round' 이나 '하늘 위의 옅은 색 오렌지 같은orange-faint-of-sky' 이라고 말한다. (중략)

두 가지 감각, 즉 시각과 청각으로 된 사물들도 있다. 예를 들면, 일출의 색조와 멀리서 지저귀는 새소리가 합쳐져서 만들어진 사물이 있을 수 있다. 또는 많은 요소들이 합쳐져 만들어진 사물들도 있다. 예를 들면, 어떤 사물은 태양, 헤엄칠 때 가슴에 부딪치는 물살, 눈감으면 보이는 희미한 홍조, 강물 또는 꿈결에 휩쓸려가는 느낌 등이 합쳐져서 만들어졌다.(중략)

틀뢴의 고전문화도 간과할 수 없다. 틀뢴에서는 심리학만이 유일한 학문이었고 나머지는 심리학의 주변학문이었다. 틀뢴 사람들은 우주가 일련의 정신적 과정이며 오로지 시간 단위로서만 이해될 수 있는 것으로 생각한다고 앞서 말한 적이 있다.

절
취
선

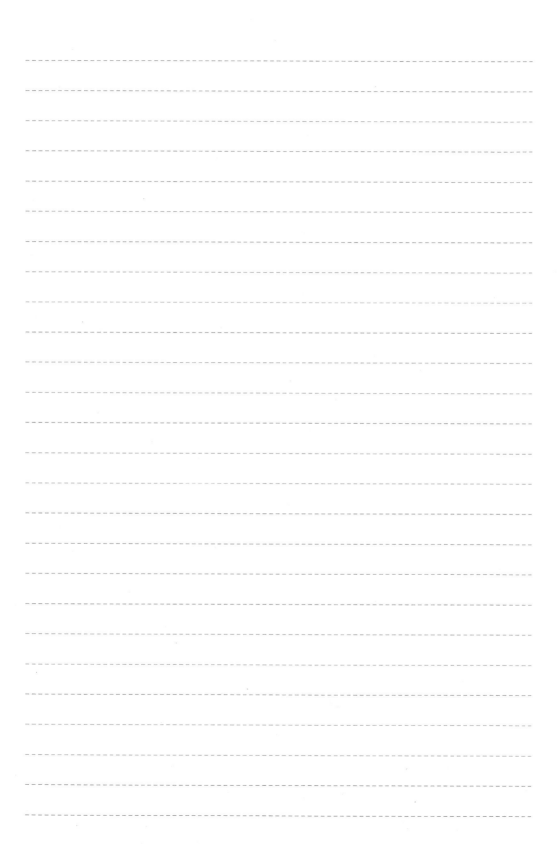

읽기

제1장 읽기의 중요성

제2장 나, 가족, 사회 현실읽기

제3장 책읽기

제1장
읽기의 중요성

'읽기'라고 하면 글을 읽는 것을 연상하지만 광범위하게 본다면 우리는 우리 주변의 모든 현상을 읽으며 살아간다. 텔레비전 프로그램이나 영화, 거리의 광고판 같은 영상도 마찬가지이다. 단 아무 생각 없이 스쳐지나가는 것이 아니라 마음에 담아두고 되새겨 보게 되었다면 읽기 행위로 들어선 것이라고 할 수 있다.

보는 것이 단순한 일별, 특별한 생각 없이 지나가는 것이라면, 읽기는 사고단계가 포함되는 행위이다. 예를 들어 아파트 광고에 미모의 젊은 여배우가 등장하는 장면을 본다고 하자. '야, 멋지다' '저런 아파트에 나도 살고 싶다' '저 여배우 참 예쁘구나'와 같은 느낌만 갖는다면 단순한 일별이지만 왜 아파트 광고에 여배우를 기용했는지, 아름다운 여성이 주는 이미지효과가 무엇인지 등을 궁금해한다면 비판적 읽기를 하고 있는 것이다.

즉 의미를 한번 생각해보고 왜 그럴까 의문을 품으며 잘된 부분과 잘못된 부분을 가려보기 시작한다면 비판적 읽기행위가 되는 것이다.

드라마나 영화를 볼 때도 마찬가지이다. 가령 [내 깡패같은 애인]이란 영화를 보면서 자취하는 젊은 여자와 옆집 깡패와의 사랑을 재미있게 그린 것이라는 감상으로 끝날 수도 있지만 지방대 졸업자, 특히 여성이 취업하기 위해 겪는 문제들을 같이 읽어낸다면 텍스트는 보다 풍성해진다.

이러한 읽기를 한다고 해서 살아가는 데 무슨 도움이 있나라는 반문이 나올 수도 있겠으나 인간은 배만 부르다고 만족하는 동물이 아니다. [보바리 부인]의 주인공 엠마처럼 '빵은 있어도 여전히 뭔가 부족하게 느껴지는' 사람들이 있는 것이고 보다 사람답게 살 수 있는 사회를 만들어가는 것은 이러한 사람들에 의해서이다.

그렇다면 어떻게 읽어야 하는가? 억압을 받을 필요는 없다. 마음을 비우고 주변 사물과 타인에 대해 마음을 열고 관찰하자. 과열된 경쟁을 부추기는 분위기 속에서 생각 없이 좇아가다 보면 어디를 향하고 있는지조차 깨닫지 못한 채 꼭두각시와도 같은 삶을 보내게 된다. 자신의 인생에서 자신이 주인이 되고자 한다면 자신과 주변을 제대로 돌아볼 줄 아는 읽기능력이 필요하다.

희망이 도망치더라도 용기를 놓쳐서는 안 된다.
희망은 때때로 우리를 속이지만,
용기는 힘의 입김이기 때문이다.
– 부데루웨그

제2장

나, 가족, 사회, 현실읽기

현대사회는 핵가족시대로서 많은 형제 자매 속에서 갈등을 겪는 가운데 사회성을 키웠던 과거와는 다른 양상을 보이고 있다. 형제 자매 없이 자라는 데다 어릴 때부터 사교육 등 짜여진 일과 때문에 또래 아이들과 어울리는 시간마저 적다. 거기에 컴퓨터에 몰두하다 보면 고립되고 폐쇄적인 자아가 형성되기 쉽다. 그 결과, 타인에 대한 관심이 적어지고 이해능력이 떨어진다. 관심의 확장이 매우 필요한 시점이다.

나에서 가족으로, 이웃으로, 사회로 관심을 넓히고 텔레비전이나 신문의 보도내용, 주변 상황에 관심을 갖고 살피자. 특히 현실읽기능력은 책읽기와 병행될 때 높아진다.

최시한의 [허생전을 배우는 시간]은 소설작품 읽기는 곧 나자신 읽기, 주변사람들 읽기, 현실읽기로 연관된다는 것을 보여주는 소설이다.

고등학생의 일기형식으로 전개되는 이 소설의 배경은 한 고등학교의 국어시간이다. 국어시간에 [허생전]을 배우며 당시 사회와 허생의 행동을 해석하고 나아가 주인공의 현실과 연관시킨다. 곧 작품 속의 허생의 행동을 현실로 끌고와 생각해보는 것이다.

이야기의 골격은 국어교사인 왜냐선생을 중심으로 이루어진다. 수없이 질문을 해서 별명이 '왜냐선생'인 국어교사는 학생들의 신망을 얻고 있으나, 전교조 소속이므로 수업금지를 당한다. "소설을 읽고 궁리하는 건 바로 그런 진실을 발견하기 위해서"라는 선생의 말은 소설읽기를 통해 우리 실제 삶에 필요한 진실을 찾을 수 있다는 뜻이다. 곧 선생은 허생의 행동에서, 백성을 돕지만 선비로서만 행한다는 한계를 읽어내고, 현실에서 그 한계를 극복하는 지식인의 길을 선택한다.

작중인물들의 행동은 여러 가지 읽기행위를 대표하기도 한다. 동철과 같은 경우, 공부잘하는 똑똑한 학생이지만 그의 의견은 자신의 생각에서 나온 것이 아니라 일간신문 기사 등 남의 의견을 그대로 되풀이하는 것이며, 윤수는 어눌하고 모자라지만 자신의 생각을 행동으로 옮기는 자이다. 주인공 '나'는 책도 많이 읽고 생각이 깊어 가장 읽기 능력이 뛰어나지만 행동에 옮기는 실행력이 약하다.

이처럼 소설읽기는 소설 속에 두고두고 곱씹을 만한 뜻이 담겨 있는 것을 찾아내는 것이라고 하겠다. 이러한 소설읽기는 나와 가족, 사회, 현실을 좀 더 정확하게 읽는 힘을 키워준다.

제3장
책읽기

1. 책읽기의 중요성

수많은 위인들이 책읽기의 중요성을 강조해왔다.

책읽기의 괴로움을 말한 사람도 있으나 그럼에도 읽을 수밖에 없다는 것이므로 역설적인 표현이다. 우연히 접한 책 한 권이 인생을 바꾸기도 하며 생의 의미를 찾지 못할 때 구원을 해준 것도 문학이나 책이었다는 경험담이 무수히 많다.

미국의 작가이자 비평가인 수전 손택은 어린 시절 지루한 삶을 버틸 수 있었던 것은 책 덕분이라고 말한 바 있다. 문학을 접한다는 것은 '국가적 허영, 속물주의, 강압적 지역주의, 알맹이 없는 교육, 결함있는 운명과 불운의 감옥에서 탈출하는 길이었다' 고 고백한다.

정보화시대에 책읽기는 유효한가?

정보화시대로 접어들면서 모든 것을 컴퓨터로 해결하면 되는 세상이 되었다. 인터넷으로 수많은 정보를 손쉽게 찾을 수 있게 된 때 두툼한 책을 오랜 시간에 걸쳐 읽는다는 것은 시대착오적으로 비치기도 한다. 신문도 인터넷에서 원하는 제목들을 보고 클릭해서 읽는다. 그러다보니 긴 내용보다 짧은 글, 글자만 있는 것보다 여백에 그림 곁들인 것, 그림만 있는 것이나 만화를 선호하고 복잡하고 어려운 내용보다 간결하고 쉬운 내용에 눈이 가게 된다.

경제학자 우석훈은 다음과 같이 말한다.

"세상이 어떻게 움직이는지를 알기 위해, 그리고 행동할 순간을 깨닫기 위해 책을 읽어야 합니다. 근본적이면서도 깊이있는 지식을 채우고 싶다면 인터넷보다 책이 더 유용하지요. 멍하니 죽이는 시간을 줄이고 책을 읽으세요. 변화는 한 사람이 만드는 것이 아니라 기획력을 가진 한 사람 한 사람이 모여야 가능하기 때문입니다."

또 도서평론가 이권우는 다음과 같이 말한다.

"책읽기는 우리를 자극하고 성장시킨다. 사전을 뒤적여 보게 하고, 다른 책을 참고하게 하며, 그것이 상징하는 바는 무엇인지 생각해보도록 한다. 더욱이 책은 그것을 읽으며 상상하게 한다. 책은 스스로 완결된 구조를 갖추지 않고 있다. 읽는 이가 책을 덮으며 그 의미를 정의할 때 비로소 완결된다. 괴롭지만, 두루 얻는 게 많은 것이 책읽기다."

그렇다면 어떤 책을 읽을 것인가?

아마 모든 사람들이 재미있는 책을 원할 것이다. 재미있는 책이란 어떤 것일까?

재미는 사람마다 그 기준이 다르다. 자신이 재미를 느끼는 영역이 어떤 것인지 확인해보고 조금씩 변화를 줘보자. 짧은 스토리, 무협지, 만화만 재미있다면 다른 장르도 조심스럽게 시도해보자. 의외의 분야에서 재미를 느낄 수 있을 것이다.

만화 중에서도 좀 더 스토리가 긴 것, 신문에서도 사회나 세계에 관한 기사들을 보려고 한다거나, 관심을 확장하고자 노력해보자.

2. 여러 가지 책읽기

[주자어류]의 '독서법'에는 책읽기에 대한 여러 가지 비유가 나타난다.(이권우, [책읽기의 달인 호모부커스] 참조)

책읽기란 마치 약을 먹는 것과 같다고도 했다. "한 번 복용하고 어떻게 병이 나을 수 있겠는가? 모름지기 복용하고 또 복용하고 여러번 복용한 뒤에나 약의 효능이 저절로 생기게 된다"는 것이다.

또 과일을 먹는 것과 같다고도 했다. "처음에 과일을 막 깨물면 맛을 알지 못한 채 삼키게 된다. 그러나 모름지기 잘게 씹어 부서져야 맛이 저절로 우러나고 이것이 달거나 쓰거나 감미롭거나 맵다는 것을 알게 되니 비로소 맛을 안다고 할 수 있다"는 것이다.

책을 읽는 방법은 정독, 남독, 통독, 관심주제 따라 찾아가며 읽기, 작가를 정해 따라 읽기 등 여러 가지가 있다. 예전에 비해 출간되는 책의 양이 엄청나게 많아져 필요한 정보만을 찾아 읽는 독서법이 각광받고 있다.

때로 훑어보기가 필요한 책도 있다. 가볍게 읽을 수 있는 책도 많기 때문이다. 그러나 중요하다고 여기는 책은 꼼꼼이 읽으며 그 맛을 음미할 필요가 있다. 곧 '깊고 느리게 읽기'가 책읽기의 기본정신이라고 할 수 있다.

관심있는 것부터 시작해 관심 덜 가는 것까지 영역을 확장하며 읽어나가다 보면 어느새 책읽기에 빠져있는 자신을 발견할 수 있을 것이다.

3. 주제별 책읽기

3.1. 자유와 평등

자유와 평등은 개인과 사회라는 구체적인 인간문제를 둘러싼 추상적 개념이다. 개인의 활동이 자유를 근본으로 하고 있는 반면, 사회라는 조직은 그 시작부터 구성원간의 평등한 권리 보장과 분배를 원리로 출발하고 있다. 개인은 자유로운 활동을 통해서 자신의 이익을 최대화하려고 하고 사회는 이런 개인 활동의 결과로 발생할 수 있는 불평등의 요소를 최소화 하려고 하므로 둘 사이의 충돌은 불가피한 측면이 있다.

자유와 평등 개념이 정치경제 체제에 반영될 때, 자본주의와 사회주의라는 양상으로 드러난다.

자본주의는 로크의 소유권 개념에 충실하여 능력이 개인의 부를 결정해야 한다는 근대 개인주의 이념을 반영하고 있다. 자본주의는 능력 있는 개인에게 가해지는 모든 불합리한 제한에 대해 합리적 기준을 적용할 것을 주장한 것이므로, 초기에는 봉건적 국가기구나 비합리적 사회관계에 대한 개혁적이고 진보적인 시도였다. 그러나 자본주의가 발달하면서 부의 불평등과 노동력의 착취로 인한 인간성의 상실과 같은 문제를 초래하게 되었다. 이러한 자본주의체제의 모순을 극복하기 위하여 대안으로 나타난 것이 사회주의이다.

공동체의 윤리를 강조하면서 평등을 기치로 내건 사회주의는 자본주의의 개인위주 사회질서에 대한 전면적인 도전이었으나 실패하였다. 사회주의 국가의 '자유 없는 평등'은 노예의 평등이었고 사회주의권의 몰락은 이런 자유 없는 평등의 몰락이었다.

자유주의는 개인의 자유를 최고의 가치로 간주하므로 개인의 자유로운 활동과 사회의 평등추구는 대립한다는 점을 전제하며 사회나 국가 또는 다른 공동체가 개인의 삶과 활동에 개입하는 것은 정당하지 않다고 주장한다.

반면에 평등주의는 개인의 결함과 결핍을 사회적인 힘을 통해 메우고자 한다. 따라서 사회적인 불평등을 없애기 위해서는 사회나 국가의 개입이 필요하며 개인적인 활동을 제한할 수 있다고 주장한다.

예문 ①

나는 아무것도 바라지 않는다.
나는 아무것도 두려워하지 않는다.
나는 자유이므로

– 니코스 카잔차키스, 「묘비명」에서

예문 ②

손안에 든 새가 사내를 재촉하듯 날개를 두어 번 퍼득대고 있었다. 그러자 사내도 이젠 그만 녀석을 놓아줄 자세를 취했다. 퍼득여대는 녀석의 양날개 밑으로 손끝을 집어넣어 녀석을 높이 받쳐 올렸다. 그리고 그는 뭔가 혼잣말 같은 것을 입속으로 중얼대며 녀석을 막 놓아주려던 참이었다. 사내는 금세 뭐가 이상해졌는지 숲으로 놓아주려던 녀석을 다시 가슴 팍 밑으로 끌어내리고 말았다. 그리고는 녀석의 날개를 들추고 벌려진 날갯죽지 밑을 유심히 살폈다. 사내가 들춰낸 녀석의 양 쪽 날개 밑에는 무슨 가위 같은 물건으로 속깃이 잘라낸 자국이 역력했다. 사내는 일순 그것이 도대체 무엇을 뜻하며 어째서 그런 일이 생기게 됐는지가 짐작이 안 가는 듯 멍멍한 표정을 짓고 있었다. 한동안 조용히 잘려나간 녀석의 속 날개깃 자국을 들여다보고 있던 사내의 눈길에 이윽고 어떤 세찬 분노의 불길이 일기 시작했다.

그는 새를 거머쥔 손에 으스러지도록 힘을 주며 말없이 그의 거동만 훔쳐보고 있는 젊은이를 정면으로 쏘아보았다. 그 세찬 분노의 불길이 이글거리고있는 사내의 눈길은 사람까지가 온통 달라 보이게 하였다. 그는 자신의 분노 때문에 손과 입술까지 마구 떨리고 있었다. 하지만 사내는 자신을 참는 데 너무도 깊이 길이 들여진 인간이었다. 그는 끝끝내 한 마디 말도 없이 자신의 분노를 견뎌 버리고 있었다. 분노와 증오심에 불타던 사내의 눈길에서 이윽고 그 세찬 열기가 서서히 다시 가라앉아 가고 있었다. 그리고 그 분노와 증오의 빛 대신 사내의 눈길엔 어느새 조용한 슬픔의 응어리 같은 것이 맺혀들고 있었다. 그는 문득 가겟집 젊은이로부터 시선을 거두었다. 그리고는 그 높고 푸른 가을 하늘을 간절한 모습으로 우러르고 있었다.

– 이청준, 「잔인한 도시」에서

예문 ③

근대인에게 자유는 이중의 의미가 있다는 것, 이것이 이 책의 주요 관심사였다. 즉 근대인은 전통적인 권위에서 해방되어 '개인' 이 되었으나, 그와 동시에 고독하고 무력한 존재가 되어 자기 자신이나 다른 사람에게서 분리된, 외부 세계로부터 들어오는 목적의 도구가 되었다는 것, 또한 이러한 상태는 그의 자아를 밑바닥에서부터 위태롭게 하고 약하게 하며 위협해서 결국 새로운 속박에 자진해서 복종하게 만든다는 것이다. 이에 반해 적극적인 자유는 능동적 · 자발적으로 살아가는 능력을 포함하여 개인의 모든 능력의 충분한 실현과 일치한다. 자유는 그 자체의 동적인 운동법칙에 따라, 자유의 반대물로 전환하려고 하는 하나의 위기에 도달했다. 민주주의의 장래는 르네상스 이래 사상의 이데올로기적 목표였던 개인주의를 실현하느냐 못하느냐에 달려 있다. 오늘날의 문화적 · 정치적 위기는 개인주의가 너무 많이 성행하는 데 원인이 있는 것이 아니라, 우리가 개인주의라고 믿고 있는 것이 아무런 내용도 없는 빈 껍데기가 되어 버렸다는 데에 그 원인이 있다. 자유의 승리는 개인의 성장과 행복이 문화의 목표요, 목적인 사회, 또는 성공이나 그 밖의 어떠한 일에서나 아무런 변명도 할 필요가 없는 생활이 이루어지는 사회, 또는 개인이 국가든 경제기구든 자기의 외부에 있는 어떠한 힘에도 종속되지 않고 또한 그것들에 의해서 조종당하지 않는 사회, 마지막으로 개인의 양심이나 이상이 외부로부터 주어지는 어떤 요구가 내재화 한 것이 아니라 정말로 '그의 것' 이고, 그의 자아의 특수성에서 나오는 목표를 표현하고 있는 그러한 사회로까지 민주주의가 발전할 때에만 가능하다.

– 에리히 프롬, 「자유로부터의 도피」에서

예문 ④

〈경제적 자유와 정치적 자유의 관계〉

경제 제도는 자유 사회를 촉진시켜 주기 위해 두 가지 역할을 한다. 하나는 경제 제도에서의 자유는 그 자체가 넓은 의미로 이해되는 자유의 한 구성 요소이기 때문에 경제적 자유 그 자체가 하나의 목적이 된다는 것이고, 다른 하나는 경제적 자유가 정치적 자유를 성취시켜 주기 위한 필수 불가결한 수단이 된다는 것이다.

정치적 자유를 달성하기 위한 수단이라는 관점에서 볼 때는 경제 제도가 권력의 집중이나 권력의 분산에 큰 영향을 미친다는 점이 매우 중요하다. 경제적인 자본주의 제도와 같이 직접 경제적 자유를 보장하는 경제 조직은 정치적 자유도 촉진시킨다. 왜냐 하면 이러한 자본주의 제도는 경제적 권력을 정치적 권력으로부터 분리시키고, 이러한 과정에서 두 권력은 서로 상쇄될 수 있기 때문이다.

〈자유주의와 평등주의〉

자유주의 철학의 심장은 개인의 존엄성에 대한 믿음이고, 자기와 똑같은 것을 하려는 다른 사람의 자유를 방해하지 않는다는 조건하에서 그 자신의 판단에 따라 자기의 능력과 기회를 활용할 수 있다는 자유를 믿는 것이다. 이것은 한 면에서는 사람들의 동등성에 대한 믿음을 의미하는 것이고 다른 면에서는 그들의 불균등에 대한 믿음을 의미한다. 각자는 자유에 대한 동등한 권리를 가진다. 이것은 중요하고 기초적인 권리이다. 왜냐하면 사람들은 서로 다르기 때문이며, 이 사람은 자유를 가지고 저 사람과 다르게 하기를 원할 것인데, 그 과정에서 이 사람은 많은 사람들이 사는 사회의 일반적 문화에 대해 저 사람들이 하는 것보다도 더 많은 공헌을 할 수 있기 때문이다.

그러므로 자유주의자는 한 면에서 권리의 균등과 기회의 균등을 정확하게 구분할 것이고, 다른 면에서는 물질적 균등이나 결과의 균등을 정확하게 구분할 것이다. 자유 사회는 사실 지금까지 시도된 어떤 다른 것보다 물질적 균등을 더 추구하는 경향이 있다는 사실을 자유주의자는 환영할 것이다. 그러나 자유주의자는 이것을 자유사회의 바람직한 부산물로 간주할 것이지 자유 사회의 주된 정당성으로 간주하지는 않을 것이다. 그는 자유와 균등 모두를 촉진하는 조치를 환영할 것이다. 이것은 독점력을 제거하고 시장 작용을 개선하려는 조치들이다.

자유주의자는 행운이 적은 사람들을 도우려는 민간 자선 행위를 자유가 적절하게 사용된 한 예라 간주할 것이다. 그리고 그는 빈곤을 개선하기 위하여 국가가 개입하는 것은 지역 사회의 많은 사람들이 공동 목적을 달성시킬 수 있는 효과적인 방법이라고 승인할 것이다. 그러나 그는 자발적인 행동 대신 강제적인 행동을 사용해야만 하는 것에 대해서는 유감을 가질 것이다.

–밀턴 프리드만, 「자본주의와 자유」에서

생각해보기

1. 살아오면서 구속과 억압을 경험했던 적이 있었나 생각해 봅시다. 있었다면 구속에서 벗어나 자유롭고자 노력했는지 생각해 봅시다.

2. 나의 자유를 위해 타인에게 피해를 준 경우는 없었는지 생각해 봅시다.

3.2. 학문과 지식인

학문과 지식인에 관한 문제는 중요한 사회적 쟁점이다. 학문이란 체계를 갖춘 지식을 말한다. 지식인은 그러한 지적 활동의 능력을 가진 사람들을 말하며 예술가등을 포함한 넓은 의미의 지식인은 학문과 예술을 통해 현실을 비판하며 새로운 지식을 탐구한다.

대학은 이러한 지식인을 배출하는 전통적인 교육기관이다. 그러나 사회가 복잡해지고 문화가 분화되면서 전통적인 의미의 지식인보다 자기가 맡은 분야에 한정된 전문적 기능인으로서의 지식인이 양산되고 있다. 사회에 대한 비판과 성찰이 없는 한 진정한 지식인이라 칭할 수 없다.

지식인은 사회적 역할에 따라 그 유형을 나누어 볼 수 있다. 학문적 영역에서 사회의 기대에 부응하는 지식인은 진리탐구와 후진양성 등 전통적인 의미의 연구자로서의 역할에 충실한 지식인이다. 반면 실천적 영역 면에서 사회적인 문제에 직접 참여하고 행동하는 역할에 충실한 지식인을 참여적 지식인이라고 한다.

'비판적 지식인'의 책무가 사회적 약자의 편에 서서 공정한 질서의 재편을 추구하는 것이라고 할 때, 지식인의 비판적 기능과는 무관하게 자신의 연구활동 만을 수행하는 자들은 진정한 지식인이라 하기 어렵다.

그람시는 지식인을 '전통적 지식인'과 '유기적 지식인'으로 구분하기도 하였다. 전통적 지식인은 체제변화에 대하여 거부감을 갖고 있으며 더러 사회적 강자와 약자 사이에서 중재자의 역할을 하기도 한다. 유기적 지식인은 지배계층이 만들어 놓은 기존 질서를 해체하고 새로운 사회를 건설하는 데 앞장서는 지식인들을 말한다.

예문 ①

"허생은 홍길동 같은 영웅처럼 보이지만 사실 영웅답지 못해요. 경석이가 했던 질문으로 돌아가 보면, 허생은 장사해서 돈을 벌고 그걸로 가난한 백성들을 돕지만, 항상 선비로서 그러는 것입니다. 그는 한 번도 선비의 자리, 양반사대부라는 자리를 떠난 적이 없다 그말입니다. 허생은 장사를 하지만 장사꾼을 경멸하고, 백성을 돕고 북벌책 같은 국가대사를 논하지만 조정에 뛰어 들어 적극적으로 그것을 실천하려고는 하지 않습니다. 사농공상을 구별하던 당시의 규범, 때가 아니면 초야에 은둔한다는 선비의 처세관에 묶여서 거리를 두고 비판하거나 도와줄 뿐, 하나가 되어 함께 살고 책임지지는 않는 겁니다. 이 점이 바로 허생의 한계요 허생전을 지은 연암 박지원의 한계라고 할 수 있습니다. 당시 사회를 비판은 하고 있지만, 그 사회를 바로 잡으려고 적극적으로 노력하지는 않았습니다. 양반계층의 생각, 사대부가 쓰는 말을 버리지 못하고 있어요."

– 최시한, 「허생전을 배우는 시간」에서

예문 ②

"사람이라껀 제아무리 날구 뛰어도 이 세상에 형적없이 그러나 세차게 주욱 흘러가는 힘–그게 말하자면 세상 물정이겠는데–결국 그것의 지배하에서 그것을 따라가지, 별수가 없는 거다."

"네?"

"쉽게 말하면 계획이나 기회를 아무리 억지루 만들어놓아도 결과가 뜻대루는 안 된단 말이다."

"젠장, 아저씨두…… 요전 〈킹구〉라는 잡지에두 보니까, 나폴레옹이라는 서양영웅이 그랬답디다. 기회는 제가 만든다구, 그리고 불가능이란 말은 바보의 사전에서나 찾을 글자라구요. 아 자꾸자꾸 계획하구 기회를 만들구 해서 분투노력해 나가면 이 세상 일 안되는 일이 어디 있나요? 한번 실패하거든 갑절 용기를 내가지구 다시 일어서지요. 칠전팔기 모르시오?"

"나폴레옹도 세상 물정에 순응할 때는 성공했어도 그것에 거슬리다가 실패를 했더란다. 너는 칠전팔기해서 성공한 몇 사람만 보았지, 여덟 번 일어섰다가 아홉 번째 가서 영영 쓰러지구는 다시 일어서지 못한 숱한 사람이 있는 건 모르는구나?"

– 채만식, 「치숙」에서

예문 ③

지식인이란 그러므로 자기의 내부와 사회 안에서 또 실용적인 진리탐구(그것이 내포하는 규범까지 포함하여)와 지배자의 이데올로기(그 전통적 가치체계를 포함하여) 사이의 대립을 의식하는 사람이다. 이러한 의식은 그것의 실현을 보기 위해서는 우선 지식인의 직업적 활동과 기능의 수준에서 작동되어야 하지만, 결국은 그 사회가 안고 있는 근본적인 모순의 폭로에 지나지 않는다. 다시 말해서 각 계층간, 혹은 지배 계층 내부에서의 갈등, 또는 지배 계층이 그들의 이익을 위하여 주장하는 진리와 신화 및 그들이 그 자신의 지배권력을 유지하기 위해 사회의 다른 계층에서 강요하며 보존시키고 있는 가치와 전통들의 모순점을 인식하는 것이다. 모순된 사회에서 태어난 지식인은 그 사회의 모순을 내재화시켰으므로 바로 그 모순된 사회의 증인이라 할 수 있다. 즉 그들은 역사적 산물이다. 그러므로 어떤 사회도 자체를 손상함이 없이 지식인을 비난할 수는 없다. 왜냐하면 지식인을 만든 것은 바로 그 사회이기 때문이다.

– 사르트르, 「지식인을 위한 변명」에서

예문 ④

선생님께서 말씀하셨다.

"배워서 때에 따라 익히니 또한 기쁘지 않으냐? 벗이 있어서 멀리서 찾아오니 또한 즐겁지 않으냐? 남이 알아주지 않아도 섭섭해 하지 않으니 또한 군자가 아니냐?

– 학이(學而)/1

선생님께서 말씀하셨다.

"나는 열다섯이 되어 배움에 뜻을 두었고 서른이 되어 정립되었으며 마흔이 되어서는 현혹되지 않았고 쉰이 되어서는 천명을 알게 되었고 예순이 되어서는 귀가 순응했으며 일흔이 되어서는 마음 내키는 대로 행하더라도 법도를 넘지 않았다.

– 위정(爲政)/4

선생님께서 말씀하셨다.

"내가 회와 더불어 말해보면 종일토록 한마디 반론도 없는 것이 마치 바보와 같다. 그러나 물러난 뒤 그 행동거지를 살펴보면 또한 족히 들은 바를 구현하니 회는 결코 바보가 아니다."

– 위정(爲政)/9

선생님께서 말씀하셨다.

"옛 일을 되살려 새롭게 깨닫는다면 그것으로 스승을 삼을 수 있다."

– 위정(爲政)/11

선생님께서 말씀하셨다.

"배우기만 하고 생각하지 않으면 망연해지고, 생각하기만 하고 배우지 않으면 위태로워진다."

– 위정 (爲政)/15

– 공자, 「논어」에서

생 각 해 보 기

1. 우리 사회가 필요로 하는 지식인상은 어떤 모습일까?
존경하는 지식인은 누구인가?

2. 지식인이라면 지녀야 할 요소 중 가장 중요한 것은 무엇일까?

3.3. 세계화와 문화적 다양성

교통과 통신의 발달, 특히 인터넷을 통한 지구촌의 동시간대 연결 등은 여태까지 인류가 경험한 적 없었던 공간감각과 시간감각을 선사하였다. 지구 반대쪽에서 일어난 사건이 전 세계에 거의 동시에 중계됨으로써 그 여파와 영향은 그와 맞먹는 속도로 인류의 삶에 전달된다. 과거에는 서로 고립되어 있었던 문명과 문화가 장벽없이 교류하고 혼합되면서 인류는 역사상 한번도 겪어본 적 없었던 세계적 문화공동체 안에서 살게 되었다.

이 세계화적 현상은 인류의 삶을 더 풍요롭게 한 것이 사실이다. 인간은 이제 세계의 문제를 보편적인 시각에서 고민하게 되었고 인간이 만들어 낸 문화를 다양하게 향유할 수 있게 되었다. 그러나 1990년대 이후 미국과 서구문화가 문화시장을 독점하기 시작하면서 세계화의 부정적 현상들이 나타나기 시작했다.

문화는 그 다양성과 고유성을 통해서만 창조적인 역량을 발휘할 수 있다. 그리고 각 문화의 창조적인 번영과 상호교류는 인류의 문화발전에 꼭 필요한 원동력이다. 초국적인 거대자본이 주도하는 문화의 세계화란 이러한 문화주체들을 위기에 몰아넣고 있으며 고사시키고 있다. 만일 이와 같은 상황이 지속된다면 인간의 삶의 질을 담보하는 문화의 발전을 기대하기는 힘들 것이다.

예문 ①

저흰 원래 〈그린 빅 풋〉의 노동자였습니다. 농작물을 통조림으로 가공하는 세계적인 회사죠. 아버지도 삼촌도 거기서 일을 했어요. 그런데 어느 날 공장이 문을 닫은 겁니다. 알고 보니 미국의 본사는 이미 몇 년 전부터 중국에 새 공장을 건설하고 있었어요. 모두 하루 아침에 실업자가 된 겁니다. 처음에 시위도 하고 했는데 마침 환란이 오고, 불경기가 닥치고 유야무야되어버린 지 오래죠. 해서 닥치는 대로 안 해본 일이 없습니다만……. 점점, 할 수 있는 일은 줄어만 갔어요. 그래서 결국 우리는 오리배를 타게 된 겁니다. 오리배는 페루의 친구가 가르쳐준 겁니다. 후안이 다시 말을 이었다.

아르헨티나에선 점점 일자리가 줄었지만, 선진국이나 다른 개발 국가에선 새 업종이, 또 일자리가 생긴다는 걸 알았죠. 저희는 그곳으로 가야만 했습니다. 하지만 비행기나 배를 탈 돈이 없었어요. 그런데 페르난이라고, 그린 빅 풋에서 함께 일한 페루 친구가 있는데 그 친구가 우연히 오리배의 사용법을 발견한 겁니다. 오리배를 타고 뉴멕시코로 건너간 페르난은, 그곳의 농장에서 돈을 벌었죠. 그리고 돌아왔어요. 즉 최초의 오리배 세계시민이었죠. 돌아오다니 어떻게요?

날아서죠.

– 박민규, 「아, 하세요 펠리컨」에서

예문②

오늘날 우리는 글로벌 경제. 글로벌 민주주의, 글로벌 문화에 이르기까지 이른바 '글로벌 시대global era'를 살고 있다. 일찍이 문화비평가 마샬 맥루언이 예견했던 지구촌global village이 점점 가시화되는 듯하다. 전통적인 국민국가의 국경선은 현상적으로 약화되고 있고, 세계화(또는 지구화)는 빠른 속도로 진행되고 있다. 국경을 넘어선 투자나 교역은 전지구적으로 확산되고 있고, 지구촌의 사람들은 매스미디어나 뉴미디어를 통해 안방에서도 세계의 소식을 접할 수 있으며 클릭 하나로 지구촌 정반대의 사람들과 실시간으로 커뮤니케이션을 할 수도 있다. 다자간투자협정MAI, 중국의 세계무역기구WTO 가입 등은 세계화시대를 여는 뚜렷한 징후들이다.

하지만 바로 이 글로벌 시대에 세계정치경제의 중심이 테러를 당했고, 테러와의 전쟁이라는 미명하에 반미이슬람세력에 대한 가공할 공격이 이루어지면서 문명충돌론이 다시금 고개를 들고 있다. 또한 헐리우드, 맥도날드에 의한 문화의 세계화가 이루어지는 뒤켠에서는 반미감정과 반서구감정 또한 격화되고 있음은 분명 모순이 아닐 수 없다. 세계시민이 하나가 된다는 지구촌 시대에도 정체성에 기반한 분쟁Identity-based Conflicts은 끊이지 않고 있다. (중략)

글로벌 경제, 글로벌 시장의 형성에 대해서 의문을 제기하는 사람은 드물겠지만, 글로벌 민주주의나 글로벌 문화가 과연 가능한가 하는 데는 여전히 많은 의견차이가 존재한다. 정체성에 기반한 분쟁이 끊이지 않고 있는 이런 현실은 글로벌리티를 내세우는 세계화라는 흐름과는 상충되는 것처럼 보인다. 형식논리로 볼 때 세계화와 민족주의는 상호모순된 개념일 수 있다. 하지만 중요한 것은 현실적으로 엄연히 공존하고 있다는 사실이다.

오늘날의 '세계화'는 단순한 정치적 논쟁거리가 아니라 에밀 뒤르켐의 표현을 빌자면 인간의 의식에 외재하는 엄연한 '사회적 사실'이다. 정치, 경제, 사회 전 영역에서 현실적인 힘을 발휘하고 있는 실재實在라는 것이다. 따라서 "세계화가 필요한가"라는 질문은 더 이상 현실적인 질문이 아니다. 이제는 "세계화를 받아들여야 할 것인가"라는 선택의 문제가 아니라 "어떤 세계화인가, 세계화를 어떻게 보아야 하는가" 등 이미 작동 중인 세계화 기제에 대한 현실적인 분석이나 실천적인 문제에 관심을 기울여야 할 것이다.

– 최연구, 「세계화와 민족주의, 그 갈등과 공존의 전망」에서

예문 ③

정보 사회의 인간들은 또한 세계적인 생활 양식에 더욱 익숙해지고 친숙감을 느낄 것이다. 많은 사람들은 직접 경험과 간접 경험을 통해서 세계 각국의 다양한 문화에 기원을 둔 세계화된 생활 양식을 일상화해나갈 것이다. 예를 들어 전세계의 사람들이 이탈리아식 피자와 일본식 생선 초밥, 그리고 미국의 햄버거나 코카콜라를 먹으면서 살아가고 젊은이들은 청바지를 즐겨 입고 아프리카의 음악을 즐기면서 살아가게 될 것이다.

이와 같은 생활 양식의 세계화는 사람들의 생활 양식을 다양하고 보다 풍부하게 한다는 점에서 바람직한 현상이라고 할 수 있다. 그러나 이런 변화가 특정 문화의 지배력을 강화하여 약소국의 문화를 소멸시킬 가능성도 있다. 변화의 과도기에는 여러 가지의 문화가 만나서 다양성을 제공하지만 열등한 것으로 인식된 문화는 자

연스럽게 잊혀져 한 세대가 지나면 기억하는 사람도 드물 것이다. 이미 교통 수단과 방송의 발달로 인하여 우리나라에서도 각 지방의 방언과 풍습이 많이 소멸되어진 것을 보면, 이런 예측은 어렵지 않다.

또한 정보와 기술을 장악한 새로운 제국주의의 출현을 우려하지 않을 수 없다. 정보와 기술을 보유한 나라는 강대국이 된다. 이를 무기로 약소한 나라의 정치 · 경제 · 문화에 관여하거나 또는 지배하는 일은 그다지 어렵지 않다. 한두 개의 거대 국가와 나머지 국가의 예속화는 미래 사회의 어두운 그림자가 될 것이다.

– 이광형, 「디지털 문화 시대」에서

예문 ④

세계화 경제에서 벌어지는 대부분의 일들은 부자나라들에 의해 결정된다. 설령 부자나라들이 의식적으로 영향력을 행사하려 하지 않더라도 그렇게 된다. 부자나라들은 세계 생산고의 80%를, 국제무역의 79%를, (해마다 다르기는 하지만) 전체 외국인 직접투자의 70~90%를 차지하고 있는데, 이는 부자나라들의 국가정책이 세계 경제에 막강한 영향력을 행사할 수 있다는 것을 의미한다.

그러나 부자나라들이 가진 막강한 영향력보다 더 중요한 것은, 바로 그 영향력을 발휘해 자기들이 원하는 대로 세계 경제의 규칙을 만들고자 하는 부자나라들의 의도이다. 예컨대 선진국들은 특정한 정책의 채택을 대외원조의 조건으로 삼는다거나, (신자유주의적 정책의 채택과 같은) '착한 행동'에 대한 대가로 특혜적인 무역협정을 제공하는 방식으로 가난한 나라들이 특정한 정책을 채택하도록 유도하고 있다. 그렇지만 개발도상국들의 정책형성에 있어 보다 중요한 역할을 하는 것은 내가 '사악한 삼총사'라고 부르는 다자적 기구들, 즉 IMF, 세계은행, WTO이다. 이들 사악한 삼총사는 부자나라들이 조종하는 꼭두각시 인형은 아니지만, 주로 부자나라들에 의해 통제되고, 부자나라들이 원하는 나쁜 사마리아인 같은 정책을 구상하고 실행에 옮긴다.

– 장하준, 「나쁜 사마리아인들」에서

생각해보기

1. 세계화현상을 실감한 적이 있는가? 있다면 어떤 경우인가?

2. 세계화로 인한 이득과 문제점은 어떤 것이 있을까?

3.4. 문화향유와 사회적 불평등

브루디외에 의하면 취향은 계급의 지표로 기능할 수 있다. 곧 교육수준이나 출신계급에 따라 누릴 수 있는 문화생활이 달라질 수 있다는 것이다.

곧 계급의 분화로 인해 발생하는 지배와 피비배의 관계가 문화적 수단에 의해 암묵적으로 행해진다고 보았다. 그래서 물질적 생산양식보다는 계급관계를 정당화하는 지배양식에 주목하였다. 또 자본의 다양한 형태를 구분하여 자본의 개념을 확장했다. 경제자본 외에도 문화자본은 오랜 사회적 과정 속에서 획득한 습관과 지식, 그리고 공식적인 교육훈련을 포함하는 것이라고 보았다. 그리고 여하한 인적관계와 물적 조건을 동원할 수 있는 실력인 사회자본과 상징자본등도 자본의 종류로 추가하였다.

이렇게 볼 때, 취향은 개인적 선택에 의해서 자유롭게 구가되는 것이 아니라 자신이 속한 집단의 문화적 차이에 의해서 결정되는 것이다.

예문 ①

D는 지금 자신의 삶을 있는 그대로 받아들인다. 적어도 다른 방식의 삶을 갈망하는 것처럼 보이지 않는다. D의 그런 점이 날 매혹했지만, 동시에 피곤하게 만들기도 한다. 그럴 때 우리, 가 다르다는 걸 느낀다. D가 가장 낯설게 느껴지는 건 D가 살고 있는 그 장소에서의 D가 아니라, 삶을 유영하는 D의 태도이다. 유희하는 인간이어도 될 순간조차 존재, 를 고집하는 그녀. 엄마 말처럼, 넘을 수 있는 벽과 넘을 수 없는 벽이 존재하는 게 아니라 넘을 수 있는 벽과 사실은 넘고 싶지 않은 벽이 있을 뿐인 걸까.

– 정미경, 「내 아들의 연인」에서

예문 ②

그해 봄 나는 많은 것을 가지고 있었다. 비교적 온화한 중도우파의 부모, 슈퍼 싱글 사이즈의 깨끗한 침대, 반투명한 초록색 모토롤라 호출기와 네 개의 핸드백. 주말 저녁에는 증권회사 신입사원인 남자 친구와, 실제로 그런 책이 존재하는지는 확인하지 못했지만, 『모범적 이성 교제를 위한 데이트 매뉴얼』에 나오는 방식대로 데이트했다. 성실하고 지루한 데이트였다. 노력하기만 한다면 무엇이든 될 수 있으리라 믿었으므로 당연히, 아무것도 되고 싶지 않았다. …(중략)…

나는 단무지를 씹으며 물었다. 백화점 일을 오래 했나 봐? 스무 살에 시작했으니까 올해가 오 년짼가. 고등학교를 졸업한 뒤에 바람결에라도 R의 소식을 들은 적이 없었으니 R이 대학을 가지 않았다는 것도 당연히 몰랐다. 그렇구나, 일은 재밌어? 그냥저냥, 먹고사는 게 다 그렇지 뭐. 유통 일은 마약 같다고들 해. 너무 힘들어서 관두겠다고 입버릇처럼 떠들고 다녀도 또 이 언저리를 못 벗어나거든. 칼국수가 나왔다. 김이 무럭무럭 나는 칼국수를 우리는 묵묵히 먹었다. R은 나더러 무슨 일을 하느냐고 묻지 않았다. 학교를 졸업했느냐고도 묻지 않았다. 식당에서 나갈 때 R이 계산서를 들었다. 나는 얼른 지갑에서 천 원짜리 넉 장을 꺼냈다. 내 몫의 칼국수 값이었다. 동전 하나까지 정확히 나누는 더치페이가 1990년대 초반 여대생들의 일반적인 계산법이었다. R은 한사코 그것을 뿌리쳤다. 할 수 없이 나는 천 원짜리 넉 장을 도로 집어넣었다. 그럼 내가 커피 살게. R이 다시 내 팔짱을 꼈다. 나는 카페 가는 거 솔직히 너무 돈 아깝더라. 차라리 우리 집 갈래? 요 앞에서 버스 한 번만 타면 되는데.

– 정이현, 「삼풍 백화점」에서

예문 ③

카리스마적 이데올로기는 정통적인 문화에 대한 취미나 선호를 자연의 선물로 간주하는 반면, 과학적 관찰은 이러한 문화적 욕구가 양육과 교육의 산물이라는 사실을 보여준다. 여러 조사 결과를 보면 모든 문화적 실천(박물관 관람, 음악회 참가, 독서 등), 문학, 회화, 음악에 대한 선호도는 교육수준(학위나 학교에 재학한 횟수에 의해서 측정된다)과 그리고 2차적으로는 출신계급과 밀접하게 관련되어 있음을 알 수 있다. 가문의 배경과 형식적 교육(이 교육의 유효성과 지속성은 출신계급에 크게 의존한다)의 상대적 비중은 다양한 문화적 실천이 교육체계에 의해 공인되고 교육되는 정도에 따라 다르며, '자유교양'이나 아방가르드 문화에서는 다른 조건이 동일하다고 할 경우 출신계급의 영향력이 가장 크다. 사회적으로 공인된 예술 그리고 각 예술의 장르와 유파, 또는 시대의 위계에 소비자들의 사회적 위계가 상응한다. 이 때문에 취향은 '계급'의 지표로 기능할 수 있는 것이다. 문화 획득방식은 사용방식에서도 그대로 남아있게 된다. 매너에 그토록 커다란 중요성이 부가되는 것은 다음과 같은 이유 때문이다. 즉 이처럼 제대로 측량하기 어려운 실천이 문화 획득의 다양하고 서열화된 양식과 각 양식을 통해 특징을 부여받는 개인들의 집단을 구분해주기 때문이다. 문화 또한 교육체계를 통해 부여되는 귀족의 칭호와 혈통을 갖고 있으며, 각 칭호와 혈통 내의 위치는 귀족에 진입한 후의 시간적 길이에 의해 평가된다.

– 피에르 부르디외, 「구별짓기」에서

예문 ④

문화 인류학은 20세기 초반에, 특히 미국에서, 문화 상대주의로 선회하였다. 특히, 베네딕트를 비롯한 미국 문화 인류학자들은, 19세기의 사색적이고 유럽 중심적인 문화관을 버리고 경험 과학적 연구를 통한 문화 상대주의를 제창하게 되었다. 소위 원시 문화들을 연구해본 결과, 그 문화에도 그들 나름대로의 고도의 논리가 있고 치밀한 체계성이 있음을 발견하게 되었고, 서양 문화와는 전혀 다른 척도로 이들 문화를 평가해야 할 필요를 느끼게 되었다. 모든 문화들을 동일선상에서 선진문화, 후진 문화로 나누어 볼 것이 아니라, 서로 상이한 표준과 체계를 가진 문화들로 보아야 함을 제시하게 되었다.

이들의 문화 상대주의는 이후에 더러 수정되기도 하였지만, 기본적인 주장은 그대로 유지되고 있으며, 그 외의 여러 가지 이유가 더하여져 오늘날에는 점점 더 일반화되어 가고 있다. 그 이유는, 식민지들이 독립하여 민족주의 및 전통적 문화에 대한 관심이 커져 가고 있고, 서양인들의 자기들 문화에 대한 회의감과 과학 기술

문명의 부작용의 증대 등이 함께 작용하고 있으며, 사고 방식과 학문 방법론에서도 전통적인 형이상학적 태도와 관념적 방법이 경험적인 것으로 대체되었기 때문이라고 하겠다.

서양 문화 우월 사상 혹은 일반적인 문화 절대론에 대하여 문화 상대주의는 사실을 훨씬 더 올바르게 반영할 뿐만 아니라, 이데올로기적 요소가 배제되고 개인의 다양한 문화 창조 능력을 올바르게 평가할 수 있게 하며, 전통 문화들의 가치를 좀더 객관적으로 평가할 수 있는 가능성을 제공해 주었다.

– 정해창 외, 「문화의 보편성과 특수성–문화 상대주의 관점과 절대주의 관점」에서

생각해보기

1. 자신의 문화취향과 친구의 문화취향을 조사해 봅시다.

2. 출신계층에 따라 문화를 향유하는 방식이 다르다는 부르디외의 견해를 어떻게 생각하는가?

3.5. 정보화

컴퓨터와 통신기술의 발전은 인류의 생활상을 바꾸어 놓았다. 정보화의 혁명은 우리의 물질적 생활의 측면만이 아니라 정신적 생활의 영역에까지 커다란 영향을 미치고 있는 것이다. 이러한 영향의 장단점을 잘 살펴보고 미래를 전망해 보는 것은 우리가 직면한 정보화 사회를 이해하고 인류의 복지와 행복을 구현하는데 있어서 꼭 필요한 일이다.

정보화사회의 미래에 대한 전망은 낙관과 비관으로 엇갈려 나타나고 있다.

비관적인 입장에서는 소수의 기득권층에 의한 정보의 독점이 권력을 더욱 집중시켜 기존의 계층관계를 고착화시킬 것이라 생각한다. 반면, 낙관적인 입장은 산업 사회가 갖고 있었던 구조적인 모순들, 이를테면 자원의 고갈, 자연파괴, 환경오염 등의 문제가 정보화로 인해 해소될 것이라고 생각한다. 사회적으로는 정보의 원활한 교류가 새로운 문화창출에 이바지 할 것이며 경제적으로는 소프트웨어형의 경제구조로 전환하여 다품종 소량생산 위주가 될 것이며 이는 자원절약형 시스템을 이룩하게 될 것이라고 전망한다.

정보화는 우리의 선택에 의해서 기회가 될 수도 있고 장벽이 될 수도 있다. 기술의 사용을 결정하는 것은 인간이지 기술이 인간의 미래를 결정하는 것은 아니기 때문이다. 정보화의 순기능은 더욱 발전시키고 역기능은 최소화하려는 노력이 필요하다.

예문 ①

"일탈자도 생길 거고 중간에 의견을 바꿀 사람도 있을 거고 밀고자도 생길 수 있으니까요. 하지만 만약 우리가 알고 있는 기술만 최대로 활용한다면 가능해요. 지금 우리에게 자유 의지는 상대적 개념이니까요. 모든 게 약이나 칩으로 해결되잖아요. 요새 근본주의자 신자들이 먹는 페이스-D 같은 약만 해도 그래요. 먹으면 어떤 집중 공격을 받아도 복용 전에 다진 믿음이 그대로 유지되지 않습니까? 요새 부모들이 아이들에게 의지력과 집중력을 높이기 위해 먹이는 약들은 어떤가요? 먹고 나면 반나절 동안 공부 이외엔 다른 생각을 하는 것 자체가 불가능하지요. 만약 이 음모가 제가 생각하는 것만큼 거대하다면 시스템에 속해 있는 사람들의 자유 의지를 훨씬 엄격하게 통제할 수 있어요. 의심과 반항의 가능성을 제거해, 할 일만 하는 좀비들을 만드는 거죠."

채승우는 한예인과 내가 바로 그 '좀비' 들일지도 모른다는 생각은 꿈에도 하지 못한다. 자유 의지를 묶는 건 지성이나 지능을 제거하는 것과는 다르다. 시술을 받은 뒤에도 우리의 논리와 창조성, 사고의 독립성은 계속 유지된다. 이 모든 것들은 우리가 직무를 수행하는 데 필수적이다. 오히려 우리의 '인간성'을 제한하는 것은 다른 통제 장치이다. 우리는 분노와 혐오에 상대적으로 둔감하다. 만약 우리가 이런 감정에 지나치게 의존하게 된다면 적당한 자기 합리화를 통해 그 감정을 직무에 투영할 가능성이 있기 때문이다. 우린 어떤 경우에도 인류의 이익을 가장 중요한 목표로 놓고 일한다. 우리가 그 인류라는 대상에 대해 냉소적이 된다고 해도 직무 충실도는 변하지 않는다.

– 듀나, 「죽음과 세금」에서

예문 ②

접속의 시대는 새로운 유형의 인간을 몰고 온다. 젊은이들은 전자상거래와 사이버스페이스 세계에서 이루어지는 사업에 아무런 거부감이 없으며 그 속에서 펼쳐지는 사교활동에도 적극적으로 참여한다. 그들은 문화·경제를 구성하는 수많은 시뮬레이션 세계에 척척 적응한다. 그들에게 익숙한 세계는 이념적 세계가 아니라 연극적 세계이다. 그들의 의식은 노동정신보다 유희정신에 기울어 있다. 그들에게 접속은 이미 생활의 일부가 되었다. 재산도 중요하지만 연결된다는 것이 훨씬 더 중요하다. 그들은 접속의 시대를 살아가는 첫 번째 세대이다. 인간의 상거래와 사회활동이 사이버스페이스의 영역으로 이동하면서, 사람들은 이제까지는 상상할 수 없었던 크나큰 단절을 경험한다. 정보와 서비스, 의식과 살아 있는 경험을 거래하는 이 새로운 세계에서, 물질이 비물질에 밀려나고 시간을 상품화하는 것이 공간을 차지하는 것보다 더 중요해지는 세계에서, 산업시대의 생활방식을 규정지었던 소유관계와 시장개념은 점차 실효성을 잃어가고 있다. 21세기의 인간은 관심을 공유하는 사람들로 이루어진 네트워크의 교점이라는 의식으로 살아갈 것이고, 다윈이 말한 적자생존의 경쟁이 치열하게 벌어지는 세계에서 자율적으로 살아가는 주체라고 스스로를 생각할 것이다. 그들이 생각하는 개인적 자유의 의미는 소유권이라든지 남들의 간섭에서 벗어나는 것과는 점점 거리가 멀어질 것이다. 대신 상호관계의 그물망에 포함될 수 있는 권리로서의 의미가 점점 부각될 것이다. 그들은 접속의 시대를 살아가는 첫 번째 세대이다.

– 제레미 리프킨, 「접속의 시대」에서

예문 ③

『1984년』은 바로 그렇게 정보 기술의 발달이 개인의 정신적 자유를 침해할 수 있는 가능성에 대한 경고이다. 이미 나치즘에 의해 단초가 보여졌고, 당시의 소비에트 연방에 의해 문제가 제시되고 있었으며, 미래의 어떠한 사회에서도 현실화될 수 있는 문제에 대한 경고인 것이다. 이 침해는 특정인의 음모에 의해서가 아니라 사회 역학적인 일련의 과정을 거쳐서 자연스럽게 권력의 형태로 출현할 수 있다. 냉철히 생각해보자. TV광고는 그들이 말하는 대로 우리에게 정보를 주려고 노력하는가, 아니면 우리를 세뇌시키고 조종하려 노력하는가? 정보 기술의 발달은 분명히 인간에게 막강한 힘을 주었으며, 따라서 당연히 우리는 누가 왜 어떻게 이 힘을 사용하는가에 대한 경각심을 높여야 한다.

정보화 사회에서의 이러한 권력 집중과 개인에 대한 침해는 비관론자들의 주된 테마가 되어왔다. 그러나 정보 기술의 발달은 오히려 행정과 산업 등의 분야에서 사회의 권력을 분산시키는 효과가 있다는 관점도 가능하다. 이러한 이론에 의하면 정보가 어디에나 자유로이 흐를 경우 사람들은 자연스러운 경쟁 상황에 놓이게 되고 정부의 정책 대신에 시장의 원리가 모든 것을 지배하게 된다. 자유는 꽃피고 오웰이 걱정했던 생각의 통제나 정치적 조작, 폭력과 전쟁 등의 가능성은 대폭 제거된다고 낙관할 수 있다는 것이다.

– 윤완철, 「디지털 정보시대와 인간」에서

예문 ④

새로운 커뮤니케이션시스템은 인간생활의 근본적인 차원인 공간과 시간을 대폭 변화시킨다. 지방성은 문화적 역사적 지리적인 기존의 의미로부터 분리되며 기능적인 네트워크나 '장소의 공간' 을 대체하는 '정보 흐름의 공간' 속에서 재통합된다. 과거 현재 미래가 동일한 메시지에서 서로서로 상호작용하기 위하여 시간이 하나로 프로그램될 수 있을 때, 시간 구분은 무의미해진다. '흐름의 공간'과 '시간을 초월한 시간'은 역사적으로 전달된 표현시스템의 다양성을 포괄하면서도 초월해내는 새로운 문화의 물질적 기초다.

정보화사회의 주요 문화적 특징은 전세계 엘리트들의 상징적 환경들을 단일화하기 위해 일정 공간형태를 설계하고 라이프스타일을 창출하는 것, 그럼으로써 각 지역의 역사적 특수성을 말살시키는 것이다.

– 마누엘 카스텔스, 「네트워크사회의 도래」에서

생각해보기

1. 정보화로 인한 편리함을 경험한 경우를 얘기해 봅시다.

2. 디지털문명이 더욱 발달할 미래사회는 어떤 모양일까 상상해 봅시다.

3.6. 현대사회와 소외

인간소외 현상은 현대문명과 대중문화가 보여주는 대표적인 위기상황이다. 인간으로서의 존엄성을 상실하고 한 개의 기계부품으로 전락한 개인은 정서적으로 고립되어 있고 공동체로부터 유리되어 있다. 이러한 개인은 익명의 존재로 고독하게 살아가며 자신의 존재에 대한 가치를 확인하지 못하고 있다. 또 대중문화가 조장하는 소비중심의 사회는 그의 욕망을 조종하여 소비자를 수동적인 존재로 전락시키고 있다.

소외 현상은 인간이 자신의 주변으로부터, 자신의 노동과 그 노동의 산물은 물론 자기 자신으로부터도 멀어지고 분리된 듯한 감정상태를 말한다. 가장 보편적인 의미에서의 소외개념을 살펴보면 인간이 자신의 운명을 자신의 힘으로 결정하지 못하고 삶의 전반적인 목적을 상실한 듯한 감정과 무의미성을 의미한다. 문화적인 면에서는 개인이 사회의 기존가치들이나 관습적인 제도들로부터 떨어져 있는 듯한 감정을 말하며 사회적으로는 사회적 관계에서 느끼는 고립감과 고독감, 즉 소수집단의 구성원들이 느끼는 단절감 등을 말하기도 한다. 자기소외는 가장 정의하기 어려운 개념인데 인간이 자신을 둘러싼 사회적 제도적 산물은 물론 그에 투영되어 있는 자기 자신으로부터 배척당하고 있다는 괴리감을 뜻한다.

서구사상에서 소외개념은 19세기와 20세기초에 이미 칼 마르크스, 에밀 뒤르켐, 막스 베버, 게오르그 짐멜 등의 사회학자들의 저서에 명시적으로 또는 암시적으로 나타났다. 그 중에서 마르크스는 자본주의 체제 하에서의 소외된 노동을 얘기하며 소외개념을 확립시켰다. 그는 자본주의하의 노동은 자발적이거나 창조적인 노동이라기보다는 기계적이고 강제적이어서 노동자 자신이 이 노동의 과정을 통제할 수 없다는 데 착안하였다. 노동의 산물을 타인이 전적으로 소유함으로써 노동자 자신은 이로부터 소외될 뿐만 아니라 그 자신이 노동시장에서 하나의 상품이 된다. 따라서 소외는 인간이 자신의 노동을 통해 자아를 실현할 수 없으며 노동 속에서 인간의 본질이 발현되지 않음을 뜻한다.

뒤르켐과 퇴니에스는 소외의 개념을 전통사회의 몰락과 그에 따른 공동체 의식의 상실에서 찾았다. 현대의 개인은 도시화하는 대중 속에서 그의 고유한 이름과 개성을 상실하고 아직 새로운 사회적 질서에 대한 믿음도 얻지 못한 채 옛 가치들로부터 뿌리 뽑히게 되었다. 전례없는 고립된 상태에 처하게 된 것이다. 뒤르켐은 '아노미 현상'으로 이 상태를 설명했는데 아노미란 개인주의의 만연과 사람들을 결속시키는 사회규범의 해체를 특징으로 하는 사회적 상황을 말한다. 막스 베버는 이 개념을 더욱 발전시켜 사회조직에는 합리화와 형식화로 향하는 근본적인 흐름이 있는데 이로 인해 개인적인 관계는 작아지고 비인간적인 관료제도가 더 커진다고 보았다.

에리히 프롬에 따르면 소외된 세계는 두가지 특징을 가진다. 첫째는 전도된 세계이다. 만들어진 자가 만들어낸 자를 지배하는 것을 의미하는데, 가장 강력한 지배자는 돈이다. 둘째로 소외된 세계는 기호가 만들어내는 낯선 공간들로 채워진다. 그 기호들 중의 하나가 뜻을 잃어버린 언어이다. 그 언어가 익숙한 일상의 공간을 타인의 방처럼 낯선 세계로 만들어버린다.

예문 ①

아내의 껌이 그를 유일하게 위안해 주었다. 그래서 그는 한결 유쾌해졌고 때문에 노래를 부르기 시작했다.

나뭇잎에 놀던 새여. 왜 그런지 알 수 없네.
낸들 그대를 어찌하리. 내가 싫으면 떠나가야지.

그의 목소리는 목욕탕 속에서 웅장하였다. 온 방안이 쩡쩡거리고 소리가 빠져나갈 구멍이 없었으므로 종소리처럼 욕실을 맴돌았다. 그는 휘파람도 후이후이 불기 시작했다.

역시 집이란 즐겁고 아늑한 곳이군 하고 그는 중얼거렸다. 무심코 중얼거렸지만 그는 순간 그 소리를 타인의 소리처럼 느꼈으며 그래서 놀란 나머지 뒤를 돌아보았다. 그는 누군가의 인기척을 느꼈다. 그러나 개의치 않기로 하였다.

– 최인호, 「타인의 방」에서

예문 ②

사람들은 아버지를 난장이라고 불렀다. 사람들은 옳게 보았다. 아버지는 난장이였다. 불행하게도 사람들은 아버지를 보는 것 하나만 옳았다. 그 밖의 것들은 하나도 옳지 않았다. 나는 아버지, 어머니, 영호, 영희, 그리고 나를 포함한 다섯 식구의 모든 것을 걸고 그들이 옳지 않다는 것을 언제나 말할 수 있다. 나의 모든 것이라는 표현에는 다섯 식구의 목숨이 포함되어있다. 천국에 사는 사람들은 지옥을 생각할 필요가 없다. 그러나 우리 다섯 식구는 지옥에 살면서 천국을 생각했다. 단 하루라도 천국을 생각해 보지 않은 날이 없다. 하루하루의 생활이 지겨웠기 때문이다. 우리의 생활은 전쟁과 같았다. 우리는 그 전쟁에서 날마다 지기만 했다. 그런데도 어머니는 모든 것을 잘 참았다. 그러나 그 날 아침 일만은 참기 어려웠던 것 같다.

– 조세희, 「난장이가 쏘아 올린 작은 공」에서

예문 ③

그가 자기 방에 들어서자마자 문이 황급히 닫히고, 단단히 빗장이 질려 차단되었다. 등뒤에서 난 갑작스러운 소음에 그레고르는 너무도 놀라 그의 작은 다리들이 휘청 오그라들었다. 그렇게도 서둔 것은 누이동생이었다. 똑바로 벌써부터 거기 일어서서 기다렸다가는 가벼운 발걸음으로 앞으로 튀어 왔기 때문에 그레고르는 누이동생이 오는 소리조차 못 들었던 것이다. 그러고는 문 속에 꽂힌 열쇠를 돌려 잠그며 누이는 "마침내!" 하고 부모를 향해 소리쳤다.

"그럼 이제 어쩐다?" 자문하며 그레고르는 어둠 속을 둘러보았다. 곧 그는 자기가 이제는 도무지 꼼짝을 할 수 없게 되었음을 발견했다. 그것이 놀랍지는 않았다. 지금까지 이 가느다란 작은 다리를 가지고 실제로 몸을 움직일 수 있었다는 것이 오히려 부자연스럽게 생각되었다. 그는 제법 쾌적하게 느꼈다. 온몸이 아프기는 했으나,

고통이 점점 약해져 가다가 마침내 아주 없어져 버리는 것 같았다. 그의 등에 박힌 썩은 사과와, 온통 부드러운 먼지로 덮인 곪은 언저리도 그는 어느덧 거의 느끼지 못했다. 감동과 사랑으로써 식구들을 회상했다. 그가 없어져 버려야 한다는 데 대한 그의 생각은 아마도 누이동생의 그것보다 한결 더 단호했다. 시계탑의 시계가 새벽 세시를 칠 때까지 그는 내내 이런 텅 비고 평화로운 숙고의 상태였다. 사위가 밝아지기 시작하는 것도 그는 보았다. 그러고는 그의 머리가 자신도 모르게 아주 힘없이 떨어졌고 그의 콧구멍에서 마지막 숨이 약하게 흘러나왔다.

– 프란츠 카프카, 「변신」에서

예문④

물론 베르겐 벨젠은 산보하기에 적당한 곳은 아니다. 그곳에는 수치의 역사가 무겁게 짓눌러 내리고 있기 때문이다. 그리고 그곳에서는 〈그렇다면 이런 역사가 다시 반복되지 않도록 뭘 할 수 있단 말인가〉라는 비탄에 젖게 되기 때문이다. 그리고 희생자 한 명 한 명의 역사를 알아내 이야기하고 싶은 욕구와 잊히지 않기 위해서 단어에 매달리려는 욕구, 우리 부모님과 사랑하는 연인, 자식, 이웃, 친구들의 영광스러웠거나 무의미했던 일들을 이야기하고 싶은 욕구, 삶으로 망각에 저항하고 싶은 욕구가 일기 때문이다. 그리고 브라질 시인 기마랑스 호자가 말했듯 이야기하는 게 저항하는 것이기 때문이다.

수용소 한쪽 구석, 치욕적인 화장대가 세워져 있던 곳 아주 가까이, 까칠한 돌멩이 표면에 글자가 새겨져 있었다. 누군가 칼끝이나 못으로 아주 처절하게 호소한 것이었다. 그가 누군지는 아무도 모를 것이다. 〈나는 여기에 있었고, 아무도 내 이야기를 하지 않을 것이다.〉

– 루이스 세풀베다, 「소외」에서

생각해보기

1. 소외는 문학에서 광범위하게 다루어지는 주제이다. 그 이유는 무엇일까 생각해 봅시다.

2. 우리사회에서 가장 심각한 소외양상은 어떤 것일까?

3.7. 환경오염과 생태의식

환경문제는 인류가 당면한 가장 시급한 사안이자 인류의 생존권이 걸린 문제이다. 인간이 자연을 지배하고 개발하기 시작한 이래로 환경의 오염은 가속되었지만 환경문제가 주된 과제로 등장하여 논의되고 실제적인 행동을 촉구하게 된 것은 비교적 근래의 일이다. 인간의 문명은 필연적으로 환경을 오염시킬 수밖에 없는 속성을 갖는다. 무한정한 자원이 제공될 줄 알았던 막연한 믿음은 여지없이 깨지고 오염의 정도는 예측할 수 없는 수준으로 증가되어, 이제는 문명의 이기를 누릴 것인가 인간과 동물의 생명을 보존할 것인가 하는 양자택일의 상황에 놓였다고 할 수 있다.

환경문제에 대한 논의가 발전하면서 '환경주의'가 대두하게 되었다. 전통적인 환경주의는 인간사회의 틀과 산업의 구조를 그대로 둔 상태에서 환경오염물질의 배출 억제와 환경관련 기술의 발달을 통해 환경문제를 해결할 수 있다는 입장이었다. 환경오염의 주체였던 산업문명의 틀 안에서 바로 그 산업적 방법으로 환경을 통제할 수 있다는 이 발상에 대해 보다 급진적으로 대응한 것이 생태주의이다.

생태주의ecologism는 전통적인 환경주의 보다 더 근본적이고 급진적인 시각으로 환경문제를 바라본다. 현재의 환경문제를 해결하기 위해서는 사회의 근본적 성격이 개선되어야 한다고 주장한다. 이에 따른다면 환경 문제는 사회적, 경제적, 정치적 질서들의 문제가 겹쳐 만들어 낸 표면적 증상일 뿐이다. 따라서 환경 문제를 해결하기 위해서는 사회 전체에 있어 보다 근본적인 변화가 필요하다고 주장한다.

예문 ①

어릴 적 어머니 따라 파밭에 갔다가 모락모락 똥 한무더기 밭둑에 누곤 하였는데 어머니 부드러운 애기호박잎으로 밑끔을 닦아주곤 하셨는데 똥무더기 옆에 엉겅퀴꽃 곱다랗게 흔들릴 때면 나는 좀 부끄러웠을라나 따끈하고 몰랑한 그것 한나절 햇살 아래 시남히 식어갈 때쯤 어머니 머릿수건에서도 노릿노릿한 냄새가 풍겼을라나 야아 – 망좀 보그라 호박넌출 아래 슬며시 보이던 어머니 엉덩이는 차암 기분을 은

근하게도 하였는데 돌아오는 길 알맞게 마른 내 똥 한무더기 밭고랑에 던지며 늬들 것은 다아 거름이어야 하실 땐 어땠을라나 나는 좀 으쓱하기도 했을라나

양변기 위에 걸터앉아 모락모락 김나던 그 똥 한무더기 생각하는 저녁, 오늘 내가 먹은 건 도대체 거름이 되질 않고

– 김선우, 「양변기 위에서」 전문에서

예문 ②

숲이 사라지고 있다. 아니다. 이제는 더 이상 현재진행형으로 말해서는 안 된다. 숲은 이미 오래 전에 우리 곁을 떠났다. 현재의 추세대로라면 아마존 강의 열대우림은 오십 년 이내에 끝장날 것이라고 한다. 오늘날 남아 있는 유럽과 미국의 삼림은 과거의 백분의 일 남짓한 면적일 뿐이다. 아시아의 삼림은 1960년대 이후 3분의 1로 줄어들었다. 국내 자연의 보고인 강원도에서만도 매년 5천 헥타르 이상의 삼림이 사라지고 있다.

준하는 언젠가 마을의 한 노인에게서 들은 이야기가 생각났다. 그는 약초를 채취하며 풀과 나무와 곤충에게서 의술의 영감을 얻고 있었다. 그의 말에 의하면, 인간은 이제 겨우 숲의 신비를 발견하고 그 문턱에 이르렀을 뿐인데, 만약 이 숲이 사라진다면 우리는 숲의 신비를 배우고 익힐 기회를 영원히 잃게 될 것이고, 우리의 영혼은 영양실조로 보기 흉하게 쪼그라들 것이며, 우리의 삶은 말소된 신비로 인해 극빈의 겨울을 맞게 될 거라는 것이었다. 그 점은 미국 '월드워치 연구소'에서 매년 세계 30여 개 언어로 발행하고 있는『지구환경 보고서』에서 읽은 다음과 같은 구절과도 일맥상통하는 데가 있다. '십 년 전까지만 해도 과학자들은 그물처럼 퍼져 있는 지하 곰팡이 균사체가 삼림 생태계에 미치는 역할을 거의 이해하지 못했다.'

– 김영래, 「숲의 왕」에서

예문 ③

내가 숲으로 들어가기를 원한 것은 삶을 철저하게 살기 위해서였다. 말하자면 삶의 본질이 되는 것만을 마주 대하고서 삶이 가르치는 바를 내가 배울 수 있는지 없는지를 알고 싶었고 또 죽게 되었을 때 내가 헛되게 살았다는 사실을 깨닫는 일이 없도록 하기 위해서였다. 나는 삶이 아닌 것을 살고 싶지 않았다. 삶은 그만큼 소중한 것이기 때문이다. 그리고 또 아주 불가피하지 않는 한 체념의 방법을 따르고 싶지도 않았다.

나는 삶을 깊이 살고 싶었고 삶의 모든 골수를 빨아 마시고 싶었다. 삶이 아닌 것은 모두 갈아엎고 그 너절너절한 잡풀을 면도질하듯 잘라내버릴 만큼 강인하게 그리고 스파르타 사람처럼 살기를 원했다. 나는 삶을 구석으로 몰아넣고 가장 기초적인 조건으로 끌어내려서 만일 그 삶이 미천한 것으로 밝혀지면 그때는 아무튼 철저하고 거짓 없이 그 미천함을 파악하여 삶이 미천하다는 것을 세상에 널리 알리고 만일 삶이 숭고하다면 그것을 경험으로 터득하여 다음의 내 인생여정에서 그에 대한 진실한 보고를 하기 위해서였다. …(중략)…

문명생활이란 바람과 파도가 어디서 덮쳐올지 모르는 풍랑 한가운데서 사는 것이나 다름없다. 구름과 폭풍과 유사流砂 등 천 가지 만 가지의 무수한 조건들을 고려해야 한다. 그러므로 침몰하여 바닥에 가라앉지 않으려면, 항구에 들어가지도 못하게 되지 않으려면 추정항법으로 살아갈 수밖에 없다. 그러니 살아남는 사람은 정말로 셈을 잘 하는 위대한 타산가일 수밖에 없다. 제발 간소화하라, 간소화하라. 하루 세 끼가 아니라 필요하면 한 끼로 줄이고, 백가지 요리 대신에 다섯 가지로 줄이고, 다른 것들도 이에 비례하여 줄이라.

– H.D. 소로, 「월든」에서

예문 ④

이러한 주의 깊은 자원이용을 통해서, 그리고 땅과 긴밀히 어울려 살아감으로써, 라다크 사람들은 비교적 높은 생활수준을 가진 사회를 창조해낼 수 있었다. 극단적인 자원부족과 거칠고 험난한 환경을 고려해볼 때, 그리고 이 사람들이 오직 '석기시대' 기술만을 이용했다는 사실을 생각할 때, 그들의 성공은 대단히 놀라운 것이다. 많은 서양사람들은 이러한 상황에서 살아남는다는 것도 불가능하다고 생각할 것이다. 그러나 라다크사람들은 살아남았을 뿐만 아니라 실제로 번영을 누려왔다. 사실상 누구나가 잘 먹고 건강하게 지낸다. 사람들은 아름다운 능라와 장신구와 귀금속과 같은 사치품을 살 만큼 충분히 여분의 것을 생산하기도 했다. 게다가 이 모든 것이 비교적 짧은 노동계절 동안 이루어지는 것이다. 여름 넉 달 동안에 그들은 모든 기초적인 의식주의 필요를 충족시킨다. 대부분의 물레질과 베짜기도 이 기간 동안 이루어진다. 나머지 여덟 달 동안에는 많은 여가가 주어진다. 2주간이나 계속되는 결혼잔치, 승원(僧院)축제, 이야기와 음악이 있다. 물은 길어와야 하고, 짐승도 먹여야 하지만, 이런 것은 겨울 동안 해야 하는 일의 전부이다. 일하는 계절의 정점이라고 할 수 있는 수확기에는 하루 열여덟 시간을 일하지만, 그러나 여기서도 노동에 유희가 섞여 있다. 모든 가족과 친구들이 다함께 들에 나와 있고, 증조부모에서 증손자들에 이르기까지 누구나가 서로 돕고 함께 노래부른다. 그리고 언제나 쉬면서 잡담을 나누고 보리로 만든 술을 마실 시간이 있는 것이다.

– 헬레나 노르베리 호지, 「오래된 미래」에서

생각해보기

1. 환경문제에 대해 관심을 가진 적 있는가?

2. 우리사회의 환경의식은 어느 정도일까?

3.8. 욕망의 심리

욕망이란 무엇을 하거나 가지고 싶어 간절히 바라는 마음을 의미한다. 곧 자신에게 부족한 것을 채우기 위한 감정으로, 적절한 정도의 욕망은 살아가는 데 필수적이라 할 수 있으나 과도한 욕망은 마음의 눈을 가리고 주변에까지 피해를 끼칠 수 있다. 욕망을 다스리기란 쉽지 않아 탐욕을 좇다가 패가망신하는 경우들을 종종 목격하게 된다.

불교나 기독교 등 중요 종교들은 금욕적 삶을 설파한다.

철학에서는 욕망을 인간의 본성으로 인정하는 입장과 굴레bondage로 여기는 입장이 대립되기도 한다. 홉스는 모든 인간의 자발적인 행동은 자기쾌락 또는 자기보존의 목적을 지향한다고 하며 근본적인 심리적 동인이 쾌락에 대한 욕망이라고 주장, 이에 반해 스피노자는 인간의 자연적 욕망을 굴레로 보아 인간의 행복은 이들 욕망을 충족시키는 것이 아니라 이성을 적용해 변형시키는 데 있다고 했다. 스피노자와 루소를 계승한 칸트는 욕망에서 비롯되는 행동은 자유로울 수 없으며 자유는 단지 이성적 행동에서 찾을 수 있다고 주장했다.

예문 ①

"화가들은 왜 그럴까요? 자동차 레이서들은 왜 경주에 나서고 작가들은 어쩌자고 글을 쓸까요? 그냥 살면 될 텐데, 어쩌자고 그들은 그토록 아무 소용 없는 일에, 기껏해야 평생 한 번 혹은 두 번 정도 찾아올 희열을 위해, 자신을 던지는 걸까요?"

"그렇다고 그들이 당신처럼 위험한 일을 하는 건 아니잖아요. 그리고 그들은 꾸준히 일하면서 자연스럽게 찾아올 그 어떤 순간을 기다리는 거잖아요. 당신과는 달라요."

"아닙니다. 같습니다. 우리도 존재가 전이되는 그 순간을 위해 당신이 본 것처럼 이렇게 늘 준비합니다. 그러나 우리가 아무리 만반의 준비를 갖추고 전격을 찾아 헤매도 그가 우리를 찾아주기 전엔 세례받지 못합니다. 하지만 전격도 전격 나름. 그러다 어느 날, 갑자기 진짜가 찾아옵니다. 그때, 아주 잠깐, 다른 세상, 다른 나를 보는 겁니다. 나는 내 몸과 대기와 대지의 주인이 됩니다. 아주 잠깐.

우리는, 아니 적어도 나는, 한 사람의 퍼포머인 셈입니다. 언젠가 지극히 완벽한, 공포와 전격을 일치시켜 자아를 뛰어넘는, 그 경지에 이를 때까지 나는 적란운을 쫓아다닐 겁니다."

– 김영하, 「피뢰침」에서

예문 ②

압구정동은 체제가 만들어낸 욕망의 통조림 공장이다

국화빵 기계다 지하철 자동 개찰구다 어디 한번 그 투입구에

당신을 넣어보라 당신의 와꾸를 디밀어보라 예컨대 나를 포함한 소설가 박상우나

시인 함민복 같은 와꾸로는 당장은 곤란하다 넣자마자 띠-소리와 함께

거부 반응을 일으킨다 그 투입구에 와꾸를 맞추고 싶으면 우선 일 년간 하루 십 킬로의 로드웍과 섀도 복싱 등의 피눈물 나는 하드 트레이닝으로 실버스타 스탤론이나

리차드 기어 같은 샤프한 이미지를 만들 것 일단 기본 자세가 갖추어지면

세 겹 주름바지와, 니트, 주윤발 코트, 장군의 아들 중절모, 목걸이 등의 의류 액세서리 등을 구비할 것 그 다음

미장원과 강력 무쓰를 이용한 소방차나 맥가이버 헤어스타일로 무장할 것

그걸로 끝나냐? 천만에, 스쿠프나 엑셀 GLSi의 핸들을 잡아야 그때 화룡점정이 이루어진다

그 국화빵 통과 제의를 거쳐야만 비로소 압구정동 통조림통 속으로 풍덩 편입할 수 있게 되는 것이다

이곳 어디를 둘러보라 차림새의 빈부 격차가 있는지 압구정동 현대아파트는 욕망의 평등 사회이다 패션의 사회주의 낙원이다

– 유하, 「바람부는 날이면 압구정동에 가야 한다 2」에서

예문 ③

그녀는 욕망에 눈이 어두워진 나머지 물질적 사치의 쾌락과 마음의 기쁨을 혼동하고, 습관에서 오는 우아함과 감정의 섬세함을 혼동하고 있었다. 인도산 식물의 경우가 그렇듯이 연애에도 그것을 위해 준비된 땅과 특수한 기온이 필요한 것이 아니겠는가? 달빛 아래서의 한숨, 긴 포옹, 내맡긴 손에 떨어지는 눈물, 육체의 뜨거운 흥분과 우수에 젖은 애정 같은 모든 것은 한가로움으로 가득한 거대한 성곽의 발코니, 두꺼운 융단이 깔리고 가득한 꽃 바구니, 단 위에 침대가 놓이고 비단 장막이 드리워진 규방과 떼어놓고 생각할 수 없는 것이고 거기에다 보석의 광채와 하인들이 입은 제복의 장식끈의 빛을 빼놓고 생각할 수 없는 것이었다. …(중략)…

그리하여 그녀의 욕망은 뉘우침 때문에 더욱 거세게 끓어올랐고 그 때문에 더욱 더 능동적이 되는 것이었다.

– 귀스타브 플로베르, 「마담 보바리」에서

예문 ④

욕망은 타자에 의해 부추겨진다. 그것은 책, 다른 사람의 말, 친구의 행동 등에 의해 불어넣어지기에 사랑은 저절로, 자발적으로 생겨나지 않는다. no love is original. 오늘날의 대중문화는 무엇을 욕망할 것인지 보여주는 기계이다. 마치 우리 스스로는 욕망의 대상을 찾을 수 없다는 듯이 텔레비전, 영화, 대중소설, 광고, 패션은 욕망을 자극한다. 그저 누구를, 무엇을 욕망할지 가르쳐주고 그러고는 사라져버려라. 그것이 안내자, 주인, 중매자, 라이벌을 향해 던지는 주체의 소리이다. 모든 사랑에는 장애물이 있다. 때로 연인의 욕망은 대상을 사랑하는 라이벌에 의해 부추겨지고 강화된다. 『춘향전』에서 이도령의 열정은 변학도의 욕망에 의해 부추겨지고 방자와 향단의 욕망은 주인들의 욕망을 모방한다. 대상이 고유한 가치를 갖지 못하고 매개자, 혹은 타자의 욕망에 의해 좌우된다면 그 대상은 기호이다.

– 권택영, 「영화와 소설 속의 욕망이론」에서

예문 ⑤

내적인 욕구불만은 필연적으로 자아에서 나오는 것이고 리비도가 차지하려는 다른 대상들을 리비도에게 허락하지 않는다. 갈등은 바로 이때 신경증의 가능성과 함께, 다시 말해 억압된 무의식에 의한 우회적인 방법을 통해 얻어지는 대리만족과 함께 발생하게 된다. 내적인 욕구불만은 모든 경우에 고려의 대상이 되지만 이렇게 실제로 일어나는 외적인 욕구불만이 미리 자리를 준비해 놓기 이전에는 작용하지 않는다. 성공했기 때문에 병에 걸리는 예외적인 경우들은 내적인 욕구불만이 고립된 채 작용을 하고 있는 경우인데, 외적인 욕구불만이 욕망의 충족으로 인해 사라진 이후에만 내적인 욕구불만이 나타나는 것이다.

얼른 보기에 이런 경우들은 뭔가 놀라운 것을 내포하고 있는 것처럼 생각될 수도 있다. 그러나 좀 더 자세히 들여다보면 욕망이 환상의 수준에 머물러 있을 뿐 아직 충족되기에는 멀다고 생각되는 동안에는 자아가 욕망을 해롭지 않은 것으로 용납할 수 있지만, 욕망이 거의 충족되면서 현실이 되려고 할 때 자아는 이 욕망에서 자신을 보호하려 한다는 것을 위의 예외적인 경우들에서도 다시 한번 확인할 수 있는 것이다.

– 프로이트, 「정신분석에 의해서 드러난 몇 가지 인물유형」에서

생각해보기

1. 주변에서 탐욕으로 문제가 생긴 경우를 목격한 적이 있는지 생각해 봅시다.

2. 자신에게 가장 중요한 욕망은 무엇인가?

3.9. 사랑

문학을 비롯하여 음악과 미술에 이르기까지 예술에서 가장 많이 나타나는 주제는 사랑일 것이다. 남녀간의 사랑에서부터 부모 자식간의 사랑, 종교적인 사랑에 이르기까지 그 형태도 다양하며 사랑을 이루기 위한 각종 노력들, 사랑을 쟁취했을 때 느끼는 희열과 사랑에 실패했을 경우에 맛보는 좌절 등 수많은 이야기들이 사랑을 둘러싸고 만들어지고 있다. 프랑스의 작가이자 비평가인 줄리아 크리스테바는 "인간의 한평생은 거대하고 영원한 사랑의 과정이다"고 말한 바 있다.

그리스철학에서는 사랑을 네 가지로 분류하기도 한다. 아가페는 신에 대한 사랑으로 거룩하고 무조건적인 사랑, 필리아는 친구간의 사랑이나 우정을 뜻한다. 에로스는 이성간의 사랑이며 스토르게는 가족간의 사랑을 의미한다.

예문 ①

"내 사랑은, 제발 들어주시오, 내 사랑은 단 한 번 휘두른 검이오. 달군 불길이 그대로 남은, 거세게 달구어져 번쩍번쩍 빛나는 붉은 검이오. 그러나 이전에는 아름답게 장식된 칼집 속의 검이었을 뿐이오. 뽑아서 휘두르면 사람도 단번에 베었을 것이오. 그러나 헛되이 그것을 증명할 필요가 있을까, 검이라면 반드시 그 속에 죽음을 감추고 있을 터, 일격에 죽일 죽음을! 칼집의 매듭은 그저 한번 풀면 족하오, 베지 못한 검이라면 그저 그것으로 끝일 뿐! 지금 나는 그 검을 뽑았소, 당신 앞에 뽑아보인 것이오. 칼집은 일찌감치 내던졌소, 다시 집어넣을 수는 없어요! 당신은 그저, 그 칼자루를 쥐고 내 가슴팍에 서기만 하면 되오. 그리고 혼신의 힘을 담아 찌르면 되오! 깊게, 깊게, 저 먼 곳으로 뚫고 나갈 만큼!"

다카코는 흐느껴 울었다. 말言語은 마사키와 하나가 되어 있었다. 하나가 될수록 진실하고, 하나가 될수록 허무했다. 말은 스스로 찢어지고, 가루로 부서지고, 쉽게도 초월되었다.

– 히라노 게이치로, 「달」에서

예문 ②

순간, 시간은 멈춘 듯했고, 만물의 정기가 산티아고의 내부에서 끓어올라 소용돌이치는 듯했다.

그녀의 검은 눈동자와 침묵해야 할지 미소 지어야 할지 몰라 망설이는 그녀의 입술을 보는 순간, 그는 지상의 모든 존재들이 마음으로 들을 수 있는 '만물의 언어'의 가장 본질적이고 가장 난해한 부분과 맞닥뜨렸음을 깨달았다. 그것은 사랑이었다. 인간보다 오래되고, 사막보다도 오래된 것. 우물가에서 두 사람의 눈길이 마주친 것처럼, 두 눈빛이 우연히 마주치는 모든 곳에서 언제나 똑같은 힘으로 되살아나는 것, 사랑이었다. 마침내 그녀의 입가에 미소가 어렸다. 그것은 표지였다. 정체도 모르는 채 오랜 세월 기다려온, 책 속에서, 양들 곁에서, 크리스털 가게와 사막의 침묵 속에서 찾아 헤매던 바로 그 표지였다. 순수한 만물의 언어였다. 우주가 무한한 시간 속으로 여행할 때 아무것도 필요하지 않은 것처럼, 거기엔 어떤 설명도 필요없었다.

산티아고가 그 순간 깨달은 것은, 운명의 여인과 마주하고 있다는 사실이었고, 그녀 또한 그것을 알고 있었다. 아무런 말도 필요없었다. 그는 온몸으로 확신했다. 부모님도 그랬고 할아버지도 그랬지만 남녀가 맺어지려면 세월을 두고 만나며 상대방을 차근차근 제대로 알아야 한다고 말했었다. 그러나 그들은 우주의 언어를 알지 못했다. 우주의 언어를 아는 사람에게는, 사막 한복판이든 대도시 한가운데든 누군가가 자신을 기다리고 있다는 걸 깨닫기란 어려운 일이 아니기 때문이다. 두 사람이 만나 눈길이 마주치는 순간 모든 과거와 미래는 의미를 잃고 오직 현재의 순간만이, 하늘 아래 모든 것은 단 하나의 손에 의해 씌어졌다는 믿을 수 없는 확신만이 존재하게 된다. 세상의 모든 사람들에게 사랑을 불러일으키고 영혼의 반쪽을 찾아주는 것은 바로 그 단하나의 손이다. 우주의 언어로 소통하는 그러한 사랑 없이는, 어떠한 꿈도 무의미할 것이다.

– 파울로 코엘료, 「연금술사」에서

예문 ③

'차이란 것은 에너지의 발생이라고 했지만.'

바로 그 차이 때문에 여자를 좋아하게 됐다고는 해도 남자는 이제 여자의 다감함이 실은 심한 감정기복이었고 발랄함의 정체가 사실은 경솔함이었다고, 그 차이의 이면을 보고 있다.

'다르다는 것이 강한 호감이 되지만 상대의 마음에 들려고 하는 긴장을 잃은 다음부터는 바로 그 다르다는 것 때문에 피곤을 느끼지.'

그 동안 저 유치함을 어떻게 견뎌냈는지 스스로의 참을성이 기특할 정도이다.

'그러기에 사랑의 절대성이란 사실상 절대적인 동질성에 대한 소망이라는 거야.'

남자는 이제 위대한 연인에서 유치한 여자로 전락한 여자와의 수준차를 일부러 강조하기라도 하듯 머릿속에서 계속 유식한 티를 내며 에피그램을 찾아낸다. 그것을 여자와 헤어질 정당한 이유로 삼으려는 사람처럼 어찌 보면 필사적이다.

– 은희경, 「특별하고도 위대한 연인」에서

예문 ④

당신이 날 사랑해야 한다면
오직 사랑만을 위해 사랑해 주세요.
그녀의 미소 때문에…그녀의 모습…그녀의
부드러운 말씨…그리고 내 맘에 꼭 들고
힘들 때 편안함을 주는 그녀의 생각 때문에
'그녀를 사랑해' 라고 말하지 마세요.
사랑하는 이여, 이런 것들은 그 자체로나
당신 마음에 들기 위해 변할 수 있는 것,
그리고 그렇게 얻은 사랑은 그렇게 잃을 수도 있는 법.
내 뺨에 흐르는 눈물
닦아 주고픈 연민 때문에 사랑하지도 말아 주세요.

당신의 위안 오래 받으면 눈물을 잊어버리고,
그러면 당신 사랑도 떠나갈 테죠.
오직 사랑만을 위해 사랑해 주세요.
사랑의 영원함으로 당신 사랑 오래오래 지니도록.

– 엘리자베스 배릿, 「연시」에서

예문 ⑤

내 생활은 무척 단조로워. 난 닭을 쫓고, 사람들은 나를 쫓지. 닭들은 닭들끼리, 사람들은 사람들끼리 모두 비슷하게 생겼어. 그래서 난 좀 지루해. 하지만 네가 날 길들인다면 내 생활은 달라질 거야. 그리고 다른 사람의 발자국 소리와 네 발자국 소리를 구별할 수 있을 거야. 다른 사람의 발자국 소리가 들리면 더 깊은 곳으로 숨어버리겠지만, 네 발자국 소리가 들리면 반가워서 뛰어 나올 거야. 그리고 저길 봐! 저기 푸른 밀밭 보이지? 난 빵은 안먹어. 그래서 밀은 내게 소용없어. 밀밭은 내게 아무것도 생각나게 하지 않지. 슬픈 일이야. 그런데 넌 금빛 머리카락을 가지고 있어. 네가 날 길들인다면 네 금빛 머리카락은 더 밝게 빛날 거야. 그리고 난 금빛 밀을 보면서 널 생각하겠지. 그럼 난 밀밭을 일렁이며 지나가는 바람 소리도 사랑하게 될거야…….

– 생텍쥐페리, 「어린 왕자」에서

예문⑥

준다는 것 외에도 사랑의 적극적인 성격은, 사랑이 모든 형태의 사랑에 공통되는 기본적인 요소를 지니고 있다는 사실에서도 뚜렷하게 나타난다. 그것은 보호, 책임, 존경과 지식이다.

사랑이 보호를 포함한다는 것은 자식에 대한 어머니의 사랑에서 가장 뚜렷하게 나타난다. 만일 어머니가 자식을 돌보는 일을 소홀히 하거나, 목욕시키고 먹이고 신체적인 안락을 주는 것을 무시하는 것을 본다면, 아무도 그 어머니가 자식을 사랑한다고 생각하지 않을 것이다. 그러나 어머니가 자식을 소중히 보살피는 것을 본다면, 그 어머니의 사랑에 감명을 받게 된다. 그것은 동물이나 꽃에 대한 사랑에서도 그리 다르지 않다. 만일 한 여자가 꽃을 사랑한다고 말하면서도 꽃에 물을 주는 것을 잊고 있다면, 우리는 그 여자가 꽃을 사랑한다는 말을 믿지 않을 것이다. 사랑이란 사랑하는 존재의 생명과 성장에 대한 적극적인 관심이다. ……(중략)……

보호와 관심은 사랑의 또 다른 측면, 즉 책임을 함축하고 있다. 오늘날 책임은 흔히 의무나 외부로부터 주어지는 것을 의미한다고 생각되고 있다. 하지만 진정한 의미에서 책임은 전적으로 자발적인 행위이다. 책임은 다른 인간 존재의 요구-그것이 표현되었건 그렇지 않건 간에-에 대한 나의 반응이다. '책임을 진다'는 것은 '응답'할 수 있고 또 그럴 준비가 되어 있다는 것을 의미한다. ……(중략)……

책임은 사랑의 세 번째 요소인 '존경'이 없다면 쉽게 지배와 소유로 전락할 수 있다. 존경은 두려움이나 경외는 아니다. 존경이란 어원respicere(바라보다)과 관련지어 볼 때, 인간을 있는 그대로 볼 수 있는 능력과 그의 독특한 개성을 인식할 수 있는 능력을 의미한다. 존경은 타인이 나름대로 성장하고 발전하기를 바라는 관심이며, 착취가 없는 상태이다. 나는 사랑하는 사람이 성장하기를 바라며, 나에게 봉사하려는 목적에서가 아니라 자신을 위해서 자기 자신의 방식대로 발전하기를 바란다.

……(중략)……

지식은 사랑의 문제에 대해 더욱 근본적인 또 하나의 관계를 맺고 있다. 고립이라는 감옥으로부터 벗어나기 위해 타인과 융합하고자 하는 근본적인 욕구는 또 다른 특별히 인간적인 욕망, 즉 '인간의 비밀'을 알고자 하는 것과 밀접한 관련을 맺고 있다. 생명은 단순히 생물학적 측면에서 볼 때는 하나의 기적이지만, 인간적인 측면에서 볼 때 인간은 그 자신과 그의 동료에게 있어서 풀지 못할 비밀이다.

– 에리히 프롬, 「사랑의 기술」에서

생각해보기

1. 자신이 경험한 사랑의 이야기를 나누어 봅시다.

2. 가장 아름다운 사랑은 어떤 것인가?

3.10. 행복

"사랑하는 것은/사랑을 받느니보다 행복하나니라."라고 시인 유치환은 읊었다. 과연 그러한가? 행복한 삶이란 어떤 것일까?

행복한 삶은 모든 사람이 지향하는 바이다. 그래서 모든 종교와 철학에서 행복한 삶에 대해 역설하고 있다. 그러나 사람마다 그 기준이 다르기 때문에 어떤 것이 행복일까에 대한 의견은 다양할 수밖에 없다.

자신이 꿈꾸는 행복한 삶은 무엇인가? 가난해도 마음만 편하면 행복한가? 경제적 여유가 없다면 불행한 것인가? 경쟁에 이긴다면 행복할 것인가? 나는 성공했을지라도 다른 사람들이 고통스럽다면 불행한가? 각자의 행복관에는 인생관과 가치관이 녹아있다.

예문 ①

사노라면 언젠가는 밝은 날도 오겠지
흐린 날도 날이 새면 해가 뜨지 않더냐
새파랗게 젊다는게 한밑천인데
째째하게 굴지 말고 가슴을 쫙 펴라
내일은 해가 뜬다 내일은 해가 뜬다
비가 새는 작은방에 새우잠을 잔데도
고운 님 함께라면 즐거웁지 않더냐
오손도손 속삭이는 밤이 있는 한
째째하게 굴지 말고 가슴을 쫙 펴라
내일은 해가 뜬다 내일은 해가 뜬다

– 들국화, 〈사노라면〉에서

예문 ②

그 다음 날 아이는 곧 정상을 회복해, 기쁘게 유아원에 갔다. 딸아이가 기뻐하니,

온 집안의 분위기가 좋아졌다. 그날 저녁 식사할 때 아내는 전자렌지로 닭 반 마리를 굽고, 또 그에게 맥주 한 병을 내 주었다. 맥주를 마시자, 그는 머리가 좀 어지럽고 몸이 점점 커지는 느낌이 들었다. 그래서 아내에게 말했다.

"사실 세상일이란 게 아주 간단한 거야! 하나의 이치를 깨닫고, 그 이치에 따라 처리하면 생활은 흐르는 물처럼 순탄하고, 그렇게 하루하루 지내면 아주 편한 거야. 세상이 편하면, 지구도 그에 따라 추웠다 더웠다 하는 거라구."

– 류진운, 「닭털 같은 나날」에서

예문 ③

세상의 모든 행복은 남을 위한 마음에서 오고
세상의 모든 불행은 이기심에서 온다.
하지만 이런 말이 무슨 소용이 있는가?
어리석은 사람은 여전히 자기이익에만 매달리고
지혜로운 사람은 남의 이익에 헌신한다.
그대 스스로 그 차이를 보라.

– 산티데바라 인도 스님

예문 ④

어찌하여 느림의 즐거움은 사라져버렸는가? 아, 어디에 있는가, 옛날의 그 한량들은? 민요들 속의 그 게으른 주인공들, 이 방앗간 저 방앗간을 어슬렁거리며 총총한 별 아래 잠자던 그 방랑객들은? 시골길, 초원, 숲속의 빈터, 자연과 더불어 사라져버렸는가? 한 체코 격언은 그들의 그 고요한 한가로움을 하나의 은유로써 이렇게 정의하고 있다. 그들은 신의 창窓들을 관조하고 있다고. 신의 창들을 관조하는 자는 따분하지 않다. 그는 행복하다.

– 밀란 쿤데라, 「느림」에서

생각해보기

1. 각자가 생각하는 행복관에 대해 토의해 봅시다.

2. 행복한 사회의 조건은 무엇일까?

3.11. 청춘

청춘, 곧 靑春은 '푸른 봄'이다. 겨우내 차갑게 굳어있던 땅을 뚫고 솟아오른 연푸른 새싹을 생각해보라. 추위로 웅크렸던 마음이 앞날에 대한 환한 희망으로 바뀌지 않겠는가?

이처럼 청춘은 '푸른 봄' 이란 말에서 느낄 수 있는 싱그러움, 희망, 젊음을 의미한다. 넘치는 열정과 패기로 피가 끓고 때론 무모해보이는 도전도 서슴치 않는 용기가 가능한 시기이다. 때로 좌절을 맛본다 하더라도 성숙으로 나아가는 담금질로 여길 수 있는 시기이다.

이상을 높이 세우고 열정을 가슴 가득 안고 불의에 항거할 줄 알며 쉽게 포기하지 않는 정신이 곧 청춘이다.

예문 ①

청춘이란
인생의 어느 기간을 말하는 것이 아니라
마음의 상태를 말한다.
그것은 장밋빛 뺨, 앵두같은 입술,
하늘거리는 자태가 아니라
강인한 의지, 풍부한 의지력,
불타는 열정을 말한다.
청춘이란
인생의 깊은 샘물에서 오는 신선한 정신
유약함을 물리치는 용기
안이를 뿌리치는 모험심을 말한다
때로는 이십의 청년보다 육십이 된 사람에게
청춘이 있다.

나이를 먹는다고 해서 우리가 늙는 것은 아니다
이상을 잃어버릴 때 비로소 늙는 것이다. …(중략)…
영감이 끊어져 정신이 냉소라는 눈에 파묻히고
비탄이라는 얼음에 갇힌 사람은
비록 나이가 이십세라 할지라도
이미 늙은이와 다름없다.
그러나 머리를 드높여
희망이란 파도를 탈 수 있는 한
영원한 청춘의 소유자인 것이다.

– 사무엘 울만, 「청춘」에서

예문 ②

언젠가 가겠지 푸르른 이 청춘
지고 또 피는 꽃잎처럼
달 밝은 밤이면 창가에 흐르는
내 젊은 영가가 구슬퍼
가고 없는 날들을 잡으려 잡으려
빈 손짓에 슬퍼지면
차라리 보내야지 돌아서야지
그렇게 세월은 가는 거야
언젠가 가겠지 푸르른 이 청춘
지고 또 피는 꽃잎처럼........

– 산울림, 「청춘」에서

예문 ③

청춘! 이는 듣기만 하여도 가슴이 설레는 말이다. 청춘! 너의 두 손을 가슴에 대고,

물방아같은 심장의 고동을 들어보라. 청춘의 피는 끓는다. 끓는 피에 뛰노는 심장은 거선巨船의 기관汽罐같이 힘있다. 이것이다. 인류의 역사를 꾸며 내려온 동력은 바로 이것이다. 이성理性은 투명하되 얼음과 같으며, 지혜는 날카로우나 갑속에 든 칼이다. 청춘의 끓는 피가 아니더면, 인간이 얼마나 쓸쓸하랴? 얼음에 싸인 만물萬物은 죽음이 있을 뿐이다.

그들에게 생명을 불어넣는 것은 따뜻한 봄바람이다. 풀밭에 속잎 나고, 가지에 싹이 트고, 꽃 피고 새 우는 봄날의 천지는 얼마나 기쁘며, 얼마나 아름다우냐? 이것을 얼음 속에서 불러내는 것이 따뜻한 봄바람이다. 인생에 따뜻한 봄바람을 불어 보내는 것은 청춘의 끓는 피다. 청춘의 피가 뜨거운지라, 인간의 동산에는 사랑의 풀이 돋고, 이상理想의 꽃이 피고, 희망希望의 놀이 뜨고, 열락悅樂의 새가 운다.

사랑의 풀이 없으면 인간은 사막이다. 오아시스도 없는 사막이다. 보이는 끝까지 찾아다녀도, 목숨이 있는 때까지 방황하여도, 보이는 것은 거친 모래뿐일 것이다. 이상의 꽃이 없으면, 쓸쓸한 인간에 남는 것은 영락零落과 부패腐敗뿐이다. 낙원을 장식하는 천자만홍千紫萬紅이 어디 있으며, 인생을 풍부하게 하는 온갖 과실이 어디 있으랴?

– 민태원, 「청춘예찬」에서

예문 ④

원하는 것을 향한 지치지 않는 탐색의 열정은
젊음의 특권이다

헤매고 찾고
偶有性
Serendipity

Mind up ⇨

방황 속에 길이 있다

젊은이여, 방황하라 결단하라
원하는 것을 가져라!

Magic card 3

개미의 동선 Ant's Trace

목표를 향한 곡선과 직선 | 먹이를 찾아 헤매는 개미의 어지러운 곡선과 먹이를 찾은 뒤 곧장 집으로 향하는 개미의 직선은, 진리를 찾아 방황하는 이 시대의 젊음에게 끝없는 도전과 흔들리지 않는 믿음, 지치지 않는 탐색 열정을 가질 것을 시사한다.

– 이어령, 「젊음의 탄생」에서

생각해보기

1. 청춘은 아름다운가? 그 이유는 무엇일까?

2. 감동적인 청춘의 이야기를 찾아 봅시다.

3.12. 우리시대 20대 취업의 어려움

20대의 시기는 청춘이다. 열정과 패기로 새로운 일에 도전하며 활기차게 살아가는 시기인 것이다. 맹목적인 사랑에 몸을 던지기도 하며 성숙한 인간으로 성장하기 위한 성장통을 겪기도 하는 시기이다.

최근 우리사회가 경쟁이 치열해지면서 많은 젊은이들이 어려움을 겪고 있다. 자신이 원하는 것이 무엇인지 채 탐색해보기도 전에 취업전선에 휘말리기 때문이다. 소설 속에 등장하는 젊은이들은 치장과 거리가 먼 채 '새까매진 얼굴'로 견디거나 취직소식을 묻는 친지 앞에서 '어른을 대하는 예의와 낭패감, 미소, 수치심이 섞여 형태를 갖추지 못한 반죽처럼' 흔들리는 얼굴이 되곤 한다. 반면 밝고 낙천적으로 취업의 문제를 비껴가는 젊은이도 있어 안도의 웃음을 유발하기도 한다.

예문 ①

내 성적은 항상 4.0이 넘었고 토익 점수도 900점 이상이었다. 나는 성격도 원만했고 나름대로 창의적인 인간이라 생각해왔었다. 그래서 처음 서류 심사에 떨어졌을 때 '원래 몇 번씩은 다들 떨어진다잖아?' 생각했다. 그다음 떨어졌을 때 '혹시 자격증이 없어서 그런 게 아닐까?' 싶어 운전면허를 땄다. 또 한 번 떨어졌을 땐 '혹시 내 인상이 안 좋나?' 해서 사진을 다시 찍었다. 열 번 넘게 낙방하자, 나는 혹시 내 전공이 국문학이기 때문이 아닐까 고민했다. 그러자 영문과에 다니는 친구가 말했다. "영문과도 마찬가지야. 요새 영어는 아무나 하거든." 철학과에 다니는 친구는 말했다. "그래도 네가 나보단 낫지 않니?" 그 말을 똑같이 법학과에 다니는 친구에게 하자 그는 꽁초를 힘껏 빨며 웅얼거렸다. "그것도 옛날 얘기지. 요샌 고시도 잘사는 집 애들이 잘 붙어. 장거리 경주라 누가 뒤를 받쳐줘야 하거든." 한 스무 번쯤 떨어졌을 땐 '내가 너무 눈이 높은 것이 아닐까' 싶었다. 그래서 작지만 건실한 회사에 부지런히 원서를 넣었다. 결과는 마찬가지였다. 하여 서른번째 낙방을 했을 즈음, 나는 머리통을 감싸 안고 중얼거렸다.

"정말 나는 괴물이 아닐까?"

시험을 준비하며 여러 노력을 했다. 한번은 인터넷을 뒤져 대기업 인사과장이 올려놓은 모범 답안을 정독했다. '서류는 일단 자기소개서를 잘 써야 한다'며 시작되는 글이었다. 그런데 모범 답안 작성자는 자기소개서를 잘 쓴 게 아니라 인생 자체가 잘 씌어 있었다. 만일 내가 IT 회사에 서류를 낸다면 아마 포털 사이트에 대한 관심으로 자기소개서를 채울 것이다. 하지만 그는 '어려서부터 아버지가 사다 준 애플 컴퓨터를 분해하며 노는 것이 참 즐거웠습니다' 라고 쓸 것이다. 그는 취미도 '승마'였다. 나는 '독서' 라고 쓰는 것이 왠지 부끄러워 보편적이면서도 무난한 '영화 감상' 이라고 썼다.

– 김애란, 「자오선을 지나갈 때」에서

예문 ②

우리는 '면접시험의 역사를 새롭게 쓰자'라는 포부를 가슴에 품고 새로운 형식의 면접을 시도했지만 면접관들의 반응은 냉담했다. 새로운 레퍼토리를 만든 만담 듀엣의 심정으로 면접관들의 마음을 사로잡으려고 했지만 시간도 채우지 못하고 쫓겨나는 경우가 더 많았다. 이유는 알 수 없었다. 한번은 쫓겨나는 도중에 인사담당자에게 탈락 이유를 물어본 적이 있었다. 인사담당자는 우리 얼굴을 번갈아 보더니 "개그맨 시험이나 한번 쳐보세요"라며 등을 떠밀었다. "일단 재미는 있다는 거네?"라며 M이 웃었다.

인터넷 기획회사의 면접을 볼 때는 둘이서 만담을 했고 – 면접관들은 한 번도 웃어주지 않았다. – 애니메이션 제작회사의 면접을 볼 때는 어설픈 마술쇼를 하기도 했으며 – M이 소품으로 준비해둔 손수건에 불을 잘못 붙이는 바람에 천장에 붙어 있던 스프링쿨러가 작동됐다 – 영어교재회사의 영업직 사원 면접시험 때는 지하철에서 물건을 파는 행상의 모습을 재연하기도 했다. 그나마 가장 반응이 좋았던 것이 지하철 행상 재연이었다. 우리는 말도 안 되는 영어를 써가면서 영어교재 광고를 했는데, 면접관 한 명은 너무 심하게 웃다가 의자에서 굴러떨어지기도 했다. 그런데 말이죠, 저희가 만드는 책은 지하철에서 파는 것 같은 엉터리 교재가 아니랍니다, 라는 것이 인사담당자가 밝힌 탈락 이유였다. 우리는 면접 준비의 첫 번째 원칙을 잊고 있었다. 무엇보다도 회사에 대해 공부해둘 것. 우리는 열심히 면접을 준비했지만 영어교재를 파는 회사라는 사실만 알았을 뿐 어느 정도 수준의 책을 파는지에 대해서는 생각해 보지도 않았던 것이다.

– 김중혁, 「유리방패」에서

예문 ③

졸업을 하고 일흔세 곳에 이력서를 넣었는데, 아무런 연락도 없었다. 일흔 세 곳이었다. 일흔 세 곳. 이해가 가지 않았다. 고장 난 기계 때문에 머리를 못내미는 두더지의 기분이랄까, 아무튼 이 나라는 고장이다. 그런 생각이 든다. 심각하다. 누구나 살기가 힘든 건 알겠는데, 꼭 머리를 내미는 한 마리가 있다. 그리고 그 한 마리가 일흔세 번의 망치질을 독식한다. 뽕쿵딱 뽕 쿵딱, 어둠 속에서 그 소리를 듣다 보면, 누구라도 바보가 된 기분이 든다. 이곳이, 유원지라고?

전문대를 졸업했지만, 능력이 뒤진다고는 생각지 않는다. 관광경영을 전공했고, 영어 회화도 중급 이상이다. 토익도 이따금 900점을 넘었다. 교내 스포츠댄스 동아리의 회장이었다. 아니 나는, 뭐든 할 수 있다. 그런 정신 자세가, 되어 있다. 건강하고, 공병 출신이어서 막일도 훤하다. 억울하단 얘기는 아니지만 – 즉 내 말은, 적어도 일흔 세 곳에서 고배를 마실 정도는 아니란 얘기다. 누가 뭐래도 나는 그렇게 생각했다.

– 박민규, 「아, 하세요 펠리컨」에서

예문 ④

우리들의 20대에 어울릴 만한 이름은 무엇일까? 이미 마케팅을 중심으로 재편이 완료된 우리 사회는 그들을 다만 '덩어리'로 인식할 뿐이다. 2030, 2535 혹은 1326 등 숫자로 지칭되는 그들은 다만 나이에 따라 구별되는 덩어리일 뿐이다. 그렇다면 우리 기성세대는 20대를 이름도 없이 그저 소비만 하는 덩어리로 바라본다는 말인가? 바로 그렇다. 대한민국이라는 땅덩어리 안에서 지금의 20대들은 TV와 라디오가 시키는 대로 소비하는 꼭두각시이며, 그 마케팅의 주체가 이들에게 붙여준 이름은 단지 나이에 따라 무리를 나눠놓은 덩어리의 이름일 뿐이다. 한국전쟁에 참전한 학도의용군들도 '군번 없는 용사'라는 버젓한 이름을 가지고 있었다. 그런데, 승자 독식의 이 살벌한 초절정 경쟁 사회에서 일상을 전쟁 치르듯 살아가는 20대들에게는 제대로 된 이름조차 없다니! ……(중략)……

우리나라 전체 비정규직의 평균 임금(월급)은 약 119만 원이다. 여기에 전체 임금과 20대의 임금 비율을 곱해서 숫자를 뽑아보니까, 우연의 결과지만 딱 88만원이 나왔다. 물론 이건 '세전稅前' 임금이다. 실제 20대의 평균 임금은 정규직으로 취직에 성공한 경우 훨씬 높을 것이고, 여기에 대학생 등 아직 경제활동인구에 편입되지 않은 비율을 고려해야 할 것이다. 하지만 800만 명 정도의 비정규직 인구를 감안하면 세금을 제하고 평균적으로 손에 넣을 수 있는 임금은 대체로 여기에서 크게 벗어나지는 않을 것이다.

– 우석훈 · 박권일, 「88만원 세대」에서

생각해보기

1. 취업을 위해 준비하고 있는 것이 있는가? 있다면 어떤 것을 준비하고 있는가?

2. '요즘 젊은이들은 힘든 일을 기피하기 때문에 취업하지 못한다'는 일부 기성세대의 견해에 대해 어떻게 생각하는가?

과제 2

학 과

학 번

이 름

제출일 20 . . .

자신의 삶의 길잡이가 된 책이 있었는지, 또는 가장 재미있게 읽은 책은 무엇인지 생각해 보고 그 이유를 정리해 봅시다.

절

취

선

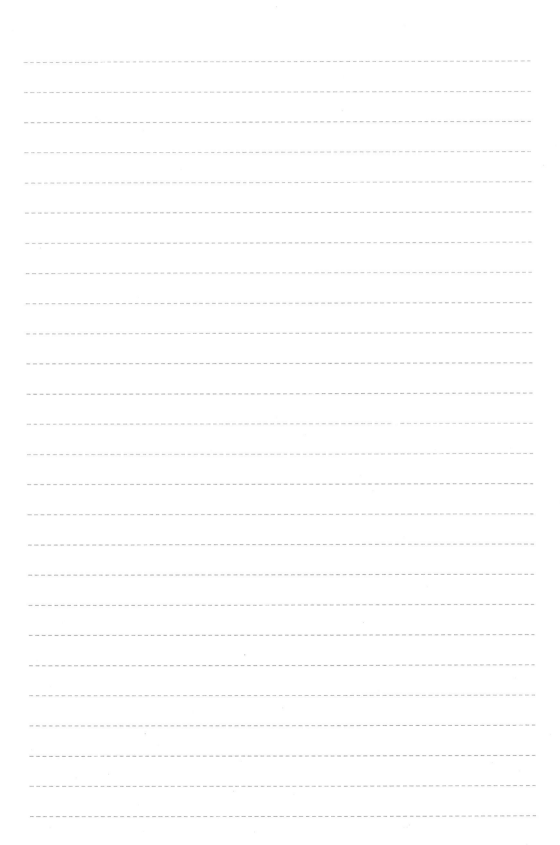

말하기

제1장
말하기의 중요성

인간은 사회적 동물이다. 이는 누군가와 관계를 맺으며 살아가는 것을 의미한다. 이 관계가 원활하게 이뤄지기 위해서는 커뮤니케니션이 중요하다.

커뮤니케이션은 의사opinion를 소통하고 정보information를 교환하고 감정sentiment을 이입시키는 행위의 수단이다(Virginia Satir). 여기서 중요한 것은 우리가 서로 다를 수 있다는 인식을 갖는 것이다. 즉 너와 내가 다르고 각 개인의 자율성과 독립성을 '우리' 의 범위 속에서 인정할 수 있을 때 서로 긍정적인 소통이 가능한 것이다.

사티어에 따르면 순기능적으로 커뮤니케이션을 하는 사람과 역기능적 커뮤니케이션을 하는 사람이 있는데 순기능적 커뮤니케이션을 하는 사람의 특징을 정리하면 다음과 같다.

첫째, 상대방의 메시지를 경청하며 명확하게 질문한다.

둘째, 질문에 대하여 적절하게 대답한다.

셋째, 상대방에게 자기의 의견을 명확하게 전달한다.

넷째, 찬성이나 반대의 반응을 분명히 하지만 반대의견을 직접적이고 노골적으로 표현하지 않는 기술이 있다.

다섯째, 상대방의 반응을 잘 받아들인다.

여섯째, 언어적 커뮤니케이션이 합리적이고 분명하다면 메시지 내용에 대하여 책임을 진다.

일곱째, 분명하고 적절한 커뮤니케이션으로 내용을 지나치게 일반화하지 않고 자신의 희망, 생각, 개념을 다른 사람에게 투사하지 않는다. 그리고 다른 사람에게 제삼자의 사적인 이야기를 전하지 않는다.

이와 같은 커뮤니케이션의 자질은 하루아침에 만들어지는 것은 아니다. 어릴 때부터 이를 위한 훈련이 이루어져야 한다. 그러나 전통적으로 윗사람 말에 순응하는 태도를 선호해왔던 사회 분위기상 우리나라는 자신의 의견을 명확히 전달하거나 대등한 관계의 소통에 대해서는 관심이 적었다고 할 수 있다. 최근 자기표현능력이 중요해지면서 뒤늦게 자기표현훈련이나 대인 커뮤니케이션, 토론방법 등을 배우려는 사람들이 많아지고 있다.

뉴욕시의 기업 경영자 중 79%가 채용이나 승진의 결정요인으로 '자기 생각을 말로 표현할 수 있는 능력'을 꼽았다는 조사가 보여주듯이 현대사회에서 의사표현능력은 매우 중요한 자질로 부상하고 있다. 우리나라에서도 대학 입학과 입사 시험에서 심층면접이나 구술시험을 통해 자신의 생각을 얼마나 조리 있게 또 논리적으로 말할 수 있는가를 살피는 말하기시험이 증가하는 것은 이를 반영하는 현상이다. 학교수업이나 기업 현장에서도 말하고 발표하는 기회가 많아지고 있어 어떻게 하면 말을 잘 할 수 있는가, 보다 잘 전달하기 위해서는 어떻게 해야 하는가 등에 대한 강의들이 요구되고 있다.

커뮤니케이션 중에서 가장 기본적인 것은 언어 소통이다. 말은 글에 비해서 직접 사람을 대면하며 이뤄지는 것이므로 보다 직접적이고 친밀한 소통방식이라고 할 수 있다. 상대방의 반응을 직접 확인할 수 없는 글에 비해 말은 즉각적 반응과 대응이 가능하다. 그러나 기록이 남지 않으므로 금방 사라지고 말하기 전에 수정할 수 있는 게 아니므로 완전하게 전달할 수 없다는 단점이 있다. 또 말을 한 뒤에는 고칠 수 없으므로 실수하지 않도록 말하기 전에 신중하게 생각해야 한다.

기분이 좋지 않다고 말을 함부로 했다가 곧 후회한 적이 없는가? 그 때 조금만 말을 잘했어도 면접에 통과되었을 거 같다거나 좀 더 좋은 결과를 얻을 수 있었을 텐데 아쉬워했던 적은 없었는지? 수려한 용모를 지녔지만 말을 하기 시작하면 그 좋은 인상이 깎이는 사람, 또는 그 반대로 외모는 평범하지만 말을 재치 있게 해서 점수를 더 얻는 경우를 본 적 없었는지? 모두 말의 중요성을 보여주는 예들이다.

또 우리나라 속담에 말과 관련된 것이 많은데 이는 인간관계에서 말이 차지하는 중요성을 인식한 결과이다. '말 한 마디에 천 냥 빚을 갚는다'와 같은 속담은 말이 갖고 있는 힘을 단적으로 보여준다. 이외에도 '가는 말이 고와야 오는 말도 곱다' '발 없는 말이 천리 간다' '혀 아래에 도끼 들었다' 등은 말할 때 서로 예의를 지켜야 함을 역설하고 말이 퍼지는 속도가 빠르고 잘못된 말이 끼치는 해악이 크기 때문에 말할 때 조심해야 함을 경고한다. 또 '말이 씨가 된다' '입은 비뚤어졌어도 말은 바로 해라'는 사소한 말 한 마디가 큰 사건을 야기할 수도 있으며 소신껏 올바른 말을 하는 것이 중요함을 보여준다.

이처럼 말을 어떻게 하는가에 따라 다른 사람과의 관계를 원만하게 만들 수도 있고 그렇지 않을 수도 있다. 의사소통이 원활하게 이루어지는 관계에서는 오해가 일어나지 않으므로 갈등과 대립이 적어진다. 상대방을 배려한 말하기를 통해 원활한 소통이 이루어지는 사회를 만들어 나가자.

생각해보기

1. '말 한 마디에 천 냥 빚을 갚는다'와 비슷한 경험을 한 적이 있는지 이야기해봅시다. 또는 반대로 말을 잘못해서 좋지 않은 결과가 나타난 적은 없는지 생각해 봅시다.

2. 우리 사회에서 말실수로 인해 일어난 사건에 대해 이야기해 봅시다.

제2장 바람직한 말하기

1. 긍정적인 말하기

최윤의 소설 「속삭임, 속삭임」을 보면 낮은 목소리로 이야기하는 인물들이 등장한다. 부드럽게 속삭이는 말은 상대방에 대한 사랑과 이해를 바탕으로 해야 형성될 수 있다. 사랑과 이해에서 비롯되는 말하기는 서로 간에 사상이나 입장이 달라도 상대를 포용하는 힘을 갖고 있다.

이 소설이 보여주듯이 실제 말하기에 앞서 필요한 것은 상대에 대한 이해심과 배려일 것이다. 즉 같은 말이라도 상대방에 대한 배려 여부에 따라 듣는 사람의 느낌이 달라질 수 있는 것이다. 같은 의미를 전달하는 것이지만 표현에 따라 얼마나 달라질 수 있는가를 몇 가지 예를 들어 살펴보자.

> "100명 중 30명이 떨어졌다."
> "100명 중 70명이 합격했다."
>
> "부인, 왼발이 오른발보다 크군요."

"부인, 오른발이 왼발보다 작군요."

"옷 한 벌 세탁에 3000원, 무료로 방충 처리해 드립니다."
"옷 한 벌 방충 처리에 3000원, 세탁은 무료로 해드립니다."

"다리가 하나 밖에 없으니까 장애인이야."
"다리가 하나 남았으니까 괜찮아."

"해결해야 할 10개의 문제 중 6개밖에 해결하지 못했어."
"해결해야 할 10개의 문제 중 4개나 해결했어."

'아 다르고 어 다르다' 는 우리말 속담이 잘 보여주고 있듯이 같은 의미를 가진 말이지만 어떤 표현을 쓰는가에 따라 그 느낌은 굉장히 차이가 나는 것을 알 수 있다. 따라서 말의 효과를 최대로 얻고자 한다면 전하고자 하는 의미가 정확하게 전달되면서도 호감을 얻을 수 있는 표현을 쓰도록 한다.

자신의 생각을 정확하게 전달하고 상대로부터 좋은 반응을 얻기 위해서는 다음을 기억하자. (이경우 · 김경희, 「예비사회인을 위한 커뮤니케이션과 대인관계」 참조)

첫째, 정확하고 분명하게 말한다.

언어가 기본적으로 지니고 있는 특성 중 하나가 모호성이므로 자신의 의도와 달리 오해가 빚어지기도 한다. 그래서 가능한 한 명확하게 말하는 것이 필요하다. 명확하게 말한다는 것은 모호하게 표현하지 않고 구체적으로 지적해서 말하는 것을 의미한다. 가령 '너는 왜 그러니?' 라고 하는 것보다 '네 말은 나를 비난하는 것처럼 들려' 또는 '너는 약속시간을 잘 지키지 않아' 라고 구체적으로 말하는 것이 좋다.

둘째, 추상성의 단계에 주의한다.

언어는 추상상이 높을수록 많은 혼란을 가져올 수 있으나 항상 구체적인 표현이 좋은 것은 아니다. 즉 상황에 따라 추상성의 단계를 맞추는 것이 중요하다는 것이다. 자신의 이상형이 '착한 여자' 라고 말할 때 구체적으로 어떤 여자를 의미하는 것인지 지적하지 않으면 모호할 뿐이다. 그래서 '내가 좋아하는 여자는 어른 말씀에 순종하고 다른 사람을 도와줄 줄 아는 여자야' 라고 말하면 보다 구체적으로 의미가 전달될 수 있다.

그러나 전략적으로 모호함을 만들어내려고 할 경우엔 언어의 추상성을 일부러 이용하기도 한다. 가령 정치인들이 선거 캠페인에서 구호를 만들 때 '깨끗한 정치인' '아름다운 서울을 만들겠습니다' 등 일부러 추상적인 말을 사용하는 것을 볼 수 있다.

셋째, 적절한 표현을 사용한다. 어떤 대상이나 개념에 대해 일반화시켜 말할 때 과장되지 않도록 한다. 예를 들어 '연예인은 사치스럽다' 라고 한다면 모든 연예인이 사치스럽다는 과장된 일반화가 되므로 '어떤 연예인은 사치를 좋아한다' 라고 해야 적절한 말하기가 되는 것이다.

또 어떤 사람을 평가할 때도 '그 사람은 이기적이야' 라는 식의 표현은 부적절하다. 사람은 변할 수 있으며 상황에 따라 다른 태도를 보일 수도 있기 때문이다. 즉 전에는 이기적이었으나 최근에는 타인을 배려하는 사람이 되었을 수도 있고 자신의 가족이나 친구들에게는 이기적이 아닐 수도 있으므로 '그 사람은 이기적이었는데 최근에 달라졌어' 등으로 말하는 것이 적절하다.

넷째, 자신의 느낌과 생각을 담은 말을 사용한다. 자신의 느낌을 주장하고 표현하는 말인 '나-언어 I language' 를 사용한다. '너는 왜 내 속을 썩이니' '네가 나를 힘들게 한다' 등의 '너-언어 You language' 식의 표현은 자신의 느낌을 다른 사람의 탓으로 돌리는 것이다.

우리나라는 '너 언어' 에 익숙하기 때문에 '나-언어' 를 사용하는 것이 처음에는 생소할 수 있다. 그러나 '나-언어' 는 상대방의 방어심리를 덜 유발하고 솔직하며 완전한 메시지를 전달할 수 있으므로 보다 명확하게 자신의 뜻을 전달할 수 있다. 대화 상대방을 직접 판단하고 평가하거나 공격하는 것이 아니기 때문에 상대방은 훨씬 편하게 대화에 임할 수 있으며 솔직한 이야기는 누구나 좋게 받아들이고 전후사정과 그것에 대한 나의 입장까지 알려주기 때문에 완전한 메시지를 전달할 수 있는 것이다.

수업시간에 학생들에게 말하기를 시켜보면 처음엔 퍽 어색해 한다. 그러나 여러 번 회를 거듭할수록 자연스러워지고 자신감도 얻는 걸 본다. 즉 말하기도 글쓰기와 마찬가지로 우선 자신감이 중요하다. 자신감을 가지고 말하기에 도전해 보자.

또 말하는 내용이 좋더라도 목소리가 잘 안 들리거나 태도가 좋지 않다면 감점요인이 된다. 정확한 발음과 적절한 크기의 목소리, 바른 자세와 단정한 옷차림, 자연스러운 태도, 좋은 인상 등은 말하기의 효과를 몇 배로 높여주는 요소들임을 기억하자.

춥고 비바람 치던 어느 봄날. 달팽이 한 마리가 벚나무를 기어오르기 시작했니. 그러자 옆나무에 앉아 있던 참새 떼들이 달팽이를 비웃었다. 잠시후 참새 한 마리가 달팽이에게로 날아와 말을 걸었다. "야, 이 바보야. 나무에 버찌가 하나도 없잖아. 안보여?" 달팽이는 이 말에 꿈쩍도 않고 이렇게 대답했다. "상관없어. 내가 저 위에 도달할 때쯤이면 버찌가 무성할 테니까."

– 토머스 홀트베른트

생각해보기

1. 다른 사람의 말에서 불쾌감을 느낀 경험이 있었는지, 있었다면 왜 그런 느낌을 받았는지 이야기해 봅시다.

2. 다음은 채만식의 소설 「치숙」의 일부이다. 원활하게 대화가 이루어지지 않는 이유는 무엇일까 생각해보시오.

"배우나마나, 경제란 건 돈 많이 벌어서 애껴 쓰구 나머지 모아 두는 게 경제 아니요?"

"그건 보통 경제한다는 뜻으루 쓰는 경제고, 경제학이니 경제적이니 하는 건 또 다르다."

"다를 게 무어요? 경제는 돈 모으는 것이고 그러니까 경제학이면 돈 모으는 학문이지요."

"아니란다. 혹시 이재학理財學이라면 돈 모으는 학문이라고 해도 근리할지 모르지만 경제학은 그런게 아니란다."

"아니, 그렇다면 아저씨 대학교 잘못 다녔소. 경제 못하는 경제학 공부를 오년이나 했으니 그게 무어란 말이요? 아저씨가 대학교까지 다니면서 경제공부를 하구두 왜 돈을 못 모으나 했더니, 이제 보니깐 공부를 잘 못해서 그랬군요!"

"공부를 잘못했다? 허허, 그랬을는지도 모르겠다. 옳다, 네 말이 옳아!"

2. 언어예절

우리가 다른 사람과 의사소통을 잘 하려면 언어예절을 지켜야 한다.

다른 사람과 말을 주고받을 때, 언어예절에 맞게 말을 하려면 먼저 말하는 사람과 듣는 사람, 이야기에 등장하는 제3자 사이의 관계(연령, 신분과 지위, 항렬, 성별, 친숙도 등)와 상황을 잘 파악하여야 한다. 그리고 그 관계와 상황에 어울리는 언어를 선택하여 말해야 한다. 특히 우리말은 호칭이나 경어 사용이 복잡한 편이므로 잘 구분하여 사용해야 한다.

첫째, 호칭어와 지칭어를 적절히 사용해야 한다. 호칭어란 남을 부르는 말이고 지칭어란 어떤 사람을 가리켜 이르는 말이다. 호칭어와 지칭어는 지역, 연령, 가문 등에 따라 달리 쓰이기도 했는데 현대에 와서 쓰이지 않는 말도 생겼다.

예를 들어 요즘에는 시집갈 만한 나이의 처녀를 '아기씨'라고 부르거나 장가갈 만한 나이의 총각을 '도련님'이라고 부르지 않는다. 하지만 형수가 미혼의 시동생을 가리켜 부르는 말로 '도련님'을 사용하기도 한다.

부모님의 이름을 밝힐 때, "저희 아버지는 김 철자 수자 쓰십니다" 또는 "저희 어머니 함자는 이 미자 연자이십니다"라고 한다. 성에까지 '자'를 넣어 "김자 철자 수자 쓰십니다"라고 하는 사람이 있는데 이것은 잘못된 말이다. 또 자신의 아내를 '부인'이라고 높여 부르는 것도 잘못된 예이다.

둘째, 높임법을 잘 사용해야 한다.

상대방이 말하는 자신보다 나이가 많거나 사회적 지위가 높거나 항렬이 높은 경우, 또 이야기에 나오는 제3자가 자신과 상대방보다 높은 사람인 경우에 높임말을 쓴다. 연설이나 토의, 토론 등 공식적인 말을 할 때에는 상대가 나이가 어리고 지위가 낮은 사람이라도 높임말을 쓴다.

할아버지에게 아버지에 대해 이야기할 때 할아버지가 더 높으므로 아버지를 낮추어 말하는 것이 원칙이다. 즉 "할아버지, 아버지가 진지 잡수시라고 하였습니다"가 어법에 맞는다. 아버지까지 높여서 "할아버지, 아버지께서 진지 잡수시라고 하셨습니다"라고 하면 잘못된 말이다. 학생이 선생님에게 선배에 대해 이야기할 때 선배를 높여서 말하는 경우가 많은데 이는 잘못된 어법이다. "선생님, 김선배님이 4시에 오신다고 하셨어요."가 아니라 "선생님, 김선배가 4시에 온다고 했습니다."가 맞는 표현이다.

시대가 변화하면서 언어도 변하기 때문에 언어예절도 바뀌게 마련이다. 과거엔 '합쇼체'나 '하오체', '하게체' 등 여러 단계의 높임말이 있었으나 최근에는 '해요체'나 '해체'를 주로 쓰고 있다.

셋째, 대화할 때 상대방의 처지를 고려하여 공손한 표현은 최대화하고 공손하지 않는 표현은 최소화하여 서로 상대방을 존중해야 한다. 이왕이면 듣기 좋은 표현을 쓰고 상대가 부담이 되는 표현은 최소화하고 칭찬을 많이 한다. 또 자기를 내세우지 않는 겸손한 표현을 하도록 하고, 상대 의견에 반대를 할 때에도 일단 동의를 표하고 자신의 의견을 제시하면 원만하게 의사소통을 할 수 있다.

행복의 한 쪽 문이 닫히면 다른 쪽 문이 열린다. 그러나 흔히 우리는 닫혀진 문을 오랫동안 보기 때문에 우리를 위해 열려있는 문을 보지 못한다.

– 헬렌 켈러

생각해보기

1. 옆집의 영이 어머니가 떡을 먹으라고 가지고 왔다. 이 말을 각각 할머니께, 아버지께, 동생에게 해봅시다.

2. 다음 전화 대화를 보고 자신이 전화를 할 경우엔 어떻게 말할까 생각해 봅시다.

학생 : 여보세요. 거기 김선명 교수님 핸드폰인가요?

교수 : 네, 그런데요.

학생 : 아, 안녕하세요. 교수님, 제가 지난번 과제를 못 냈는데여, 지금 내도 되나여?

교수 : 어느 학과 누군데요?

학생 : 참, 나좀 봐. 저기 ㅇㅇ학과 이영이인데요. 내도 돼요?

교수 : 기일이 한참 지났는데 왜 이제까지 안냈지요?

학생 : 아, 그게, 좀 아파가지구요. 내도 돼죠? 어디다 내요?

교수 : 그럼 내일까지 과사무실에 제출하세요.

학생 : 낼은 수업이 없어서 학교 안 오는데…… 모레 내면 안 돼여?

3. 다음은 지하철 안의 상황이다. 자신이라면 어떻게 할 것인가 말해봅시다.

제3장
여러 가지 말하기

말하기는 적은 수의 사람들 사이에서 이루어지는 대화에서부터 여러 사람 앞에서 말하는 발표나 연설, 프리젠테이션, 어떤 주제를 놓고 해결안을 마련하기 위해 여러 사람과 의견을 주고 받는 토의, 자신의 주장을 피력하고 관철시키고자 하는 토론 등 여러 가지가 있다. 각각의 말하기의 요령과 주의할 점을 살펴보자.

1. 대화

대화는 공적인 발표나 토의, 토론과 달리 사적인 말하기이므로 아무렇게나 말해도 된다고 생각하기 쉽다. 그러나 대화에도 규칙이 있고 기술이 있다. 원만한 대화를 하는 사람은 어느 곳에서나 환영을 받고 대화를 잘하지 못하는 사람은 대인관계에서 여러 가지 문제를 일으킨다. 대화에서 지켜야 할 규칙을 알아두고 대화할 때 지키도록 하자.

먼저 대화를 잘하기 위해서는 상대방의 대화방식과 의도, 상황 등을 파악하여야 한다. 그리고 다음과 같은 규칙들을 지키도록 한다.

첫째, 화제에서 벗어난 내용을 말하지 않는다.

둘째, 말할 기회를 독점하지 않는다.

셋째, 상대방의 말이 채 끝나기 전에 끼어들지 않는다.

넷째, 상대를 배려하고 언어 예절을 지킨다.

다섯째, 상대방의 말을 잘 듣고 있다는 표정이나 태도를 보인다.

또 다른 사람에게 호감을 주는 것도 중요한데 호감을 얻기 위한 전략으로 다음과 같은 것들을 참고할 수 있다. (Gail E. Myers, 「대인관계 의사소통」 참조)

- 이타심: 상대방이 무엇을 하고 있든 간에 무조건 도와주려 애쓴다.
- 조정: 자신이 무슨 상황이든 조정할 수 있는 사람임을 드러낸다.
- 대등한 위치: 사회적으로 상대와 대등한 위치에 있음을 드러낸다.
- 편안함: 상대와 함께 있을 때 편안하고 부담 없이 느끼도록 행동한다.
- 특권 허용: 상대가 모든 관계를 조정할 수 있도록 허용한다.
- 대화규칙 준수: 상대와 대화하면서 예의 바르고 협동적인 대화규칙을 잘 준수한다.
- 역동성: 자신이 능동적이고 열성파임을 보인다.
- 노출 유도: 상대가 대화에 적극 끼어들도록 칭찬하여 격려한다.
- 기쁨 조장: 상대방에게 서로의 만남이 갖는 긍정적인 면을 최대화해 보이려 할 수 있는 일에 참여한다.
- 개방: 상대방에게 자신을 노출시킨다.
- 낙관주의: 상대방에게 자신이 낙천적인 성격임을 드러낸다.
- 자율성: 상대방에게 자신이 독립적이고 막힘없는 사고를 하는 사람임을 드러낸다.
- 자신에 대한 흥미유발: 상대방에게 자신이 흥미있는 존재로 보이려고 노력한다.
- 유사성: 상대방에게 서로간에 기호와 태도에 있어 닮은 점이 많다는 것을 인식시킨다.

공문선의 「통쾌한 대화법」에 의하면 '말 한마디에 천냥 빚을 갚는다' 라는 속담처럼 상대방의 마음을 녹이는 말들이 있다.

첫째는 '감사합니다' 란 말이다. 감사를 전할 때는 무엇에 대해 감사한 것인지 구체적으로 전하는 것이 좋다. 잘못하면 형식적인 말로 들릴 수 있기 때문이다. 한 학기 수업을 마친 학생이 교수님께 감사를 표하고 싶을 때 간단히 "감사합니다"라고 하기보다 "한 학기동안 좋은 가르침 감사합니다. 교수님 수업을 듣고 많은 생각을 하게 되었고 앞으로 인생을 살아나갈 때 좋은 지침이 될 거 같습니다." "교수님께로부터 받은 가르침이 이번 취업에 많은 보탬이 되었습니다." 등으로 하면 감사한 마음이 잘 전달될 수 있다.

둘째, '가르쳐주시겠습니까?' 라는 말이다. 사람은 누구나 인정받고 싶어 하는 심리가 있다. 가르쳐준다는 것은 자신의 능력을 내보일 수 있는 기회이므로 '가르쳐주시겠습니까?' 라는 말에 마음을 활짝 열고 많은 것을 알려주려고 하는 것이다.

셋째, '덕분에, 이제부터는……' 라는 말이다. 많은 사람들이 '그때 좀 더 잘 했더라면' '그때 그것 때문에 모든 일이 나빠졌어' 하는 후회의 말을 하곤 한다. 그러나 이러한 부정적인 말 대신에 '덕분에' '이제부터는' 이라는 말로 대체하면 긍정과 희망의 마음이 싹틀 수 있다. '그것 덕분에 더 나빠지지 않았어.' '이제부터는 잘 될 거야' 하는 마음으로 살아간다면 삶이 훨씬 즐거워질 것이다.

넷째, '만약에' 라는 말이다. 이 말은 상황을 반전시키는 데 유용하다. 화젯거리도 별로 없고 분위기가 썰렁한 모임에서 '만약에' 라는 가정하에 이야기를 들려주면 분위기가 바뀔 수 있다.

가령 대화가 활발하지 않은 모임에서 이야기가 끊겼을 때, "재주는 있는데 가난한 화가가 있어. 부유한 후원자가 나타나 아낌없이 후원을 해주는 대신 그 집의 딸과 결혼해야 한다고 조건을 걸었어. 그런데 그 딸은 소아마비야. 만약에 당신이 그 화가라면 어떻게 하겠어?"라는 이야기를 꺼내보자. 여러 사람들이 서로 자신의 생각을 밝힐 것이고 그러면 자연스럽게 분위기가 살아날 것이다.

이와 같이 '만약에' 라는 말은 분위기를 바꾸는 전략으로 사용할 수 있다.

생각해보기

1. 자신의 대화 스타일을 점검해 봅시다.

- 상대방의 말을 잘 듣는가?
- 상대방을 비난하는 말을 하지 않는가?
- 상대방의 말을 중간에 자르는 경우는 없는가?
- 주로 혼자 말하는 경우는 없는가?
- 욕설이나 비어 등을 많이 쓰는 편인가?
- 목소리가 지나치게 크거나 작지 않은가?
- 말할 때 주위사람을 신경 쓰는 편인가?
- 습관적으로 쓰는 말버릇은 없는가?

2. 다음의 대화를 읽고 바람직한 대화로 고쳐봅시다.

• 선배 : 은정아, 선미랑 철수 어디 갔니?
은정 : 어, 좀 전까지 있었는데…… 포스터 붙이러 갔나 봐요.
선배 : 그럼 너 혼자 일 안 하고 있으니까 이 상자들 저쪽으로 옮겨라.
은정 : 이걸 다 나 혼자 하란 말이에요? 너무 하신 거 아니예요?
선배 : 아니, 선배가 하라면 하는 거지. 후배가 왜 이리 말이 많아.

• 수희 : 어머, 너 새 옷 샀구나. 좀 비싸 보이는데?
선주 : 좀 비싼 정도가 아냐. 무지 비싼 거야 너. 만지지 마라. 때 탄다.
수희 : 야 근데 좀 뚱뚱해 보이는데. 비싼 거 입었다고 네 덩치가 가려지겠냐.
선주 : 너 괜히 샘나니까 그런 거지? 남들은 이쁘다고만 하던데 뭘.
수희 : 그 말을 믿니? 그냥 해주는 말이지.

• 철민 : 엄마, 내 파란 티셔츠 어디 있어요? 내가 어디다 잘 뒀는데…….
엄마 : 아, 저기 서랍 안에 있잖아. 그러게 보통 때 정리 좀 하랬지? 맨날 정신을 어디다 두고 사니?
철민 : 에이, 엄마는 나만 보면 잔소리야. 그럴 수도 있지, 그걸 가지구 뭘 그래요? 신경질 나게.
엄마 : 아니 뭐라구? 뭘 잘했다구 말대꾸야.

2. 발표

발표란 청중을 대상으로 자신의 생각을 말하는 방식이다. 보통 발표자의 조사나 연구의 결과, 전문지식, 수집한 정보 등을 전달함으로써 청중의 이해를 돕는다. 자신이 알고 있는 사실이나 지식을 청중에게 쉽게 전달하기 위해 주제와 관련된 내용에 대해 설명의 방식으로 전달하게 된다. 발표는 모든 공적인 말하기의 기본이 되므로 토의나 토론에서도 발표능력이 중심이 된다.

최근 프리젠테이션presentation이란 용어를 많이 사용하는데 이는 여러 가지 방법을 동원하여 자신의 생각을 여러 사람 앞에서 발표하는 행위를 말한다. 전에는 발표할 때 간단한 시청각 자료를 곁들였으나 최근에는 컴퓨터 응용프로그램의 발달로 다양한 자료를 구비할 수 있게 되었다.

발표를 잘 하기 위해서는 먼저 발표의 목적과 주제를 확인해야 한다. 수업시간에 하는 발표라면 주어진 주제가 무엇인지, 왜 이 발표를 하나, 이 발표를 통해 얻게 되는 것은 무엇인지 생각해 보고 그 내용을 정리한다.

그리고 청중을 분석한다. 청중의 수, 나이, 지위, 성별, 직업, 교육수준 등의 외적 요소와 심리상태, 욕구나 흥미와 같은 내적 요소에 대한 사전 조사가 필요하다. 유치원 아이들을 대상으로 하는 발표와 노인들을 상대로 하는 발표의 내용은 다를 수밖에 없다. 또 20명을 앞에 두고 하는 것과 1,000명 앞에서 하는 발표가 다를 것이고 농민들을 대상으로 할 경우와 초등학교 교사나 소방서 대원들을 대상으로 하는 발표가 각기 다를 것이다.

청중을 분석했으면 주제를 뒷받침하는 데 필요한 자료를 수집하고 그 중에서 적절한 것을 취사선택한다. 이 자료를 취합해 발표문을 작성한다. 발표에 앞서 발표 연습을 해본다.

발표할 때 유의할 점은 발표문을 그대로 읽어서는 안 된다는 점이다. 자연스러운 구어체로 발표하면서 수시로 청중의 반응을 살피는 것이 필요하다. 목소리의 크기와 속도 등이 적절해야 하며 자세나 표정 등 몸말을 효과적으로 활용하도록 한다.

처음 발표할 경우 떨리고 어색하여 몸을 흔들거나 다리를 떠는 등의 습관을 보이는 학생들이 있다. 손을 어떻게 처리할지 몰라 여학생의 경우 머리를 만지고 뒷짐을 지기도 하고 주머니에 넣기도 한다. 모두 좋은 인상을 주는 것이 아니므로 자연스럽게 손을 내려두도록 한다.

발표에 앞서 긴장을 줄이는 것이 중요한데 긴장을 줄이는 방법으로 다음과 같은 것을 참고할 수 있다. (최광진 외, 『이공계 학생들에게 필요한 작문과 발표』 참조)

첫째, 발표의 처음 2분 정도 되는 내용을 외우고 간다. 이는 처음 긴장상태가 50%로 줄어 드는 시간이 2분이라는 연구결과에 따른 것이다.

둘째, 처음 한 두 문장은 미리 준비해서 말한다.

셋째, 내용을 잊었거나 막혔을 때 살짝 볼 수 있는 커닝 페이퍼를 준비한다.

넷째, 연습은 여러 번, 철저히 한다.

다섯째, 발표장에 1시간 정도 일찍 도착한다.

여섯째, 청중을 미리 만나서 인사하고 대화를 나눈다.

일곱째, 발표 전에 큰 숨을 쉬면서 긴장을 푼다.

여덟째, 두 손을 모아 꽉 누르면 어느 정도 긴장이 풀린다.

아홉째, 청중들이 모두 완전누드라고 상상한다.

열째, 발표 전 가벼운 운동으로 긴장을 푼다.

또 발표를 실패로 이끄는 요인은 다음과 같으니 주의하자.

첫째, 자료가 불충분하다거나 발표준비가 미흡하다거나 하는 등의 사과를 미리 하지 않는다. 미리 사과를 하면 발표에 대해 불신을 조장하게 된다.

둘째, 청중에게 발표의 목적이나 중요성을 간결하게 알리고 그 내용을 장황하게 설명하지 않는다.

셋째, 청중이 원하는 내용 이상의 것을 말하지 않는다.

넷째, 슬라이드나 OHP등 자료의 원고를 읽으면서 설명하지 않는다.

다섯째, 시청 자료의 축어적 표현을 모두 읽지 않는다.

여섯째, 충분한 연습 없이 발표하지 않는다.

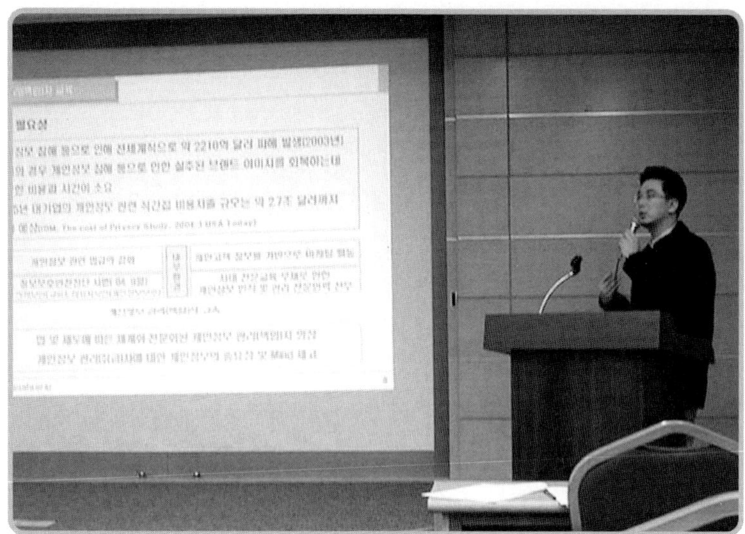
발표하는 모습

기업환경이 변화하면서 프리젠테이션 능력은 직장인의 중요한 업무능력으로 평가받는 추세로 변하고 있다. 사내 프리젠테이션을 잘하기 위해서는 프리젠테이션에 앞서 청중 분석과 장소 점검, 기기 체크 등 세부적인 부분들까지 꼼꼼하게 점검해야 한다. 청중이 프리젠테이션 내용을 다 이해하고 있을 거라고 전제하는 것은 위험하다. 청중이 다 알 것이라고 생각되는 용어도 전문용어는 풀어서 설명하는 것이 안전하다.

또 시각자료를 사용할 경우, 시각자료와 발표자 사이의 간격이 너무 떨어져 있으면 듣는 사람들이 내용을 연결하기 어려우므로 유의해야 한다. 지나치게 시각자료가 많은 것도 좋지 않다. 간결하고 보기 좋은 시각자료를 이용하는 것이 좋다.

시각자료를 사용할 때는 화면을 먼저 보고 "이러한 결과를 아실 것입니다. 화면에 보이시지요?"라고 말하는 것보다 화면 전환과 동시에 "화면을 한번 보시지요. 결과를 한눈에 보실 수 있을 겁니다."라고 하는 것이 좋다. 청중의 시선이 화면으로 모아지도록 유도한 후 내용을 설명하는 것이 효과적이기 때문이다. 화이트보드를 사용할 경우에도 글을 쓰며 설명하기보다 내용을 미리 쓰고 나중에 설명하는 것이 좋다. (이정숙,

『한국형 대화의 기술』 참조)

이러한 요령을 잘 익혀두면 성공적인 프리젠테이션이 가능할 것이다.

계절은 봄이고 / 하루 중 아침 / 아침 일곱 시 /
진주같은 이슬 언덕 따라 맺히고 / 종달새는 창공을 난다 /
달팽이는 가시나무 위에 / 하나님은 하늘에 /
이 세상 모든 것이 평화롭다

– 로버트 브라우닝

생각해보기

1. 자신이 원하는 이상형에 대해 발표해 봅시다.

2. 감명깊게 읽었던 책이나 재미있게 보았던 영화에 대해 발표해 봅시다.

3. 자신의 전공과 관련된 보고서를 발표해 봅시다.

3. 토론

토론은 어떤 논제에 대해 찬성하거나 반대하는 사람이 자신의 주장을 관철시키기 위하여 논리적인 근거를 제시하면서 상대방의 의견을 논박하는 말하기 방식이다. 따라서 설득을 통하여 상대방의 태도를 변화시키는 것이 주요 목적이다.

토론은 참여자들의 생각을 전개하면서 최선의 결론을 얻으려 한다는 점에서 토의와 흡사하다. 그러나 토의가 의견의 일치를 얻으려고 서로 협동하는 방식을 취하는 것이라면 토론은 대립적 입장을 드러내며 최선의 판단을 하는 점에서 다르다. 즉 토론은 설득적 논쟁의 수단이면서 합리적 의사결정의 수단이 된다.

토론이 제대로 이루어지려면 토론의 의제가 중요하다. 모든 문제들이 의제가 될 수 있는 것이 아니므로 토론의 의제는 다음과 같은 사항을 지녀야 한다.

첫째, 토론의 의제는 뚜렷한 논쟁점을 지녀야 한다. 논쟁점이 찬성과 반대로 뚜렷하게 나타나는 것이 좋다. 예를 들어 '다이어트를 하려면 어떻게 해야 하나'와 같은 의제는 많은 방법들이 있으므로 토론주제로 적절하지 못하지만 '다이어트는 필요하다'라는 의제는 필요하다와 아니다로 나누어 토론할 수 있다.

둘째, 토론에서 양면의 대립을 확실하게 하고 직접적인 의견 충돌을 분명하게 하기 위해서 토론의 의제는 진술의 형태여야 한다. '~하여야 한다', 또는 '~이다'의 형태로 표현한다.

셋째, 토론의제에 사용하는 용어는 명확하게 정의하여 논점을 분명하게 드러내야 한다. '조기교육은 필요하다'라고 했을 때 '조기교육'이 구체적으로 어떤 것을 말하는지 지적해야 한다.

3.1. 토론의 규칙

토론은 쌍방이 공정한 상황에서 경쟁해야 하므로 공정한 토론규칙을 만들어야 한다. 그리고 토론자들은 이 규칙을 반드시 지켜야 하며 사회자는 토론자들이 규칙을 지킬 수 있도록 엄격하고 분명하게 토론을 이끌어가야 한다.

일반적으로 토론규칙은 다음과 같은 것들이 있다.

토론의 전체 시간을 정한다.

양측에 발언시간, 발언 순서, 발언 횟수를 똑같이 한다.

찬성 측부터 발언하며 마지막 발언도 찬성 측이 하는 것이 원칙이다. 찬성측이 여러모로 불리한 점이 많기 때문이다.

논제는 하나의 주장만 포함하는 긍정 명제여야 한다.

토론은 원칙적으로 구두로 한다.

토론이 끝나면 판정하고 토론자는 결과에 승복한다.

성공적인 토론이 되기 위해서는 무엇보다도 토론자의 태도가 중요하다. 토론규칙을 잘 지켜야 하며 논제의 대립점을 분명하게 알고 있어야 한다. 혼자 너무 오랜 시간 발언을 독점하지 않아야 하며 상대방의 발언을 경청해야 한다. 또 침착한 태도로 말하고 감정에 치우치지 않아야 한다.

토론할 때 유의해야 할 점들을 구체적으로 정리하면 다음과 같다.

- 토론의 목표는 상대방을 이기는 것이 아니고 최상의 결론에 도달하는 것이다. 따라서 중요한 것은 이기고 지는 것이 아니라 의견의 일치를 보는 것이다.
- 다른 사람의 입장에 동의하지 않아서 그들의 논리적 근거를 반박할 때에도 다른 사람의 언어능력을 인정하는 기술이 필요하다. 토론에서 비판의 대상은 사람이 아니라 의견이기 때문이다.
- 한 삶의 개인적 가치와 그 사람의 생각을 비판하는 것을 구별해야 한다. 한 사람을 존경한다는 것이 그 사람을 비판할 수 없는 이유가 되지 않는다.
- 비록 자신과 반대되는 의견이라 할지라도 모든 의견을 주의 깊게 들어야 한다. 상대의 의견을 듣지 않고서는 자신의 의견을 판단할 수 없다.
- 우선 입장이 다른 두 편을 지지하는 사실과 의견을 모두 제시한 후 논리적으로 그

의견들을 종합하려고 노력하는 기술이 필요하다. 하나의 의견이 완벽할 수 없으므로 여러 사람의 의견을 통합하여 더 완전한 의견으로 만들어나가야 한다.

- 논제에 대해 양편이 모두 이해할 수 있도록 상대의 관점을 받아들이는 기술이 필요하다. 상대의 관점을 받아들이지 못하면 자신이 원한 결론에 도달하여도 상대의 수용을 기대할 수 없다.
- 자신의 원래 입장과 반대되는 분명한 증거가 있을 때는 자신이 마음을 바꿀 줄 아는 기술이 필요하다. 자신의 주장을 위해서 분명한 사실이나 의견을 무시하는 것은 좋은 태도가 아니다.
- 다른 사람의 말이 명확하지 않을 때 부연하여 말할 수 있어야 하며 논의과정에서 항상 합리적 이성을 강조해야 한다.

3.2. 토론의 과정

1) 토론의 준비

토론에서 논의될 의제를 분석하고 토론에 필요한 자료를 수집하여 구성한다. 곧 논제의 의미, 용어와 개념 등을 명확하게 파악하여 논제가 무엇을 말하고자 하는 것인지 충분히 검토한다. 그리고 관련 자료들을 최대한 수집하여 분석 정리한다.

그리고 토론시 입론, 반대심문, 최종 변론 등의 주된 논의를 구성한다.

2) 토론의 실시

보통 논제에 대한 찬반 의견에 따라 팀을 구성하는 대항토론을 하게 된다. 전면 중앙에 연단이 있고 이를 기준으로 오른쪽에 찬성 측, 왼쪽에 반대 측 토론자가 나란히 앉는다. 인원은 팀당 3~6명 정도가 알맞다.

먼저 논제를 정한다.

둘째, 주장을 제시한다. 논제에 대해 파악한 뒤 그에 대한 찬성 또는 반대의 입장을 제시한다. 그리고 그 입장을 뒷받침할 논거를 간결하고 분명하게 제시하도록 한다.

셋째, 주장에 대해 반박한다. 제시된 주장에 대해 반박할 때 상대 주장의 불합리한 면을 파악하기 위하여 반박하는 질문이 오고간다. 이때의 질문은 상대편 주장에서 불분명한 점, 모순이나 오류들을 찾고 상대측을 반박할 때 유리한 자료를 찾기 위함이다.

넷째, 합리적인 방안을 선택한다. 논제에 대한 찬성과 반대의 주장이 교환된 후 사회자는 지금까지 논의한 사항을 정리하여 발표한다. 토론의 방법은 자신의 주장을 분명하게 제시하며 자신의 논거를 분명하게 개진한다. 자기 토론의 요점을 명백히 하고 상대방 논거의 문제점을 지적한다. 상대방의 주장을 일단 인정하고 상대방을 납득시켜 자기 주장에 동의하게 한다.

3) 토론의 평가

토론이 끝나면 심판관이나 청중은 토론을 평가하여 판정을 내리게 된다.

이때 청중은 토론자의 설득력, 주장의 합리성, 제시된 자료의 정확성, 결론의 명확성과 토론태도 등을 토대로 토론 결과를 판단한다. 즉 평가는 논증의 타당성, 사고의 유연성, 논리의 역동성, 상대주장에 대한 이해력, 설득력 등을 총체적으로 측정한다.

토론평가표

년　　월　　일	평가자:	피평가자:	
의제:			
목적:			
시간:　　예정시간	실제시간		
토론지도의 계획성	좋음	보통	부족
회의실의 준비성			
자료의 사용법			

화법

간결성과 명료성			
유머			
음성의 다양성			
속도의 적절성			
자연스런 화법 구사			
이야기의 논리성			
쉬운 어법 사용			

태도

안정되고 침착한 태도			
적극적인 열의			
친숙한 태도			
복장과 태도			
시선의 배분			

참여방법

관심의 집중도			
배경 설명			
목적의 명료성			
관점 설명			
전체적인 의견 도출			
자료와 구체적인 예시 사용			
시간배분의 적절성			
발언의 공정한 배분			
질문방법의 적절성			
중심주제의 유지			
토론의 목적의 달성			
논점의 정리			
마무리의 적절성			

생각해보기

다음 주제에 대해 찬반을 나누어 토론을 해봅시다.

- 성형수술 :

- 조기 영어교육 :

- 청소년 두발자유 :

– 안락사 :

– 트위터를 이용한 정치적 의사표현 :

– 인터넷 실명제 :

4. 토의

어떤 문제에 대해 여러 사람이 모여 그에 대해 의견을 나누고 해결방안을 찾기 위한 의사소통방식이 토의이다.

죽 토의는 두 사람 이상의 참여자들이 자신의 지식이나 정보, 사실, 의견들을 교환하여 문제를 해결하고자 하는 집단적이고 협동적인 화법의 한 형태이다.

토의는 참여자들이 다양한 의견을 자유롭게 교환함으로써 최선의 해결방안을 찾아내는 데 그 목적이 있다. 토의에서 다룰 수 있는 주제는 집단적인 사고과정이 필요한 문제, 공통의 관심을 끌고 있는 것, 시의성이 있는 것, 실천 가능한 것들이어야 한다.

즉 문제 해결 방안에 따라 많은 사람들의 견해나 이해를 교환할 필요가 있는 문제여야 하며, 토의참여자들이 공통적으로 관심을 갖고 있는 문제여야만 한다. 또 토의 시점에서 가장 문제가 되는 것을 토의해야 발전적인 토의가 될 수 있으며 실천할 수 있는 주제여야 의미있는 토의가 될 수 있다.

토의는 문제의 제시 → 문제의 분석→ 가능한 모든 해결안의 제시와 검토 → 최선의 해결안 선택 → 해결안의 실천이라는 과정을 거친다.

토의방식을 구체적으로 살펴보면 브레인스토밍, 심포지엄, 포럼, 패널토의, 세미나, 회의, 원탁토의 들로 나누어 볼 수 있다.

4.1. 브레인스토밍Brainstorming

여러 사람이 자유롭게 각자 자신의 의견을 제시하고 토의를 통해 적절한 의견이나 아이디어를 이끌어내는 토의이다. 브레인스토밍은 폭풍우가 내리는 날 번개치듯이 기발하게 떠오르는 생각을 포착해낸다는 의미에서 붙여진 이름이다. 일명 팝콘Popcorn 회의라고 불리기도 하는데 이 명칭은 발표하는 모습이 옥수수를 튀길 때 알이 튀겨지는 현상처럼 짧은 시간 안에 열띠게 토의하는 속성 때문에 붙여졌다.

일반적인 상식과 기존 질서의 틀을 무너뜨리고 무의식 속의 생각들을 이끌어내는 자유발상과정을 강조하는 토의이므로 무엇보다 어떤 생각이라도 발표할 수 있는 자유로운 분위기가 마련되어야 한다. 또 자신과 다른 사람의 아이디어에 대해 비판을 하면 안된다.

브레인스토밍은 우수한 질의 아이디어를 찾기보다는 자유로운 분위기 속에서 다양한 아이디어를 찾아내는 방법이다. 질을 따지지 않고 많은 양의 의견들이 쏟아져 나온다면 그 중에서 우수한 아이디어가 나올 수 있기 때문이다.

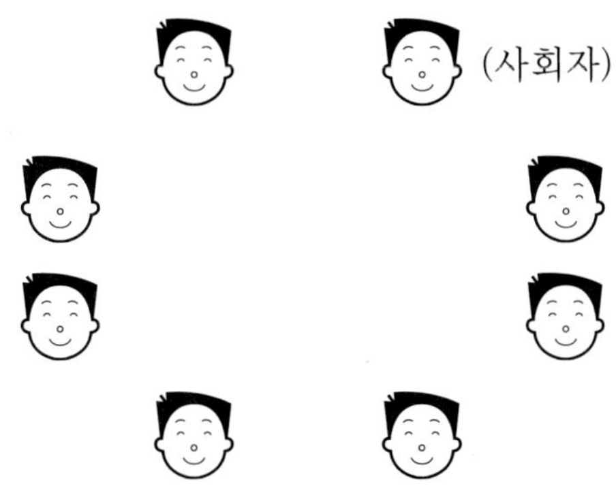

4.2. 심포지엄Symposium

심포지엄이란 고대 그리스, 로마에서 이루어졌던 담화 또는 좌담형식의 토론으로서 어떤 주제에 대해 학문적으로 이야기를 나누는 교양인의 모임이라는 뜻을 갖고 있다.

토의주제에 대해 권위 있는 전문가 몇 명이 각기 다른 의견을 공식 발표한 후 이를 중심으로 의장이나 사회자가 토의를 진행시키는 방식이다. 토의자들간에 의사교환이 거의 없으며 특정한 결론 도출을 목적으로 하지 않는다.

심포지엄의 특징은 참가한 전문가와 사회자, 청중 모두 특정 주제에 대한 전문적인 지식이나 정보를 공유하고 있는 점이다. 해당 주제에 대해 전문가가 각자의 입장에서 발표하는 것이므로 강연회와 비슷한 점도 있다.

토의는 문제와 발표자 소개(사회자) → 순서에 따라 발표(발표자)) → 다른 토론자와 질의 응답(발표자) → 발표내용 요약, 정리(사회자) → 청중의 질의 응답의 순으로 진행한다.

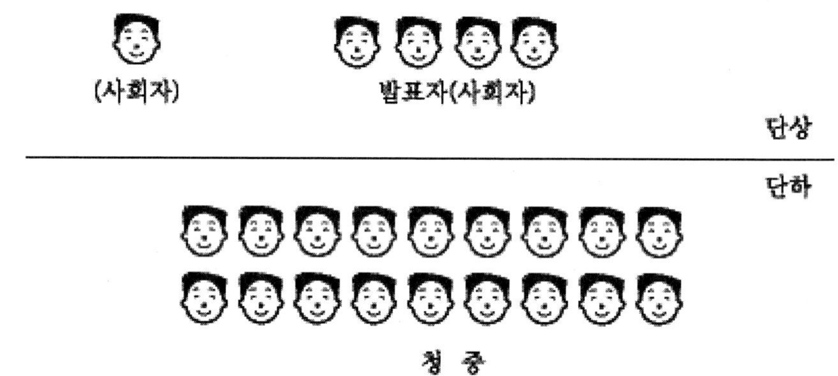

4.3. 포럼Forum

포럼은 고대 로마시대에 재판이나 공공문제에 관하여 공개토론을 했던 광장이란 말에서 유래되었다. 포럼은 서로 다른 입장을 대표하는 토의자들이 발표하며 청중과 토의자가 서로 질의응답을 통해 해당논제에 대한 인식을 넓히고 해결책을 모색하는 공개토론의 형태이다. 심포지엄이 다양한 각도에서 문제를 이야기하는 것이라면 포럼은 서로 상충되는 입장에서 토의하는 것이다.

1~3인 정도의 전문가나 자원자가 10~20분 정도 공개적인 연설을 한 후 이를 중심으로 청중과 질의응답을 한다. 포럼의 특징은 청중이 직접 토론에 참가하여 발표자에게 질의를 하거나 받으면서 토론이 진행되는 점이다. 도시개발계획, 대학입시제도, 교통정책 등 여론을 수렴하고 반영하려고 할 때 많이 활용되는 방법이다.

의제 소개(사회자) → 차례로 발표(발표자) → 토론자의 질의 응답(청중과 발표자)의 순서로 진행된다.

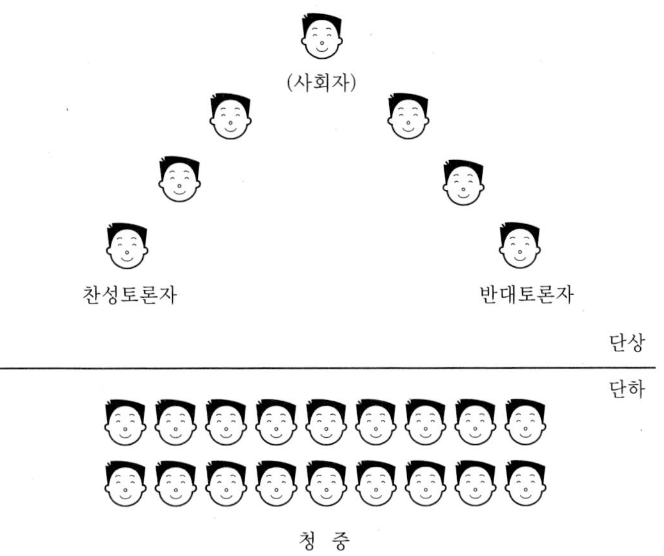

4.4. 패널Panel 토의

패널토의는 최근 TV 토론 프로그램에서 많이 볼 수 있는 형태이다. 어느 문제에 대해 개인 또는 사회 각계의 입장이 서로 다를 때 각각의 입장을 대표하는 전문가나 책임자들이 서로의 입장을 토론한다. 4~6명의 배심원(패널)과 청중, 사회자로 구성되는데 패널은 해당주제의 전문가가 아니더라도 관심을 갖고 지식을 갖추어 토론할 수 있으면 된다.

패널토의는 약 15분에서 45분 정도 지속되는데 각 패널은 1회에 약 2~3분 이상의 시간을 넘지 않도록 간결하게 의견을 제시한다. 패널들은 각자의 지식이나 정보를 서로 교환함으로써 그 문제에 대한 이해를 깊게 하고 앞으로의 행동방향을 여러 각도에서 찾게 된다. 따라서 패널토의는 찬반의 규명보다는 서로 다른 의견을 수렴 조정하는 수단으로 많이 사용된다.

토론과제 설명, 토론자 소개(사회자) → 자신의 입장 설명, 서로 다른 정보 교환(토론자) → 토의 내용 요약, 청중의 질문 유도(사회자) → 토론자와 청중의 질의 응답, 결론 도출 (청중, 토론자)의 순서로 진행된다.

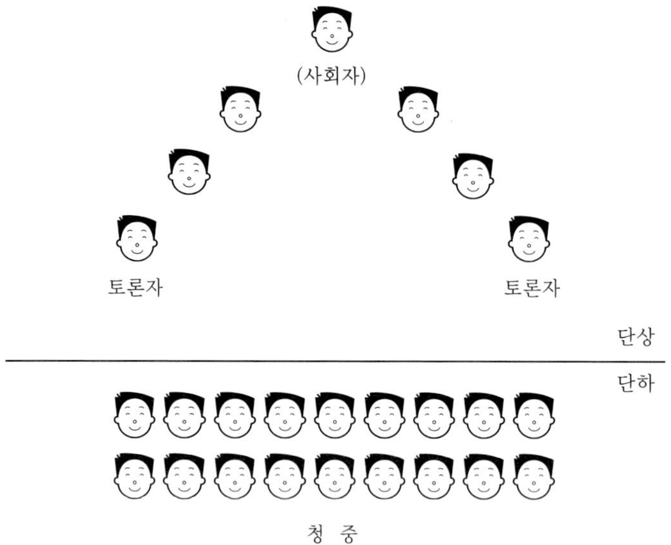

4.5. 세미나Seminar

세미나는 강연이나 강의가 끝난 뒤 강사의 말을 중심으로 청중들이 질의를 하고 강사가 답변을 하는 형태이다. 세미나는 어떤 단체의 주도하에 주제를 심층적으로 연구하기 위해서 활용된다. 발표자 뿐 아니라 참석자 모두가 해당분야에 대해 수준 높은 지식을 갖고 있으므로 공개질의와 토론이 활발하게 이루어질 수 있다.

의제와 발표자 소개(사회자) → 차례로 발표(발표자) → 토론자의 질의 응답(청중, 발표자)의 순서로 진행한다.

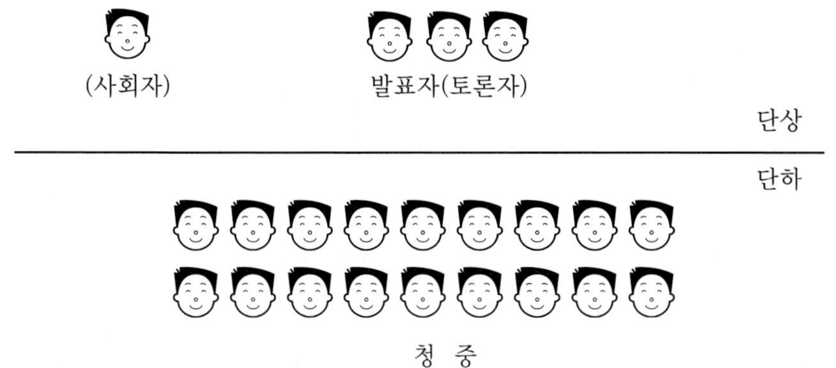

4.6. 원탁토의Roundtable Discussion

원탁토의는 둥근 탁자에 앉아서 모든 참여자가 동등한 자격으로 이야기할 수 있다는 것에서 유래되었다. 이 토의는 일상적인 것에서부터 사회적인 현안까지 매우 다양하다. 가족회의나 반상회와 같이 10명 안팎의 구성원이 어떤 의제에 대해 비슷한 정도의 지식과 관심을 가지고 있으면 이루어질 수 있으며 자유롭게 의견을 제시하고 해결책을 마련할 수 있다.

참가자 서열이나 역할의 구분 없이 모두가 평등한 입장에서 자유롭게 의견을 나누는 것이므로 참가자 모두가 발언할 수 있도록 기회를 적절히 제공하는 것이 중요하다.

논제 설정 → 논제 조사 → 해결방안 제시 → 해결방안 평가 → 최선의 해결안 선택의 순서로 진행된다.

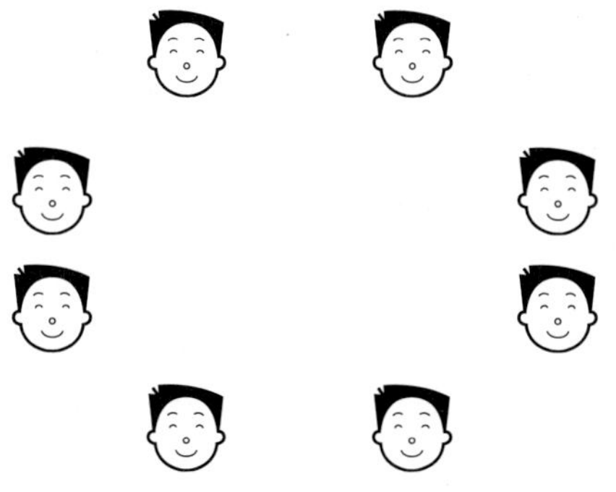

생각해보기

1. 해마다 학교축제가 열리고 있다. 다음은 많은 학생들이 즐길 수 있는 축제가 되려면 어떤 프로그램이 좋을까란 주제로 브레인스토밍을 한 결과이다.
   4조로 나누어 축제를 홍보하는 카피문구를 짜고 프로그램에 관한 아이디어를 모은 다음 내용을 보고 축제프로그램에 대해 브레인스토밍을 해봅시다.

1조 : 젊음의 축제이면서 수익창출에 목표를 두다
카피 '인생은 Run?'
외부인들까지 즐길 수 있는 축제.
노예팅과 부킹 등의 이벤트로 젊은이들의 관심을 끈다.
8시부터 9시까지 소주 100원, 당첨시 안주 제공 등의 이벤트
도서를 전시하고 그 책을 읽은 학생을 선발하여 상품증정

2조 : 'Are You Funny?'
반복되는 지루한 일상 때문에 재미없다고요?
명지전문대 축제에 와서 스트레스 풀고
재미를 되찾아가세요.

당신의 재미를 되찾아드리기 위해 명지전문대만의 다채로운 행사서비스가 준비되어 있습니다. 가수 빰치는 여러분들의 노래실력을 마음껏 뽐내주시고 재미있는 게임도 같이 하고 푸짐한 상품도 타가세요. 주민들과 함께하는 축구경기도 응원하시면서 스트레스도 푸시고 같이 게임을 즐기면서 해맑게 웃음 지으세요. 연예인들과 함께 마지막 축제를 즐겁게 마무리하시면 잃었던 재미가 어느새 당신 곁에 와있을 것입니다.

I'm funny라고 대답할 준비가 되셨나요?

3조 : '한빛제로 두 빛 보자!'

부제 : 님도 보고 뽕도 따고

축제때 찍은 사진을 제출하고 가산점 받기

예비 명전인들과 함께 하는 축제

명전 안의 루미나리, 연인과 함께 하세요.

추첨 로또, 행운의 번호를 확인하세요.

(각 등수에 따라 상품 시상이 있음)

4조 : 되도록 많은 사람의 참여가 목표.

'그들이 온다?' 아래에 행사의 핵심포인트를 그림으로 표현.

행사 1주일 전에 포스터 홍보.

행사는 참여유도행사로 운동장에서 OX문제 퀴즈를 한다. 되도록 많은 학생들이 참여할 수 있도록 문제의 난이도, 분야 등을 적절하게 선택한다.

'도전 골든벨' 각 과의 대표를 선발하여 우승학과에 상을 주는 학과대항 행사로 진행한다.

2. 다음 주제에 대해 원탁토의를 해봅시다.

– 자신이 생각하는 이상적인 학교는 어떤 학교인가

– 주말 드라마로 좋은 소재는 어떤 것이 있을까

– 부모님을 기쁘게 하는 일

3. '대학생활을 잘 보내기 위한 방법'에 대해 다음 단계로 나누어 토의해 봅시다.

– 문제의 제시 :

– 문제 분석 :

– 해결방안 제시, 검토 :

– 해결방안 선택 :

– 결론 실천 :

4. 다음 주제에 대해 패널 토의해 봅시다.

- 호주제 :

- 양심적 병역거부 :

- 체벌 :

5. 면접

대학입학과 입사시험에서 면접이 차지하는 비중은 점점 높아지고 있다. 과거에는 형식상의 절차인 경우가 많았는데 최근 자기표현능력이 중요해지면서 면접은 합격을 좌우하는 중요변수로 떠올랐다.

면접은 면접하는 사람과 면접 받는 사람과의 대화형식이지만 자연스러운 사적 대화가 아니라 공식적인 성격을 띠는 것이므로 면접에 앞서 준비가 필요하다. 면접에 필요한 준비와 자세를 알아보자.

5.1. 면접의 사전준비

면접에서 가장 많이 하는 질문 가운데 하나는 응시자의 개인에 관한 사항들이다. 자신을 소개하라고 할 때 좋은 인상을 줄 수 있도록 소개해야 한다.

1. 자기 신상과 주변에 대한 사항을 준비한다.

자기 성격의 장점과 단점, 경력과 이력, 가족관계, 취미와 특기, 인생관이나 가치관 등에 대해 간단히 말할 수 있도록 자기소개서를 미리 작성하여 연습해 둔다.

2. 지원한 학교 또는 회사에 대한 정보 정리

대학입학 면접시험을 보러가는 응시생은 지원한 학교의 교육이념, 연혁, 학과의 특성, 전공하고자 하는 분야의 특성과 전망 등에 대해 알아둘 필요가 있다.

입사시험의 경우는 지원한 회사의 기업목표와 연혁, 사업내용이나 특성, 회사규모 등을 알아둔다.

3. 전공 지식, 시사 상식 준비

응시자의 실력을 평가하기 위해 전공과목에 대한 지식이나 시사 상식을 묻는 경우가 많으므로 전공지식과 시사문제들을 정리하여 익힐 필요가 있다.

4. 복장점검

면접에서는 첫인상이 중요하므로 복장과 구두, 머리모양 등을 점검하고 미리 손질해두어야 한다. 복장은 평상복 보다는 정장차림이 좋은데 너무 화려하지 않도록 한다.

5.2. 면접시 유의사항

1. 첫인상이 중요하다.

우선 청결한 복장과 바른 자세로 침착하게 들어서야 한다. 건강하고 신선한 이미지를 주어야 하기 때문이다. 면접위원이 복수일 경우에는 중앙으로 나가 큰 소리로 밝고 분명하게 수험번호, 학교, 이름 등을 말하고 지정된 자리에 앉는다.

2. 두세 번의 심호흡을 하라.

시험에 임하면 긴장하지 않는 사람이 없다. 조용히 두세 번의 심호흡을 하고 질문을 기다린다. 첫 번째 질문에 당황하지 말고 약간 간격을 두고 대답하면 마음이 안정된다.

3. 결론부터 이야기한다.

자기의 의사나 생각을 상대방에게 정확하게 전달하기 위해서는 먼저 무엇을 말하고자 하는가를 명확히 결정해야 한다. 대답을 할 경우 먼저 결론을 이야기하고 나서 그에 따르는 설명과 이유를 나중에 덧붙이면 논지가 정확하게 되고 이야기가 깔끔하게 정리된다.

4. 질문의 요지를 먼저 파악하라.

면접 때의 이야기는 간결성만으로 부족하다. 상대의 질문이나 이야기에 적절하고 필요한 대답을 하지 않으면 대화는 끊어지고 자기의 생각도 제대로 표현하지 못하여 면접자가 수험생의 인품이나 사고방식을 명확히 파악할 수 없도록 만든다. 질문의 요지를 파악할 수 없을 때는 주저하지 말고 "지금의 질문은 이런 의미입니까?"라고 물어보아 의미를 이해한 다음에 대답해야 한다.

5. 3분 이내에 이야기를 마친다.

한 가지 사실을 이야기하거나 설명하는데 3분이면 충분하다. 복잡한 이야기라도 어느 정도의 길이로 요약해서 이야기하면 상대도 이해하기 쉽고 자기 생각도 정리할 수 있다. 긴 이야기는 오히려 상대를 불쾌하게 하는 수가 있다.

6. 말끝을 분명하게 하라.

말끝이 사라지는 대화는 다른 사람에게 어두운 인상을 준다. 또 입속에서 중얼중얼 하다가 언짢은 것처럼 이야기하는 사람도 의외로 많다. 이것은 절대 금물이다.

7. 명확하게 바른 자세로 전달하라.

상대의 눈을 보며 적당한 톤과 스피드로 성의를 갖고 진지하게 이야기하면 상대에게 호감을 주게 된다. 상대의 이야기에 "예" "그렇습니까?" "저는 이렇게 생각합니다" 등으로 자기의 생각을 전달하면 대화가 부드럽게 전개되며 상대의 공감을 사게 된다.

8. 자신의 언어로 이야기하라.

명확하게 이해하지 못하는 말을 무리하게 사용하거나 유행어를 함부로 쓰거나 하면 경박하게 보이기 쉽다. 또 너무 훌륭하게 표현하려다가 자신의 이야기에 도취되어 흥분하는 수도 있다.

지나치게 어렵거나 경박한 말을 쓰지 말고 평소 자신의 언어를 조리있게 구사하는 것이 좋다.

9. 올바른 경어를 사용하라.

시간, 장소, 지위 등에 따라 구분하여 쓰는 것이 중요하다. 특히 존대어와 겸양어는 혼동하기 쉬우므로 주의한다.

10. 자신의 스타일로 이야기한다.

이야기에 능한 사람은 자신의 스타일을 터득하고 있다. 누구에게든지 자기에게 맞는 방법이 있기 마련이다. 이를 연구하여 상대에게 호감을 줄 수 있는 방법을 연구하라. 같은 내용의 이야기라도 상대의 입장이나 생각을 고려하면서 이해하기 쉽게 이야기하는 버릇을 길러 두는 게 좋다.

11. 자신있는 부분에서 승부를 걸어라.

질의응답 중 자신에게 유리한 분야로 이야기를 끌고 가는 노력이 필요하다. 이야기가 자신있는 분야로 오면 기회를 놓치지 않아야 한다. 자신있는 이야기는 설득력이 있다.

12. 싫은 질문도 성의껏 답하라.

외국의 사관학교나 항공요원을 채용하는 시험에서는 수험생을 극한상황에 몰아놓고 그 사람이 어떻게 반응하는가를 알아보는 시험이 행해진다고 한다. 최근 우리나라에서도 많은 회사가 '강압식 면접' 이라고 해서 의도적으로 수험생에게 곤란한 질문을 하여 그 반응을 보고 평가하는 방법을 쓰고 있다. 싫은 질문을 받더라도 시험중임을 명시하고 차분히 대답하는 것이 좋다.

13. 자신에게 불리한 사항을 모두 밝힐 필요는 없다.

면접관은 피면접자가 학교생활을 어떻게 해왔는가에 대해 상당한 관심을 갖고 질문을 한다. 또 수험생의 객관적 성격을 파악하기 위해 부모의 직업, 생존여부 등에 대해 질문을 던지는데 사전에 대답을 준비해두는 것이 좋다.

14. 모든 질문에 대해 적극적으로 답하라.

소극적인 자세는 면접시 절대 금기사항이다. 적극적으로 질문에 답해야 하며 그렇게 하기 위해서는 최소한 그 기업에 대해서 어느 정도 알아두어야 한다. 즉 기업연감 등을 통해 설립자, 설립연도, 매출액 등을 암기해 둘 필요가 있다. 어느 회사의 면접관이든간에 자기 기업에 대해 관심을 갖고 있는 응시자에게 후한 점수를 주고 싶어 한다.

또 근거를 갖추지 않은 대답은 오히려 역효과를 가져올 수 있음을 명심하라.

15. 최후의 순간까지 최선을 다하라.

면접 중 질문에 대답을 못했거나 분위기가 엉망이 되었다 할지라도 도중에 포기해서는 안 된다. 최후의 분발로 상황을 역전시킬 수도 있는 것이다. 끝까지 용기를 가지고 성의있게 면접에 임해야 한다.

글쓰기

제1장
글쓰기의 중요성

21세기 들어와 사회는 빠른 속도로 변화하고 있다. 순응적 인간형에 호의적이던 과거와 달리, 현대는 비판적이고 창의적인 사고와 능동적 태도를 지닌 인재를 요구한다. 이에 따라 사고력과 이를 표현할 수 있는 글쓰기 능력이 그 어느 때보다 중요하게 부각되고 있다.

자신의 생각을 글로 표현하는 것은 우리가 살아가는 데 기본적으로 필요한 의사소통수단의 하나이다. 그러나 그동안 우리 사회에서 글쓰기는 주로 지적인 사람들이 하는 일이거나 직업적인 문인들이 종사하는 전문영역으로 간주해 왔다.

학교에서의 글쓰기 교육 역시 입시위주 교과과정으로 인해 온전하게 이루어지지 못했다고 할 수 있다. 그 결과, 글쓰기를 통해 자신의 생각을 자유롭게 표출하는 방법을 익히기 전에 글쓰기는 어려운 것이라는 생각이 고정되는 것이다.

그런데 최근 의사소통능력이 중요해지면서 글쓰기 능력이 뒤늦게나마 부각되고 있다. 이에 따라 다양한 글쓰기 관련 강의가 이루어지고 있는데, 기억할 것은 틀에 박힌 글쓰기가 되어서는 안 된다는 것이다. 글쓰기의 본령은 자신의 생각을 조리 있고 바르게 표현하는 것이므로 논리적 사고력과 정확한 표현력을 기르는 것이 중요하다고 하겠다.

최근 컴퓨터가 발달하고 인터넷이 일상화되면서 인터넷 상에서의 글쓰기가 매우 활발해졌다. 간단하게는 지식검색에서 질문하기, 구입한 상품에 대한 평 쓰기에서부터 이메일 쓰기, 이슈가 되고 있는 문제에 대해 의견쓰기 등 컴퓨터를 통한 글쓰기는 누구나 부담없이 글을 쓸 수 있는 환경을 조성하고 있다.

좋은 글에는 댓글이 많이 달리고 서로 평가하기가 있어 인터넷 안에서 유명한 저자가 생겨나게 되었다. 특정 저자들만 글을 쓴다고 생각했던 과거에 비해 요즘은 인터넷을 할 수 있는 사람이라면 누구나 글을 쓸 수 있어 글쓰기의 민주화시대가 되었다고 할 수 있다.

인터넷 상에서는 대부분 편한 마음으로 글을 쓰는데 이런 현상은 글쓰기에 대한 부담이 없기 때문에 가능한 것이다. 잘 써서 점수를 받아야 한다는 강박이 없고 어려운 단어나 현학적인 표현, 멋진 수사를 곁들여야 잘 쓴 글이라는 생각에서 자유롭다. 생각 그대로 나오는 말을 말하듯이 쓰는 것이므로 쓰는 사람이나 읽는 사람이나 부담이 없다.

단, 익명으로 글을 쓸 수 있는 특성 때문에 욕설이나 예의에 어긋나는 표현을 쓰기도 해서 문제가 되고 있다. 바른 문장쓰기와 바른 표현은 인터넷 글쓰기에서도 중요한 부분임을 명심해야 할 것이다. 친구들과의 가벼운 대화에서부터 게시판에 의견을 올리고 토론에 참여하는 글에 이르기까지 바른 문장으로 자신의 생각을 명확히 표현할 수 있어야 하겠다.

제2장
글쓰기에 들어가기 전

1. 좋은 글이란

좋은 글은 멋지게 꾸며진 글이 아니라 내 생각이 진솔하게 드러난 글이다. 간혹 멋을 부린다고 감상적 문구로 치장하는 경우가 있는데 알맹이 없이 꾸미기만 한 글은 삼가야 한다.

기성문인들의 글이라고 다 훌륭한 것은 아니다. 잘못된 문장을 쓰고 쓸데없는 미사여구를 늘어놓거나 글재주를 부린 글들도 많으므로 가려 읽어야 한다.

다음 시를 읽고 느낌을 말해보자.

한 잔의 술을 마시고
우리는 버지니아 울프의 생애와
목마를 타고 떠난 숙녀의 옷자락을 이야기한다.
목마는 주인을 버리고 그저 방울소리만 울리며
가을 속으로 떠났다. 술병에서 별이 떨어진다.
상심한 별은 내 가슴에 가벼웁게 부숴진다.

그러한 잠시 내가 알던 소녀는
정원의 초목 옆에서 자라고
문학이 죽고 인생이 죽고
사랑의 진리마저 애증의 그림자를 버릴 때
목마를 탄 사랑의 사람은 보이지 않는다.
세월은 가고 오는 것
한 때는 고립을 피하여 시들어가고
이제 우리는 작별을 하여야 한다.
술병이 바람에 쓰러지는 소리를 들으며
늙은 여류작가의 눈을 바라다보아야 한다.
…등대에…
불이 보이지 않아도
그저 간직한 페시미즘의 미래를 위하여
우리는 처량한 목마 소리를 기억하여야 한다.
모든 것이 떠나든 죽든
그저 가슴에 남은 희미한 의식을 붙잡고
우리는 버지니아 울프의 서러운 이야기를 들어야 한다.
두 개의 바위틈을 지나 청춘을 찾는 뱀과 같이
눈을 뜨고 한 잔의 술을 마셔야 한다.

–박인환, 「목마와 숙녀」에서

6·25 직후의 허무주의적 분위기와 실존주의적 고뇌를 도시적 감수성으로 그려냈다는 평가를 받고 있는 박인환의 시이다. 삶에 대한 절망이나 비관적 태도가 나타나지만 시의 분위기는 로맨틱하면서도 애상적이다. 그것은 '버지니아 울프' '목마' '별' '소녀' '등대' '술병' '상심' '페시미즘' 등의 서정적이고 감상적인 시어들을 사용했기 때문이다. 이러한 어휘선택은 그가 탁월한 언어 감수성을 지녔음을 보여준다고 설

명되기도 한다.

다음을 읽어보자.

> 나는 인환을 가장 경멸한 사람의 한 사람이었다. 그처럼 재주가 없고 그처럼 시인으로서의 소양이 없고 그처럼 경박하고 그처럼 값싼 유행의 숭배자가 없었기 때문이다. …(중략)… 인환! 너는 왜 이런 신문기사만큼도 못한 것을 시라고 쓰고 갔다지? 이 유치한, 말발도 서지 않는 후기(後記). 어떤 사람들은 너의 「목마와 숙녀」를 너의 가장 근사한 작품이라고 생각하는 모양인데, 내 눈에는 '목마' 도 '숙녀' 도 낡은 말이다. 네가 이것을 쓰기 20년 전에 벌써 무수히 써먹은 낡은 말들이다.
>
> –김수영, 「박인환」에서

이 글은 앞에 인용된 시와 시인을 상당히 비판적으로 바라본 글이다. 김수영의 눈에는 박인환의 시가 탁월한 언어 감수성을 보여주는 것이 아니라 유치하고 낡은 말들로 이뤄진 것으로 보이는 것이다. '경박하고' '값싼 유행의 숭배자' 에 지나지 않았다고 단언하는 김수영의 지적은 지나친 감이 있다고 느낄 수도 있지만 별 생각 없이 로맨틱한 어휘나 표현들을 나열하는 것에 대한 경고로 볼 수 있다.

아름다운 어휘로 꾸며진 글은 언뜻 보면 잘 쓴 것처럼 보인다. 그러나 감성적 어휘나 예쁜 단어들을 나열하는 것으로는 좋은 글이 될 수 없다. 간혹 그럴듯하게 꾸미긴 했으나 문맥이 맞지 않고 논리가 엉성한 글들을 만나게 된다. 우리가 피해야 할 부분이다. 생활인으로서 우리에게 필요한 글은 현학적이고 미사여구로 장식된 글이 아니라 자신의 생각이 정연하게 드러난 논리적인 글이라는 사실을 기억해야 한다.

이제 글을 잘 쓰기 위해서 어떤 것이 필요한지 생각해 보자.

먼저 글을 시작하는 첫 단계는 글에 대한 억압을 푸는 것이라고 하겠다. 글을 보다 쉽게 쓰려면 '글은 어려운 것이다', 또는 '글을 잘 써야지' 하는 강박에서 자유로워져야 한다.

수업 첫 시간에 자기소개서를 쓰라고 하면 글쓰기에 익숙한 학생이 아니면 대략 간략하게 쓴다. 쓰라고 하니까 쓰는 것이므로 대부분 학생들이 성의 없이 짧은 문장들로 일관한다. 그러나 한 학기가 지나 써보라고 하면 물론 그동안 실력이 늘기도 했겠으나 상당히 재미있고 길게 쓰는 것을 볼 수 있다. 이런 변화의 가장 큰 요인은 글쓰기로 인한 억압이 줄었고 잘 써보려는 마음이 생겼기 때문이다. 다음 글을 보자.

> 현재 나의 나이는 21세이다. 어릴 적 꿈은 교사였다. 커오면서 점점 바뀌는 것 같았다. 요즘 전자제품을 보면 너무나도 신기하다. 실력이 된다면 만들어 보고 싶다. 그러기 위해서는 미래를 위해 지금부터 노력해야 할 것이다.

> 현재는 명지전문대학 OO학과 2학년에 재학 중인 학생이고 고정된 직업을 갖기 위해 노력하는 사람으로 이름은 고정직입니다. 물론 이름이 특이하여 놀림을 받는 경우도 있습니다. 그러나 제 이름이 부끄럽지 않습니다. 저희 또래들은 '정직하게 좀 살아라' '부 정직' 이라 하고 어른 분들은 '고정된 직업' 이라고 하십니다.……
> 현재의 나는 2% 부족한 것이 아니라, 몇 십, 몇 백 % 부족합니다. 지금이라도 깨닫게 되어 다행이라고 생각합니다. 앞으로 많은 것들을 보고 듣고 배우고 많은 사람들을 만나봄으로써 부족한 %를 채워나갈 것입니다. 완성된 나를 위해서 끊임없이 그리고 내 이름처럼 고정된 마음을 갖고 목표를 위해 달려갈 것입니다.

처음에 쓴 글은 문장도 짧고 문장 간에 연결이 되지 않는데 비해 두 번째 글은 이름에 대한 에피소드를 곁들여 시선을 끌고 문장과 문장의 연결이 자연스럽게 이루어져 있다. 즉 주어진 주제에 대해 마지못해 글을 쓰는 경우와 제대로 써보겠다는 마음으로 쓸 경우의 차이를 알 수 있다.

둘째, 글은 짓는 것이 아니라 자연스럽게 쓰는 것이란 생각을 한다.

억지로 잘 쓰려고 꾸미기보다 있는 그대로 생각 그대로 자연스럽게 우러나오는 것을 써야 한다. 테크닉이 중요한 것이 아니라 진솔한 마음이 그대로 잘 드러났나가 중요하다.

다음 글들을 보자.

우리 어머니는
날마다 시장에 가십니다.
오늘도 새벽에 나갔습니다.
우리 어머니는 쇳덩어리입니다.

우리 배꽃에
벌이
꿀 빨아 먹자 꿀 빨아 먹자 꿀 빨아 먹어
하면서 서로 빨아 먹을라고 꿀 빨아 먹을라고
윙윙 합니다.

—이오덕, 『우리문장쓰기』에서 재인용

첫 번째 글은 매일 새벽마다 시장에 나가 일하는 어머니의 모습을 쇳덩어리로 표현하고 있다. 은유의 개념을 알아서 쓴 것이 아니라 다른 사람들이 어머니를 쇳덩어리라고 한 말을 그대로 가져다 쓴 것으로 보인다. 즉 기법을 모르더라도 삶 속에서 보고 들은 것들을 진솔하게 표현하고 있으므로 좋은 글이라고 할 수 있다. 두 번째 글 역시 꿀을 빠는 모습을 표현했는데 '꿀 빨아 먹자' 를 되풀이하여 날아다니는 벌의 모습을 생생하게 그려냈다.

다음 기성시인의 시를 읽어 보자.

열무 삼십단을 이고
시장에 간 우리 엄마
안 오시네, 해는 시든 지 오래
나는 찬밥처럼 방에 담겨
아무리 천천히 숙제를 해도 엄마 안 오시네, 배추잎 같은 발소리 타박타박
안 들리네, 어둡고 무서워
금간 창 틈으로 고요히 빗소리
빈방에 혼자 엎드려 훌쩍거리던

– 기형도, 「엄마 걱정」에서

비유나 반복 등의 기법이 나타나긴 하지만 시장에서 돌아오지 않은 엄마를 걱정하는 아이의 마음이 쉽고 진솔하게 그려져 있다. 내용도 단순하고 표현이나 기법도 복잡한 것이 없지만 엄마를 기다리는 마음이 그대로 전달되므로 감동을 준다.

다음은 외국시인의 시인데 역시 구어체로 쉽게 표현된 시이다.

아이야, 너는 땅바닥에 앉아서 정말 행복스럽구나, 아침나절은 줄곧 나무때기를 가지고 놀면서!

나는 네가 그런 조그만 나무때기를 갖고 놀고 있는 것을 보고 미소를 짓는다. 나는 나의 계산에 바쁘다, 시간으로 계산을 메꾸어버리기 때문에.

아마도 너는 나를 보고 생각할 것이다, "너의 아침을 저렇게 보잘 것 없는 일에 보내다니 참말로 바보같은 장난이로군!" 하고.

아이야, 나는 나무때기와 진흙에 열중하는 법을 잊어버렸단다.

나는 값비싼 장난감을 찾고 있다. 그리고 금덩어리와 은덩어리를 모으고 있다.

너는 눈에 띄는 어떤 물건으로도 즐거운 장난을 만들어낸다. 나는 도저히 손에 넣을 수 없는 물건에 나의 시간과 힘을 다 써버린다.

> 나는 나의 가냘픈 쪽배로 욕망의 대해를 건너려고 애를 쓴다. 그리고 자기도 역시 유희를 하고 있는 것에 지나지 않는다는 것을 잊어 버리고 만다.
>
> – 타고르, 「장난감」에서

이 시는 아이에게 말을 거는 형식이므로 시라기 보다 일상적인 대화를 연상시킨다. 그러나 순수한 아이에 비해 타산적이고 욕망에 휘둘리는 자신의 삶을 질타하고 반성하는 철학적 주제가 녹아있어 읽는 사람에게 자신의 삶을 되돌아보게 하는 힘이 있다. 기교 없이 쉬운 말로도 충분히 주제를 전달하고 감동을 줄 수 있는 예를 보여준다.

한자어를 많이 섞고 어려운 단어를 써야 훌륭한 글이고 멋지게 꾸며야 좋은 글이라 생각하기 쉬운데 이는 잘못된 것이다. 특히 격식을 차리는 글에서 이런 경우를 많이 보는데 앞으로 고쳐야 할 점이다. 글재주를 부린 글보다는 소박해도 진실이 담긴 글, 자신의 생각을 쉬운 표현으로 드러낸 글이 좋은 글이다.

좀 더 나아가서 창의적이고 문학적인 글을 쓰기 위해서는 보다 전문적인 훈련이 필요하다. 평소에 주변의 사물들이나 사건, 사람들에 대한 꼼꼼한 관찰이 필요하며 관찰에서 끝나지 않고 그들에게서 어떤 영감을 떠올릴 수 있어야 한다. 특히 틀에 얽매이지 않은 자유로운 시선과 상상력, 창의력 사고가 필요하며 평소에 열린 태도로 삶과 사물들을 관찰해야 한다. 아울러 꾸준한 독서를 통해 인간과 사회를 바라보는 시선을 성숙시킬 필요가 있다.

생각해보기

1. '글쓰기를 잘하기 위해 필요한 것들'이란 주제로 조를 짜서 브레인스토밍을 해 봅시다.

2. 자신이 글 쓰는데 익숙하지 않다면 그 이유는 무엇일까 생각해 봅시다.

3. 어릴 때 글쓰기 경험에 대해 이야기를 나눠봅시다.

2. 놀이로 글쓰기

처음 글쓰기를 하는 사람은 무엇을 어떻게 써야 할지 막막해 한다. 글쓰기를 부담스러워 하는 사람들은 잘 써야겠다는 강박이 강한데 이에서 벗어나기 위해서는 가벼운 마음으로 놀이처럼 접근하는 것이 효과적이다.

패트릭 하트웰이 창안한 방법으로 1분간 글쓰기가 있다. 이 방법은 글쓰기를 부담스러워하는 사람들에게 도움을 준다. (최숙인, 『대학생을 위한 실용글쓰기와 예절』 참조)

방법은

– 먼저 아무 낱말이나 불러준다.

– 듣자마자 그냥 떠오르는 대로 글을 써나간다.

– 쓰다가 생각이 막히면 '모르겠다' 라고 쓰고 다시 생각이 나면 계속 써나간다.

단 1분 동안 쓰기를 멈추지 말고, 글을 쓰다가 고민하거나 쓴 것을 지우지 않는다.

이와 같은 방법으로 1분간 써보자. 아마 처음엔 많이 쓰지 못할 것이다. 그러나 다시 써본다면 조금 늘었을 것이고 '모르겠다' 를 쓴 횟수도 조금 줄었을 것이다. 즉 1분간 글쓰기는 글쓰기에 대한 부담을 줄이고 여러 번 되풀이함에 따라 조금씩 변화되는 것을 느낄 수 있게 한다.

1분간 글쓰기에 익숙해졌다면 조금 시간을 늘려 본다. 곧 1분 생각하고 3분간 써보는 것이다. 이 방법은 어떤 주제에 대해 1분간 생각한 뒤 3분간 쉬지 않고 계속 쓰는 것이다. 역시 쓰다가 생각이 나지 않으면 '모르겠다' 를 쓰고 다시 생각이 나면 계속 이어 쓴다. 이 경우 1분간 생각했기 때문에 글의 내용이 보다 조리정연해질 것이다. 이와 같은 연습을 반복한다면 글쓰기의 부담이 적어지는 것을 느낄 수 있을 것이다.

다음은 한 학생이 '지하철' 을 소재로 하여 1분 동안 쓴 글이다.

> 지하철은 너무 복잡하다. 나에게 지하철의 이미지는 복잡하고 힘들고 모르겠다. 최악의 이미지다. 모르겠다. 내가 왜 그런 첫 이미지를 갖게 되었는지는 알 수

지하철은 자주 이용하는 교통수단이므로 비교적 쉽게 글을 써나가고 있는데 띄어쓰기나 맞춤법이 틀리고 '모르겠다' 도 2번 나타난다. 또 '복잡하다' 는 말이 반복되고 있어 생각이 정연한 글과는 거리가 있다. 그러나 잘 쓰는 것이 목적이 아니므로 이렇게 쓰기를 반복하다 보면 글쓰기의 부담이 줄어드는 것을 느끼게 된다.

한 번 쓴 것을 다시 쓰면 조금 징리가 되는 것을 볼 수 있다.

늦게 끝나서 지하철을 탔다. 피곤하다. 밤이라서 사람이 별로 없다. 느낌이 썰렁하다. 모르겠다. 사람들이 피곤해보인다. 하지만 집에 돌아가는 마음이 기대감이

다음은 1분간 생각하고 3분 동안 쓴 글이다.

늦게 끝나고 집으로 가는 지하철에 탔다. 아아 피곤하다. 밤이라 그런지 지하철에 사람이 많이 없다. 선선한 느낌이다. 모두의 얼굴은 조금씩 피곤함에 지쳐있다. 하지만 고된 하루의 일과를 마치고 돌아가는 얼굴에 집에 가서 무엇을 할까 하는 기대감도 보인다. 모르겠다. 정류장이 가까워감에 따라 점점 사람 수가 적어진다. 나도 이젠 내려야 한다.

생각 없이 쓴 앞의 글에 비해 '모르겠다' 가 들어가긴 하지만 생각이 많이 정돈된 것을 볼 수 있다. 이처럼 생각없이 쓴 글과 조금이라도 생각하고 쓴 글의 차이를 직접 확인하면서 글 써보면 스스로 자신감이 생기고 어느 순간 글쓰기에 대한 부담이 적어졌음을 느끼게 된다.

생각해보기

1. 다음에 대해 1분간 생각하고 3분간 써봅시다.

가족 :

도서관 :

봄비 :

2. 다음 낱말에서 연상되는 것을 이어서 적어봅시다.

비누 – (　　) – (　　) – (　　) – (　　) – (　　)
– (　　) – (　　) – (　　) – (　　) – (　　)
– (　　) – (　　) – (　　) – (　　) – (　　)
하늘 – (　　) – (　　) – (　　) – (　　) – (　　)
– (　　) – (　　) – (　　) – (　　) – (　　)
– (　　) – (　　) – (　　) – (　　) – (　　)
신호등 – (　　) – (　　) – (　　) – (　　) – (　　)
– (　　) – (　　) – (　　) – (　　) – (　　)
– (　　) – (　　) – (　　) – (　　) – (　　)

다음 글자들로 3행시를 지어봅시다.

새

내

기

글

쓰

기

대

학

생

4. 다음의 상황을 상상해 써봅시다.

「걸리버여행기」에서처럼 '소인국'에 갔다면 :

내가 학과의 학회장이라면 :

남학생–내가 여자라면 (여학생–내가 남자라면) :

5. 다음 문장으로 시작하는 글을 완성하시오.

– 한 여자가 급히 병원 문을 열고 들어갔다.

– 내 방에서 혼자 책을 읽고 있는데 갑자기 밖에서 '우지끈 쾅' 하는 소리가 들려왔다.

제3장
글쓰기의 기초

1. 원고지 사용법

최근에는 원고지에 글을 쓰는 경우가 드물기 때문에 원고지 사용법을 익힌다는 것이 시대착오적으로 보일 수도 있겠다. 그러나 오랫동안 200자 원고지로 글을 써 왔으므로 글의 분량을 가늠할 때 '200자 원고지 몇 장' 이라는 말로 표현하고 있고 대학입학이나 편입 논술시험은 원고지에 작성하기 때문에 원고지 작성법은 여전히 필요하다. 그리고 원고지에 글을 쓰는 규칙은 워드로 글을 쓸 때도 마찬가지로 적용되기 때문에 원고지 사용법은 실제로 글을 쓰는 데 기본이 된다.

1.1. 제목과 이름 쓰기

글의 제목이나 필자의 이름은 인쇄할 때 본문보다 큰 글자로 하게 되므로 원고지 상에서 여백을 두고 써주는 것이 좋다. 그래서 글의 제목은 원고지 둘째 줄에 쓰고 좌우 여백을 고려하여 대체로 중앙에 위치하도록 쓴다. 만약 부제가 있을 경우에는 제목 바로 밑에 양 끝에 줄표(–)를 하고 쓴다.

필자의 이름은 제목이 끝나는 줄에서 한 줄을 띄고 오른쪽으로 치우치게 쓴다. 성과 이름 사이는 띄지 않고 붙여쓴다.

1.2. 본문 쓰기

본문은 이름을 쓴 줄로부터 한 줄이나 두 줄 정도 공백을 두고 쓰기 시작한다.

원고지 한 칸에 한 글자씩 쓰는 것이 원칙이고 띄어쓰기 역시 한 칸을 비운다. 주의할 점은 단락을 바꿀 경우에만 원고지 왼쪽 첫 칸을 비우는 것이다. 띄어쓰기를 해야 할 자리가 왼쪽 첫째 칸이 될 경우, 첫 칸을 비우는 사람이 많은데 비우지 않고 그대로 써야 한다.

또 구두점이나 괄호와 같은 문장부호도 한 칸을 차지한다. 그러나 쉼표(,), 마침표(.), 쌍점(:), 쌍반점(;) 등은 글자 하나로 취급되지 않으므로 이들 부호 다음에는 칸을 비울 필요 없다. 줄표(–)나 말없음표(……)는 두 칸을 차지한다.

아라비아 숫자나 영어의 알파벳 소문자는 한칸에 두 자씩 들어간다. 단 알파벳 대문자와 로마 숫자는 한 칸을 차지한다. 소제목이나 항목을 표시할 때 그 제목을 쓰고 난 다음 한 줄을 띄고 본 내용을 쓴다.

원고의 실례

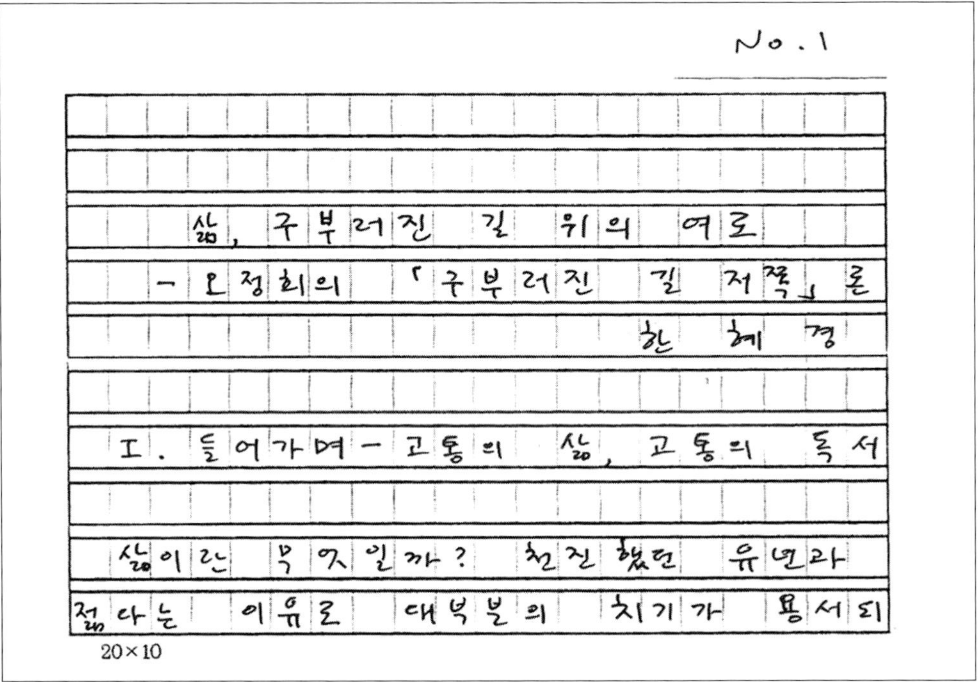
No.1

삶, 구부러진 길 위의 여로

— 오정희의 「구부러진 길 저쪽」론

한혜경

I. 들어가며 — 고통의 삶, 고통의 독서

삶이란 무엇일까? 천진했던 유년과
젊다는 이유로 대부분의 치기가 용서되

20×10

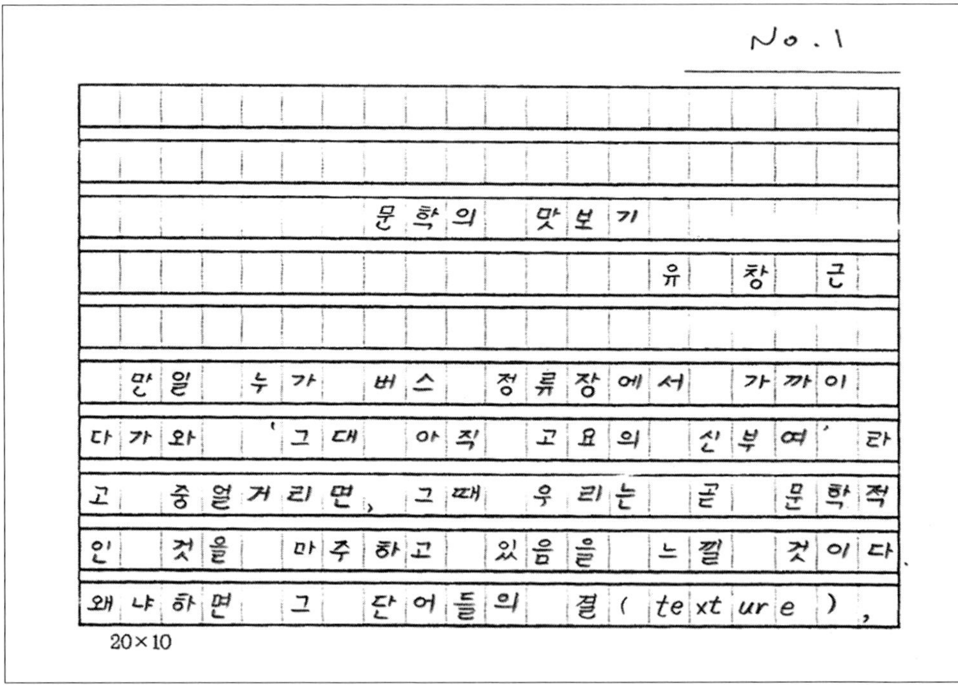
No.1

문학의 맛보기

유창근

만일 누가 버스 정류장에서 가까이
다가와 '그대 아직 고요의 신부여'라
고 중얼거리면, 그때 우리는 곧 문학적
인 것을 마주하고 있음을 느낄 것이다.
왜냐하면 그 단어들의 결(texture),

20×10

1.3. 원고의 수정과 교정부호

원고를 수정할 때는 본문에 쓴 필기도구를 사용하는 것이 좋으며 틀린 부분을 분명하게 두 줄로 그어 삭제하고 그 위의 여백에 고칠 내용을 써넣는다. 불필요한 부분이나 글자를 삭제하려면 그 부분을 묶어서 빼라는 표시를 한다. 지운 것을 다시 살리고 싶을 때는 한자로 '生' 자를 표시하면 된다.

원고 교정부호로는 다음과 같은 것들이 있다.

띄어쓰기 표시	줄을 이음
띄어쓰기 표시를 없앰	따옴표를 새로 써 넣음
띄어쓴 것을 붙임	부호를 써 넣음
줄을 바꿈	삭제하고 새로 써 넣음
앞 뒤가 바뀐 것을 바로 잡음	빠진 부분을 첨가함
오른쪽으로 옮김	한 줄 띄움(양 끝에 띄움)
왼쪽으로 옮김	두 줄 띄움(양 끝에 띄움)

긴 어절이나 문장을 보충해 넣으려면 다른 종이에 그 내용을 쓴 뒤 끼워넣을 곳에 끼움표를 한 뒤에 '별지 원고 삽입' 이라고 쓴다. 다른 종이에 쓴 원고를 '별지 원고' 라고 표시한 다음 원고 위쪽에 풀칠하여 첨부한다. 별지 원고가 여러 장일 때는 각각 번호로 구분해 준다.

또 도표나 사진 등을 삽입하려면 원고 본문에 사진이 들어간다는 표시를 하고 그만큼의 여백을 남겨놓는다. 도표나 사진이 여러 장일 경우 일련 번호를 기입하고 실제 도표나 사진은 따로 묶거나 원고 뒤에 일괄적으로 정리해 두어야 한다.

2. 띄어쓰기

한글맞춤법은 '문장의 각 단어는 띄어 씀을 원칙으로 한다' 라고 명시하고 있다. 그러나 조사는 단어지만 앞말에 붙여 쓰고 의존명사는 띄어 쓴다.

2.1. 조사, 어미, 의존명사

조사는 그 앞말에 붙여 쓰고 의존명사는 띄어 쓴다. 어미는 붙여 쓴다.

• 만, 대로, 만큼, 뿐

그는 온 지 삼십 분 **만**에 일어났다.(의존명사)
형**만** 한 아우 없다.(보조사)
놀기**만** 하더니 시험에 떨어졌지.(보조사)

나는 나**대로** 알아볼 거야.(조사)
선생님 좋으실 **대로** 선택하세요.(의존명사)

학교에서**만큼**은 얌전히 있어라.(조사)
그 그림은 눈물이 핑 돌 **만큼** 감동적이었다.(의존명사)

그 아이에게는 할머니**뿐**이다.(조사)
나는 응원만 했을 **뿐**이야.(의존명사)

• 지, 데

그가 고향을 떠난 **지** 10년이 지났다.(의존명사)
어제 잘 들어갔는**지** 궁금했어요.(어미)

여기까지 끌고 오는 **데** 얼마나 힘들었는지 모른다.(의존명사)

집에 가는**데** 눈이 내리기 시작했다.(어미)

• 커녕, 라고, 부터, 마는, 이다

조사이므로 붙여 쓴다.

얘기하기는**커녕** 만나지도 못했다.

의사는 "치료가 잘 끝났습니다"**라고** 말했다.

오늘**부터** 열심히 공부해야겠다.

이번엔 하겠습니다**마는** 다음엔 기대하지 마세요.

그것은 내 가방**이다**.

나는 대학생입니다.

• 바, 수, 것

의존명사이므로 띄어 쓴다.

네가 말하는 **바**를 알겠다.

말할 **수** 없이 예쁘다.

아는 **것**이 힘이다.

어쩔 **수** 없이 내가 갈 수밖에 없다.

2.2. 숫자

숫자는 만 단위로 띄어 쓴다. 순서를 나타내는 경우와 숫자와 어울려 쓰는 경우에는 붙여 쓸 수 있다.

이십삼억 사천육백사십오만 팔천오백이십팔

23억 4645만 8528

한 개, 한 대, 한 채, 백 원

두시 사십분 삼초

삼학년, 첫째, 육층

1987년 4월 15일

10개, 80원, 7미터

16동 502호

제1어학실습실

제일과, 2대대

삶이란 우리의 인생 앞에 어떤 일이 생기느냐에 따라 결정되는 것이 아니라 우리가 어떤 태도를 취하느냐에 따라 결정되는 것이다.

– 존 호머 밀스

생각해보기

1. 다음 문장을 띄어쓰기에 맞게 고치시오.

오늘은유난히햇빛이밝은날입니다.어제내린비가온갖먼지를씻어낸자리에오늘은일제히햇빛이내려쪼이고 있습니다.멀리산림과눈앞의벽돌담이다함께본래의색깔로빛나고있습니다.나는이넓은햇빛속에서가끔우렁찬아우성소리를듣는때가있습니다.낮은소리에서부터서서히음계를높여가서는가장높은꼭대기에서폭발하여합창으로되는아니소리가빛이되는그런순간이있습니다.오늘도씻은듯밝은산림과벽돌담에은총으로쏟아지는햇빛이방금이라도우렁찬아우성으로비약할듯합니다.자연의위대함에경탄하다가창가에목을뽑고있는나자신에게로돌아오면광막한자연으로부터지극히사소한나의애환으로돌아오면순간고적감이송곳같이파고듭니다.

– 신영복, 「감옥으로부터의 사색」에서

3. 맞춤법

한글맞춤법은 "한글맞춤법은 표준어를 소리대로 적되, 어법에 맞도록 함을 원칙으로 하고 있다"고 규정하고 있다. 맞춤법을 잘 익혀서 바른 문장을 쓰도록 하자.

3.1. 'ㅂ' 불규칙 용언의 표기

'ㅂ' 불규칙 용언은 '–워' 로 쓴다.
단 '곱다' 와 '돕다' 는 'ㅏ' 와 결합할 때 '와' 로 소리나므로 '와' 로 적는다.

1. 학교까지의 거리가 (가까와서 / 가까워서) 좋았다.
2. 그 말을 들으니 너무 (괴로웠다 / 괴로왔다).
3. 무엇보다 마음이 (고와야 / 고워야) 한다.
4. 세밀한 데까지 신경 써 주어서 (고마워 / 고마와).
5. 푸른 옷을 입은 그녀의 모습이 너무 (아름다워서 / 아름다와서) 눈을 뗄 수가 없었다.

3.2. 부사형 어미 '–이' 와 '–히' 의 구별

부사의 끝 음절이 '이' 로 나는 것은 '–이' 로 적고 '–히' 로만 나거나 '이' 나 '히' 로 나는 것은 '–히' 로 적는다.

1. 유리창을 (깨끗이 / 깨끗히) 닦아라.
2. (솔직이 / 솔직히) 말하면 그 곳에 가기 싫어.
3. 주어진 기회를 (번번이 / 번번히) 놓치곤 했다.
4. 그는 무엇이든지 (곰곰이 / 곰곰히) 생각한 뒤에야 말하곤 했다.

5. 매듭을 너무 (단단이 / 단단히) 묶었구나.

3.3. 접두사 '웃'과 '윗'의 구별

'아래' '위'의 대립이 있는 말은 '윗-'으로 통일한다.
단 된소리나 거센소리 앞에서는 '위-'로 적는다.

1. (웃도리 / 윗도리)를 벗어도 될까요?
2. (웃어른 / 윗어른)의 말씀을 잘 들어야 한다.
3. 날이 추워지니 (웃옷 / 윗옷)을 가져가라.
4. 아무 곳에서나 (웃통 / 윗통)을 벗는다.

3.4. 사이시옷의 표기

순 우리말로 되거나 순 우리말 +한자어로 이루어진 합성어 중 뒷말의 첫소리가 된소리로 나는 경우, 뒷말의 첫소리 'ㄴ' 'ㅁ' 앞에서 'ㄴ' 소리가 덧나는 경우, 뒷말의 첫소리 모음 앞에서 'ㄴㄴ' 소리가 덧나는 경우에는 사이시옷을 표기한다.

단 한자어끼리의 합성어인 '곳간' '셋방' '숫자' '찻잔' '툇간' '횟수'는 사이시옷을 표기한다.

1. 문제의 (초점 / 촛점)을 흐리다.
2. 친구의 집은 (아래마을 / 아랫마을)에 있다.
3. 할아버지 (제삿날 / 제사날)이어서 여러 식구가 모였다.
4. (시내물 / 시냇물)이 졸졸 흐르네.

3.5. '-든' 과 '-던' 의 구별

과거를 나타낼 때 '-던' 으로 적고 물건이나 일의 내용을 가리지 않는다는 뜻의 조사와 어미는 '-든' 으로 적는다.

1. 지난여름은 얼마나 (더웠던지 / 더웠든지) 견디기 힘들었다.
2. 네가 선택한 것은 (무엇이든지 / 무엇이던지) 찬성할 생각이다.
3. 어머니는 외할머니께서 (입으셨던 / 입으셨든) 옷들을 잘 보관하였다.
4. 선생님께서 (가르치셨던 / 가르치셨든) 것을 기억해 봐.
5. 대학에 (가든 / 가던) 취직을 (하던 / 하든) 마음대로 해라.

3.6. '안' 과 '않' 의 구분

'안' 은 '아니' 의 준말이고 '않' 은 '아니하-' 의 준말로 '않다' '않았다' '않겠다' 와 같이 활용하는 용언의 어간이다.

1. 앞으로 그 사람을 (안 / 않) 만날 거야.
2. 아무리 기다려도 그는 오지 (않았다 / 안았다).
3. 점심을 먹지 (않아서 / 안아서) 배가 고프다.
4. 극장에 (안 / 않) 가는 대신 도서관에 가야겠다.

3.7. '-데' 와 '-대' 의 구분

'-데' 는 과거에 직접 경험한 내용을 말할 때 쓰고 '-대' 는 남의 말을 전달할 때 쓴다.

1. 은숙이가 대학에 (합격했대 / 합격했데).
2. 그 학생 참 (착실하대 / 착실하데).
3. 그 가게가 더 (좋다는데 / 좋다는대).
4. 이번 학기에 영희가 장학금을 (탄대 / 탄데).

3.8. '로서' 와 '로써' 의 구분

'로서' 는 자격의 뜻으로 명사 뒤에 붙고, '로써' 는 도구나 수단의 뜻으로 술어 뒤에 붙는다.

1. 그는 (교사로서/교사로써) 자격이 충분하다.
2. 꾸준히 (노력함으로써/노력함으로서) 오늘의 영광을 안았다.
3. 나의 친절에 그녀는 (미소로서/미소로써) 보답했다.
4. 시큰둥하게 (말함으로써/ 말함으로서) 거절의 뜻을 나타냈다.

3.9. 준말

- 'ㅏ, ㅓ, ㅗ, ㅜ, ㅡ' 로 끝난 어간에 '-이' 가 붙어 준말이 될 때

누이다->뉘다

뜨이다->띄다

쓰이다->씌다

1. 우리 딸이 제일 눈에 (띄네/ 띠네).
2. 원고지 첫 칸은 항상 (띄고/ 띠고) 시작한다.
3. 김 대위는 중요한 임무를 (띄고/ 띠고) 활동했다.
4. 설날에 연을 (띄우고/ 띠우고) 놀곤 했다.

4. 바른 어휘

자신의 생각을 글로 표현하는데 어떤 단어를 써야 좋을지 난감할 때가 있을 것이다. 여러 어휘 가운데 어떤 어휘를 골라 쓰는가에 따라 글의 수준이나 품격이 달라지므로 어휘 선택에 유의해야 한다. 또 다양한 어휘를 알고 있어야 골라 쓸 수 있으므로 독서를 통해 어휘력을 향상시키고 모르는 단어가 나오면 사전을 찾아보는 습관을 기르도록 한다.

4.1. 혼동하기 쉬운 어휘들

• 일절/일체

일절: 아주, 전혀, 절대로의 뜻

일반인의 출입을 일절 금지했다.

일체: 전부, 완전히의 뜻

안주 일체가 저렴하다

• 왠지/웬

왠지 : 왜 그런지

그 노래를 듣자 왠지 슬픈 느낌이 들었다.

웬 : 어찌된

이게 웬 일이야.

• 배다/베다

배다 : 스며들거나 스며나오다. 버릇이 되어 익숙해지다.

냄새가 배어 잘 빠지지 않는다. 자꾸 웃음이 배어 나왔다

일이 몸에 배어 자연스럽다.

베다 : 베개를 베다. 날이 있는 연장 따위로 무엇을 끊거나 자르다.
무릎을 베고 누워 있다.
나무를 베었다.

• 벌이다/벌리다

벌이다 : 일을 시작하거나 물건을 늘어놓다. 놀이판을 차리다
잔치를 벌이다. 사업을 크게 벌이다. 논쟁을 벌이다.

벌리다 : 둘 사이를 넓히거나 멀게 하다
입을 벌리다. 자루를 벌리다. 줄 간격을 벌리다.

• 마치다/맞추다

마치다 : 하던 일을 끝내다. 마무리하다.
회의를 마치다. 집안일을 마치다.

맞추다 : 틀리거나 어긋남이 없게 하다. 마주 재다.
물건을 미리 부탁해 만들게 하다.
마음에 맞게 하다. 옳은 답을 대다.
박자를 맞추다. 입을 맞추다. 양복을 맞추다.
비위를 맞추다. 보조를 맞추다.

• 작다/적다

작다 : 넓이, 부피, 길이, 키 등이 보통 정도에 못 미치다.
키가 작다. 몸집이 작다. 방이 작다.
신발이 작아서 발이 아프다.

적다 : 분량이나 수효가 일정한 기준에 이르지 못하다. '많다' 의 반대.
사람 수에 비해 그릇 수가 적다.

• 가르치다/가리키다

가르치다 : 일깨워 알게 하다

공부를 가르치다. 버릇을 가르치다.

가리키다 : 말, 표정, 동작 등으로 집어서 이르다.

동쪽을 가리키다. 시계바늘이 12시를 가리키다.

• 어떻게/어떡해

어떻게 : '어떻다' 의 활용형으로 다음에 서술어가 온다.

어떻게 왔니?

어떡해 : '어떻게 해' 의 준말로 서술어.

그렇게 울면 어떡해?

4.2. 우리말 사용

한자는 오랜 기간 동안 우리 민족의 문자 생활을 담당해왔기 때문에 우리말에 상당한 영향을 미치고 있다. 일제 식민지 기간 동안 사용한 일본어의 침투, 근대 이후 서양문화의 유입으로 함께 들어온 외국어의 영향도 무시할 수 없다. 이들 외래어는 우리말의 어휘를 풍부하게 해주는 긍정적인 측면도 지니고 있지만 우리의 고유어를 밀어내는 부정적인 측면을 함께 가지고 있다.

우리의 의사소통은 우리말의 구조로 이루어진다는 것을 생각할 때 불필요한 한자어나 외국어를 사용하는 것은 불편하고 어색한 일이다. 그렇다고 억지로 고유어를 만들어 쓰는 것도 역효과가 날 수 있다. 전문분야에 따라 외국어 또는 외래어를 사용하기도 하므로 사실 어떤 절대적인 기준을 정하기는 어려운 문제이다.

그러나 좋은 우리말 표현이 있는데 일부러 외래어를 사용하는 것은 자제해야 하며 이왕이면 좋은 우리말을 쓰고자 노력해야 할 것이다. 결국 쉽고 정확하게 의사를 전달한다는 기본 원칙을 상기하는 것이 중요하다고 하겠다.

다음과 같은 한문투의 표현은 우리 주변에서 많이 볼 수 있는 것이다.

- 사태발발 이후 미국은 초지일관 후세인에 대해 쿠웨이트에서의 무조건 철군과 쿠웨이트 정통정부의 복원을 요구하고……
- 이상의 족적을 살펴보면
- 이상의 사실을 양지하시기 바랍니다.
- 지정열차에 한하여 유효하며 도중역에서 하차시 다시 사용하지 못하나 다른 열차로 변경요구시에는 해당 추가운임 요금을 수수하고 변경 취급합니다.
- 이 도로는 노견이 없습니다.

다음은 일본어투의 표현이다.

- 자신의 능력을 부인하는 것에 다름 아니다.
- 이번 청계천 개발사업은 주목에 값하는 것이다.
- 이 최고회의는 원래의 수순으로 진행된 것이 아니다.
- 김교수의 업적을 평가하는 데 있어서 그의 학력과 특이한 경력에 주목한다.

다음은 영어어휘를 쓰고 영어식으로 표현한 문장들이다.

- 이 크림은 피부에 즉각적으로 스며들어 얼굴라인을 팽팽하게 하고 피부 컬러는

환하게 해줍니다.

- 올 가을의 트렌드는 브라운 컬러의 재킷과 체크무늬의 스커트이다. 이것으로도 뭔가 허전하다면 목에 살짝 스카프나 머플러를 두르거나 멋진 부츠를 곁들인다면 그야말로 멋진 가을 룩을 완성할 수 있다.

- 스케줄이 바빠서 인터뷰할 시간을 만들기가 어렵습니다.

- 빠진 것이 없나 잘 체크하라고 오더가 내려왔어요.

- 효의 중요성은 아무리 강조해도 지나치지 않다.

- 좋은 아침 되세요.

- 나는 훌륭한 어머니를 가졌다.

5. 바른 문장 쓰기

문장은 글을 이루는 기본 단위이다. 각각의 단어들이 모여 하나의 문장으로 이루어질 때 비로소 어떤 생각이 전달될 수 있다. 이 문장들이 모여 하나의 글이 완성된다.

아름다운 수식이나 뛰어난 문체도 중요하지만 무엇보다도 문법에 맞는 바른 문장을 쓰는 것이 중요하다. 즉, 좋은 문장은 바른 문장이다.

5.1. 문장의 기본 구조와 문장성분

문장은 하나의 완결된 생각을 표현하는 최소단위이다.

주어와 서술어를 포함한 두 개 이상의 성분으로 이루어진다.

홑문장(단문)과 겹문장(복문)

홑문장의 예

바람이(주어) 분다.

새가 노래한다. 하늘이 파랗다. 오늘이 춘분이다. (서술어)

학생들이 책을(목적어) 읽는다.

흰(관형어) 구름이 떠간다.

세월이 아주(부사어) 빠르다.

아!(독립어) 그가 다시 돌아온다.

겹문장의 예

농부는 비가 오기를 기다린다.

코끼리는 코가 길다.
나는 어머니가 만들어주신 옷을 입고 있다.
그는 말도 없이 떠나버렸다.
나는 여름을 좋아하고 그는 겨울을 좋아한다.

다음 문장에서 주어와 서술어를 찾아 봅시다.

1) 우리는 잠시 문학이란 무엇인가 생각하였다.

2) 영수는 먼 거리에서도 사람을 잘 알아보는 재주가 있다.

3) 먼저 나라를 위해 무엇을 해야 할 것인지 생각하는 것이 중요하다.

5.2. 문장성분의 호응관계

문장 안에서의 각 성분이 서로 호응을 이루어야 바른 문장이다.

우리말은 문장성분을 생략하는 경우가 많은데 글에서는 확실하게 알 수 있는 경우가 아니면 문장성분을 생략해서는 안 된다.

다음 문장을 보자.

몇 명의 관리요원에만 의존한 관리는 높은 성과를 기대할 수 없음을 이해하시어 입주자 스스로가 공동생활의 제 규정을 지키는 주인의식이 절대적으로 실현되어야 보다 쾌적한 생활여건이 이루어질 것이며 다음과 같이 안내 말씀을 드립니다.

이 문장은 주어가 명확하지 않아 어색한 문장이 되었다.

'이루어질 것이며'의 주어는 '생활여건'이므로 '다음과 같이…'의 주어가 될 수 없다. 따라서 '…이루어질 것이며' 다음에 '저희 아파트 관리사무소는' 등의 주어가 삽입되어야 한다.

다음 문장은 주어와 술어가 호응을 이루지 못한 경우이다.

> 내가 마음이 아픈 것은 아이들이 보호받지 못하고 무심하게 방치되었기 때문에 그것을 보니 정말 안타까웠다.

'마음이 아픈 것'을 주어로 할 경우, '방치되었기 때문이다'로 끝내야 하며, '나는'을 주어로 한다면, '나는 아이들이 보호받지 못하고 무심하게 방치된 것을 보고 정말 안타까운 마음이 들었다'로 해야 주어와 술어의 호응이 맞는 문장이 된다.

다음 문장은 부사와 서술어의 호응이 어색한 경우이다.

> 내가 비록 어리기 때문에 그 일을 하기 힘들었다.
> 김선생은 그가 이 일을 완벽하게 해내리라는 것을 전혀 믿었다.
> 어둠 속에 천천히 움직이는 사람들의 모습이 여간 자극적이었다.

'비록'은 '-할망정' '-지만'과 어울리고, '전혀'는 '-하지 못하다'라는 부정형과 호응을 이루며 '여간' 역시 '-하지 않다'와 함께 써야 한다. 따라서 '비록 어리지만', '전혀 믿지 못했다', '여간 자극적이지 않았다'로 고쳐야 한다.

다음 문장에서 잘못된 것을 고쳐보자.

1) 현대사회로 넘어오면서 우리 생활 속의 여유를 잃어가고 있다는 점이다.

2) 우리가 문제 삼고자 하는 것은 배금주의와 이기주의의 팽배로 전통윤리가 파괴되었다.

3) 참된 자존심이란 부당하게 남이 자신을 천대하고 비하할 때 그로부터 자기 자신의 인격을 보호하려는 마음이 자존심인 것이다.

4) 더욱 큰 문제는 기상 이변이 속출하고 있다는 보도를 우리는 연일 접하고 있다.

5) 이 사진은 거리를 지나던 행인이 한 할머니에게 길을 물어보고 있다.

6) 이번 교양과목으로 글쓰기와 말을 선택하게 된 이유는 글씨와 문장 표현 능력을 조금이라도 늘려보려는 취지에서 이렇게 교양과목을 선택하게 되었습니다.

7) 제 취미는 틈나는 시간을 쪼개서 좋아하는 소설책을 읽거나 간단한 웹서핑을 즐기고 영화 보는 것도 가끔 즐깁니다.

8) 제 특기로는 간단한 워드 작성은 대부분 할 수 있고 지금 컴퓨터 활용능력 2급을 준비 중에 있어서 간단한 엑셀작업도 할 수 있습니다.

5.3. 수식할 때

수식관계가 명확하게 드러나지 않으면 글쓴이의 의도가 제대로 드러나지 않는다. 문장 안에서 수식어의 위치가 잘못되었을 때, 또 수식어가 지나치게 길어졌을 때 이상한 문장이 되므로 주의해야 한다.

다음 문장에서 수식관계를 살펴보자.

1) 그녀의 옷에 대한 관심은 대단했다.

2) 사람들이 아름다운 고장을 찾는 것은 자연스러운 일이다.

3) 멋진 그 남자의 미소에 모두 매혹되었다.

4) 어머니는 언제나 힘드셔도 웃음을 잃지 않는다.

5) 책을 읽은 뒤엔 여러 가지 나의 떠다니는 생각의 조각들과 감정의 조각들을 하나 하나 적어 나갑니다.

5.4. 외국어식 표현과 번역투 문장

외국어식 표현과 번역투 문장은 가능하면 우리말 표현으로 고쳐준다.

1) 쌀의 수출이 가능한 나라는 미국과 호주다.

2) 농산물을 수출함에 있어 적극적인 홍보가 필요하다.

3) 〈표3〉이 보여주는 바와 같이

4) 이 책상은 한 목수에 의해 만들어졌다.

5) 자연환경의 오염은 인간의 죄악에 다름 아니다.

6) 김교수의 연구는 세계의 주목에 값하는 사건이다.

7) 영국 소설의 발생과 융성에 관한 널리 알려진 연구서의 저자 이언 왓트는 중산계급의 성장과 경제적 개인주의, 17세기에 있어서의 철학상의 새 경향, 산업화와 공정생산에 따른 여가의 증대와 새 독자층의 대두, 특히 여성의 사회적 지위에 있어서의 복합적인 변화에서 소설 장르 융성의 사회적 기반을 찾고 있다.(유종호, 「소설의 대두」에서)

8) 책의 세계는 유년의 우리들 가슴을 한결 조마조마하게 하고 숨결을 가쁘게 했으며 육체적인 감동과 정신의 집중을 선사해주었다. (유종호, 「무엇을 어떻게 읽을 것인가」에서)

5.5. 조사의 바른 사용

1) 위에 살펴본 바와 같이

2) 그는 대학을 가서 기뻤다.

3) 바둑을 인생과 비유하는 데는 조금도 무리가 없다.

4) 학교 당국에게 책임이 있다.

5) 교과서 100쪽에 보면 연습문제가 있으니 풀어 보세요.

5.6. 문장간의 호응관계

두 문장을 접속하는 경우 앞 뒤 문장이 서로 호응되어야 하며 접속어를 쓸 경우 의미가 통해야 한다.

1) 그러면 현재 산업재해의 상황은 어떠한지, 산업재해가 일어나는 원인에 대해서 알아보자.

2) 그러한 부정적 측면은 우리나라 교육의 본질적 개혁을 위해서는 감당해야 하며, 행정과정에서 바로 잡힐 수 있다.

3) 어렸을 때부터 명지전문대 근처에서 살아왔던지라 관심없이 지나쳐 다녔는데 제가 이 학교에 입학하고 보니 신기하고 설레입니다.

4) 우연히 접한 시집에서 '나는 너에게 너는 나에게…몸짓이 되고 싶다' 라는 글로 시작해 책에 대한 매력을 느꼈다.

5) 평소 말주변이 없어서 이 강의를 신청했다가 낮은 점수를 받지 않을까 망설였지만 그 보다는 제 실력이 늘어날 것이라는 기대를 가지고 왔습니다.

6) 일본에 대해서는 일본어에 관심이 많으니 보통의 딱딱한 공부보다는 일본방송을 보며 익히고 있습니다.

5.7. 피동과 능동문

우리말은 능동형 문장이 자연스러우므로 가능하면 능동형을 쓰는 것이 좋다.

1) 성적표엔 점수들이 복잡하게 분석되어져 있고 그 성적은 학교에 의해 공고되어졌다.

2) 그 문제는 끝내 해결되어지지 않았다.

3) 열차가 곧 도착됩니다.

4) 사이비 종교가 많은 사람들에 의해 믿어지고 있다.

5) 나는 그 일이 이루어지리라고 생각되어진다.

생각해보기

1. 다음 글은 하나의 문장으로 되어 있다. 몇 개의 문장으로 나누어 써 봅시다.

산업체위탁교육 제도는 산업체에서 근무하는 직장인들 중에서 사정상 대학에 진학하지 못한 사람이 연령에 관계없이 고졸 이상의 학력을 지닌 사람이면 누구나 대학교육을 받아 전문학사 학위를 취득할 수 있는 제도로서 평생교육의 차원에서 계속적인 교육의 기회를 부여하고, 사회적인 교육수요를 학교교육과 연계하여 우수한 전문 직업인을 양성하기 위하여 우리대학 학장과 산업체 대표의 계약에 의한 무시험 서류전형으로 전문대학에 입학한 후 소정의 교육과정을 이수하면 전문학사 학위를 취득할 수 있도록 한 직장인만을 위한 교육제도입니다.

2. 다음 글의 한문투를 우리말 표현으로 고쳐봅시다.

정원외 특별전형의 경우에는 모집인원의 제한 없이 모집이 가능하므로 지원자가 많으면 모집단위별 입학정원의 범위 안에서 모집인원을 초과하여 모집할 수 있습니다.

정독은 일단 습관화되면 허술한 속독에 적응하지 못할 것이다. 그러나 정독에 값하는 책에 대한 선택적 안목의 획득은 많은 책의 독서 경험을 요구한다. 속독에 의존하지 않고서는 봇물 터져 나오듯 쏟아지는 책들을 감당하지 못할 것이다. 따라서 비록 졸속의 한이 있더라도 속독의 필요성은 커진다.

–유종호, 「무엇을 어떻게 읽을 것인가」에서

과제 3

학 과

학 번

이 름

제출일 20 . . .

광고나 주변에서 외래어와 한문투의 표현을 찾아봅시다.

절
취
선

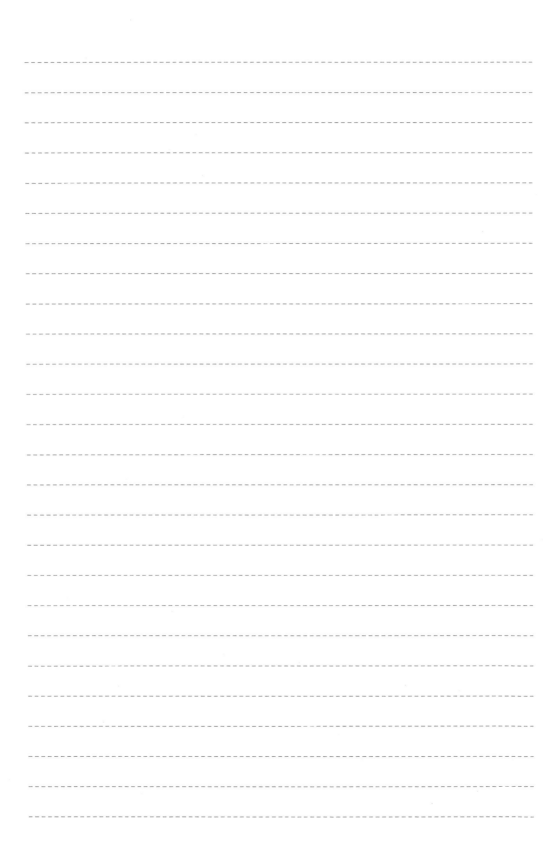

제4장 글쓰기의 순서

1. 주제와 제목

1.1. 주제의 설정

누구나 글을 쓸 때는 글을 통하여 말하려는 주된 의도가 있다. 이를 주제라 하는데 한 편의 글에서 일관되게 전개되는 중심사상이며 핵심적 의미라고 할 수 있다. 즉 그 글에서 제시된 문제와 그에 대한 해답을 합한 것이라 하겠다.

따라서 글을 쓰기 전에 주제를 설정하고 그것을 계속 의식하면서 일관성 있는 글을 써야 한다. 주제를 설정할 때에는 자신이 쓰고자 하는 내용을 참신하게 드러낼 수 있도록 고려한다. 진부한 주제를 되풀이하는 것은 읽는 이의 관심을 끌 수 없기 때문이다.

또 많이 생각해보고 충분히 살펴본 후 정한다. 가령 '호주제'에 대한 글을 쓰고자 할 때, 호주제의 개념과 호주제가 형성된 배경과 역사, 다른 나라의 경우는 어떠한지, 문제점이나 사회에 미친 영향 등등을 살핀 후 주제를 정한다.

가능한 작고 쉽고 재미있고 분명한 것으로 시작하는 것이 좋으며 무엇보다도 자신의 능력에 맞는 것을 선택한다.

추상적 주제일 경우 그 주제를 드러내는 소재를 구체적으로 서술하는 것이 좋다. 다음 글을 보자.

> 여하튼 토굴할매는 산동네에서 가장 비참하고 불쌍한 존재였다. 토굴할매는 상을 거꾸로 비추는 거울이었다. 토굴할매라는 거울에 비추어보면, 산동네 사람들은 늘 자신의 행복한 모습을 볼 수 있었다. …(중략)…
>
> 나는 어느날 어머니에게 물어보았다. "어머니, 토굴할매보다 더 불쌍한 사람도 있어?" "글쎄, 아마 있겠지. 그래도 뒷집 할머니는 살 집이라도 있잖니? 세상에는 집도 없이 떠도는 사람들이 아주 많단다." "그 사람들보다 더 불쌍한 사람은 없을까?" 어머니는 잠시 궁리하다가 말했다. "가난하다고 해서 다 불쌍한 것은 아니야. 가난한 것은 그냥 가난한 거야. 가장 불쌍한 사람은 스스로를 불쌍하다고 생각하는 사람이야." 나는 어머니의 이 대답이 무척 마음에 들었다.
>
> –위기철, 「아홉살 인생」에서

위의 글은 글쓴이가 아홉 살일 때 이웃집에 살던 토굴할매에 대해 쓴 것이다. 토굴처럼 음습한 집에서 혼자 살고 있는 할머니는 가난한 산동네에서도 가장 불쌍해 보인다. 그러나 토굴할매보다 못한 사람도 있다는 어머니의 말을 통해 가난에 대한 인식이 상대적이라는 것을 깨닫는다.

가난에 대한 주제는 많이 다뤄온 것이지만 이 글은 토굴할매를 포함하여 가난한 산동네사람들을 어린아이의 눈을 통해 묘사함으로써 물질적으로 궁핍한 것이 불쌍한 것이 아니라 스스로 불쌍하다고 여기는 자가 불쌍한 것이라는 주제를 인상적으로 드러내고 있다.

다음 글은 '대중매체와 원초적 왜곡'이란 제목으로 대중매체의 왜곡 현상을 다룬 글이다.

감각인과 정보인이 현대인이 드러내는 두드러진 특성이라면, 이 특성을 부추기고 발달시키는 하나의 장이 논리적으로 요청된다. 우리는 이 장이 대중문화라는 것을 어렵지 않게 알 수 있다. 대중문화의 특성에 관해 다른 곳에서 논한 바 있거니와, 여기에서는 대중문화가 대중의 사물인식에 어떤 영향을 끼치는가라는 문제에 초점을 맞추어보자. 우리가 우선 주목해야 할 점은 대중문화란 우리가 어느 정도 자란 뒤 우리에게 영향을 미치는 한 요소가 아니라는 점이다. 우리는 대중문화와 더불어 자란다. 현대인에게 대중문화는 그가 공기, 물과 더불어 자라듯이 그 안에서 자랄 수 밖에 없는 매질이다. 대중문화는 단지 우리의 의식을 왜곡시키고 사물에 대한 그릇된 인식으로 이끌기만 하는 것이 아니다. 우리는 대중문화를 통해 우리가 사물을 왜곡하거나 그릇된 인식을 가진다는 생각을 가지지 못하도록 자라난다. 대중문화는 단지 이미 형성된 인식을 왜곡시키는 것이 아니다. 우리는 대중문화와 더불어 처음부터 왜곡된 의식구조로 형성되는 것이다. …(중략)…

대중문화는 희화화와 속화를 그 본질로 한다. 희화화와 속화를 통해 과학, 예술, 철학의 일그러진 모습은 우리의 어린 시절을 장악한다. 이러한 과정을 통해 우리는 사물에 대한 원초적인 왜곡을 범하게 되며 이 시선은 결정적 계기가 주어지지 않는 한, 우리 의식을 평생 따라다닌다. 이 점에서 대중문화는 현대인의 원초적 의식을 지배한다. 이러한 지배는 광범위하다. 이러한 원초적 왜곡은 우선 만화를 통해 주어진다. 작가의 독창적 창작물이 아닌 한, 만화는 대개 기존의 문학작품을 모방한다. 청소년들은 이 만화를 봄으로써 문학작품을 엉뚱한 형태로 먼저 본다. 만화가 보여주는 이마주는 진짜 작품을 접하기 전에 이미 청소년의 마음속에 박힌다.

–이정우, 「현대인의 얼굴」에서

대중문화가 대중의 사물인식에 어떤 영향을 끼치는가라는 문제가 주제임을 분명히 밝히고 그에 대한 사례를 차근차근 제시하며 주제를 전개하고 있다. 현대인과 대중문화의 관계, 대중문화의 속성 등 가볍지 않은 주제를 간결하면서도 단계적으로 설명하고 있다. 설명적 글이나 논리적인 글에서 주제가 너무 광범위하면 글이 막연해지기 쉬우므로 주제를 한정할 필요가 있다. 주제의 범위가 한정되면 주제를 구체적으로 생각하는 단계로 나아가야 한다.

가령 '한국사회의 특성' 이란 주제를 생각했다고 할 때 너무 크고 막연하므로 '한국사회의 가부장적 특성', 또는 '한국사회의 능동성' 등 세부적인 주제로 좁혀야 하고 한국사회 중에서도 구체적으로 어느 시대의 사회인지, 또 지역에 따라 어떤 지역사회의 특성인지 세분화할 필요가 있다. 그 결과 '1990년대 한국 경상도 지역의 가부장적 성격' 으로 구체화하면 말하고자 하는 주제가 훨씬 선명하게 드러난다.

1.2. 주제문 설정

주제를 결정했으면 주제에 담긴 생각을 하나의 완전한 문장으로 만든다. 이를 주제문이라고 하는데 주제를 하나의 명제문으로 작성하는 것이다. 주제문을 작성함으로써 필자 자신이 주제에 대해 명확한 인식을 하고 있는지 스스로 검토할 수 있다. 주제문을 작성할 때 주의할 점은 주제에 관한 자신의 견해를 한정된 주제로 집약시켜야 하는 점이다.

주제문은 필자가 다룰 구체적인 내용을 제시해주고 글 전체에서 다룰 내용의 한계를 설정해 준다. 그리고 필자가 전개할 글의 전체적인 구성을 암시해 준다. 예를 들어 과자의 해로운 점에 대해 글을 쓰고자 할 때, 주제문을 "과자에 포함된 유해성분은 육체적 건강 뿐 아니라 정신건강에까지 나쁜 영향을 미치므로 과자 소비를 줄여야 한다."로 만들면 쓰고자 하는 내용이 정리된다.

좋은 주제문은 하나의 완결된 문장이어야 한다.(명제문)
의문문의 형태는 좋지 않다.
막연한 표현, 비유적인 표현을 써서는 안 된다.
주제에 대한 필자의 의견이 명확하게 드러나는 것이 좋다.

쓸거리	주제	주제문	제목
역사	교육의 필요성	과거사실들을 통해 현재와 미래를 바르게 이끌어갈 수 있다는 점에서 역사는 반드시 가르치고 배워야 한다.	역사는 가르쳐야 하는가
문화수입	일본 문화의 수입	일본문화의 폭력성과 퇴폐성은 청소년에게 좋지 않은 영향을 미칠 수 있으므로 전면 수입개방은 재고되어야 한다.	일본문화수입이 청소년에게 미치는 영향
영화			
현대사회와 광고			
아시아의 한류열풍			

1.3. 제목

제목은 글의 강조점을 부각시키는 중요한 요소이다. 글에서 제일 먼저 눈에 띄는 부분이므로 독자의 관심을 끌 수 있는 참신한 것이 좋다.

제목을 붙일 때는 글을 처음 계획하는 단계에서 일단 붙여보고 글을 쓰면서 또는 다 쓴 다음에 적절한가 검토해야 한다. 더 좋은 제목이 떠올랐다면 중간에 바꿀 수 있다.

제목은 형태에 따라 단어식(가을), 어구식(논술과 대학입시), 문장식(식민지 잔재는 청산되어야 한다), 내용에 따라 문제제기형(청소년 범죄, 더 이상 보고만 있을 수 없다), 주제표현형(왜소해지는 아버지들), 소재부각형(어머니를 생각하며) 부연설명형(논어, 사람의 길을 열다) 등으로 나눠 볼 수 있다.

하나의 제목만으로 글의 전체 내용을 포괄하기 어려울 경우나 좀 더 구체적인 단서를 붙일 때 부제를 활용할 수 있다. '환경오염의 문제 – 대기오염을 중심으로 –' '한국사회와 정보화 – 통신사업을 중심으로' 와 같은 제목은 본제목이 가리키는 범위가 너무 클 경우 부제를 붙여 주제를 구체화시키는 예이다.

또 '조선의 여성들 – 부자유한 시대에 너무나 비범했던' '세속도시의 꽃 – 하성란론' 과 같은 경우는 다루고 있는 소재에서 중점적으로 추출한 주제를 부제 혹은 본제목으로 활용한 경우이다. 전자는 조선이라는 부자유한 시대에 비범했던 여성들의 삶을 그린 것이고 후자의 제목은 하성란의 소설에서 세속도시에서 피어나고자 애쓰는 꽃의 이미지를 읽은 글임을 보여준다.

인상적인 제목은 독자의 눈길을 끈다. 특히 생활글의 경우는 딱딱한 것보다 재치있는 제목이 좋으며 읽는 이의 성향과 수준을 참고하는 것이 좋다. 어린이를 대상으로 한 책의 경우, 쉽고 재미있는 표현이 좋다. '너는 특별해' '우와! 크리스마스다' '난 네가 보여!' 와 같은 제목은 구어체로 친근한 느낌으로 다가오는 제목이다.

최근에는 수험생들을 대상으로 하는 문제집이나 실용서에도 눈길을 끄는 제목을 붙이는 예가 많아졌다. '쎈 수학' '누드 교과서' '뜯어먹는 수능 영단어' '수능잡는 수학' 등 눈길을 끄는 제목을 붙여 독자들을 끌고 있고 '열정의 중심에 서라' '직장인의 운명은 30대에 결정된다' 와 같은 제목은 명령형 문장과 단정적인 표현을 써서 필자의 신념이 전달되도록 한다.

고전을 다룬 글의 경우 읽기 어렵고 지루하다는 생각이 지배적이다. 그런데 최근 많은 고전 해설서나 번역서들이 현대적 시각에 맞게 재구성하고 해설을 곁들여 참신한 제목을 붙이고 많은 독자들의 구미를 당기고 있다. 박지원의 열하일기를 소개한 '열하일기, 웃음과 역설의 유쾌한 시공간', 정약용의 산문들을 모은 '뜬 세상의 아름다움', 옛 선인들의 좋은 말들을 모아 편집한 '죽비소리', 허균의 글을 모은 '숨어사는 즐거움' 들이 눈에 띄는 제목들이다.

학생들이 보고서를 제출할 경우, '보고서' '리포트' 라고만 적어 제출하는 경우가 많은데 적절한 제목을 붙여 보자. 독서감상문이나 영화나 연극을 보고난 감상문, 영화평 같은 경우, '「나의 결혼원정기」를 보고', '「무진기행」를 읽고' 식으로 평이한 제목을 쓰지 말고 자신이 느낀 점을 중심으로 제목을 붙인다. '그러고 보니 신기한 영화네! - 글로벌시대, 국제결혼에 대한 변방의 판타지적 민속지 만들어낸 「나의 결혼원정기」' 또는 '무진, 젊은 날의 절망과 어둠의 공간' 과 같은 제목을 붙이면 그 작품들에 대한 글쓴이의 생각이 드러난 제목이 된다.

자기소개서를 쓸 경우에도 내용의 특성에 걸맞는 제목을 붙이면 훨씬 인상적인 글이 된다. '식민지 지식인의 옷벗기' (조혜정), '키는 작지만 포부는 큰 남자', 'OO회사에 적합한 재목을 소개합니다!' 등의 제목은 아무 제목 없이 제출된 글보다 그 글을 읽고 싶게 만드는 힘이 있다.

다음의 예문은 주제를 집약한 제목을 붙인 글이다.

고현정, 김남주, 김지호, 김현주, 김희애, 송혜교, 신애라, 이영애, 채시라, 최지우, 한가인(가나다 순)등 한국을 대표할 만한 이 빼어난 미녀들의 공통점은 무엇일까? 모두 아파트 광고모델이다. 대다수 한국인에게 아파트는 꿈이다. 아파트라고 해서 다 같은 아파트가 아니기 때문에 아파트를 향한 꿈은 늘 더 높은 곳을 향해 나래를 펴고, 그 꿈을 인도하기 위해 한국의 미녀들이 총출동한 것이다.

아파트는 '코리안 드림' 이다. 그건 한국인에게 진지하고 심각하고 비장한 드림이다. 그런데 외국인들은 이해하지 못한다. 충격을 받는 외국인들도 있다. 네덜란드인으로 단국대 교수인 헨니 사브나이에는 "한국인이 아파트에 살고 싶어하고 그걸 진보라고 여기는 것은 아무리 생각해도 특이하다"며 "세계 어디에도 고층 아파트건물들로 이루어진 마을을 본 적이 없다"고 말했다. 서울의 압구정동 아파트 단지를 본 어느 독일인 교수는 "여기가 서울의 슬럼가냐"고 물어 한국인 안내자를 당혹스럽게 만들었다.(중략)

아파트는 한국인 코드의 핵심이다. 한국사회와 한국인의 가장 중요한 특성이라 할 단일성과 밀집성을 아파트가 상징하는 동시에 실제로 구현하고 있다는 의미에서다. 또 그런 이유 때문에 '구별짓기' 가 기승을 부릴 수밖에 없다. 남들과 구별되고자 하는 인간의 본원적 욕망을 실현할 수 있는 소재가 빈약한 아파트 공화국에선 아파트가 가장 중요한 구별짓기 양식이 된다.

– 강준만, 「'아파트 공화국' 의 미스터리」에서

이 글은 구별짓기에 대한 욕구가 아파트에 대한 경도현상을 불러일으키고 결과적으로 빈부의 양극화를 초래한 요인이 되었음을 분석하고 있다. 이와같은 현상을 총체적으로 '아파트 공화국' 이라 명명하면서 아파트와 관련된 이해할 수 없는 열기를 '미스터리' 라고 하여 제목을 붙임으로써 독자의 호기심을 유발하고 있다.

2. 글감의 수집과 정리

글감을 수집할 때 풍부하고 다양하며 근거가 확실하고 주제를 뒷받침해주는 제재(선택되고 제한된 소재)를 수집한다. 기회 있을 때마다 꾸준히 취재하는 것이 좋으며 깊이 있고 폭넓은 독서와 체험이 필요하다. 또 다양한 정보매체와 인터넷을 활용하여 자료를 모은다.

이렇게 수집된 자료들은 잘 정리하는 것이 중요하다. 정리할 때는 그 내용과 중요성의 정도에 따라 분류하여 정리한다.

내용이나 논점에 따라 동일한 사항끼리 분류할 때 주요사항, 주요논점에 관한 것과 종속사항, 종속논점에 관한 것으로 나누어 정리한다. 그리고 글의 구성을 고려하여 자료를 분류한다.

3. 글짜기

3.1. 글짜기의 필요성

글짜기란 글의 구조를 짜는 작업으로 쓰고 싶은 글감을 어떻게 배열할 것인가 결정하는 일이다. 곧 개요 작성과 줄거리 짜기를 말한다.

글의 주제를 정한 뒤 곧바로 쓰기 시작하면 일관성있게 쓰기가 어렵다. 원래 의도와 거리가 먼 방향으로 흘러가기도 하고 논지가 흐려질 수도 있으므로 이러한 위험을 피하기 위해 글쓰기에 앞서 전체적 개요를 구상할 필요가 있다.

3.2. 글짜기의 방식

글짜기의 대체적인 구조가 이루어지면 구상의 내용을 더 구체화하고 도식화하여 작성하는데 이것이 개요 또는 아우트라인 작성이다.

글의 개요를 짤 때, 목차에서 전체의 주제와 각 장의 제목들이 유기적 연관성이 있는지 살펴보아야 하며(통일성) 앞의 목차와 다음 목차 사이에도 연관성이 있는지, 그 항목이 꼭 필요한지 점검하고(연결성), 주제를 효과적으로 전달하기 위해 핵심부분을 강조했는지 살핀다(강조성).

글짜기의 방식을 편의상 구분해 보면 다음과 같다.

• 자연적 글짜기

시간적 순서에 따르는 구상

공간적 순서에 따르는 구상

• 논리적 글짜기

단계적 구상 (3단, 4단, 5단 구상)

포괄적 구상 (두괄식, 미괄식, 쌍괄식, 열거식, 점층식)

• 3단 구상 : 서론 – 본론 – 결론

• 4단 구상 : 서론 – 본론1 – 본론2 – 결론(기승전결)

• 5단 구상 : 발단 – 전개 – 절정 – 전환 – 결말

주의 환기 – 문제 제기 – 문제 해명 – 해명의 구체화

– 요약, 남은 과제 제시, 전망

시간적 순서, 공간적 순서에 따른 구상과 단계적 구상의 예를 들어보자.

식민지사, 그 타자의 얼굴(조혜정)

1. 서론
2. 조선시대의 엘리트와 문자주의
3. 일제 식민지 시대
4. 해방 이후의 미국적 지배
5. 결론

우리사회 환경오염의 현황과 대책

1. 서론 : 환경오염의 심각한 현황 제시

2. 본론 : 환경오염의 양상
    2.1. 서울의 경우
    2.2. 부산의 경우
    2.3. 울산의 경우
3. 결론 : 대책 제안

정보사회에서의 환경친화적 생활양식의 전망(한상진)

1. 정보사회와 환경문제
2. 정보주의의 환경문제에 대한 긍정적 측면
3. 정보사회에서의 새로운 환경문제
4. 인간, 자연, 기술의 관계
5. 환경친화적 생활양식을 위한 대안의 모색

여성문학과 생명주의(이덕화)

1. 죽음의 미학에서 생명의 미학으로
2. 광물성의 세계, 죽음의 미학
3. 새로운 역사 쓰기, 자신 일으켜 세우기
4. 생명주의 문학, 타자 껴안기
5. 결론

한국 가부장제에 관한 분석적 고찰

1. 머리말
2. 조선조의 가부장제
    1) 조선왕조사회 구성과 가부장제 분석의 기본적 전제

2) 삼종지도와 부덕

① 유교원리와 내외관습으로 구체화된 여성지배

② 혈연과 신분제와의 결합으로 나타난 정절이데올로기

3) 자궁가족과 안채문화

① 자궁가족과 모권

② 여성들의 안채문화

4) 요약

3. 근대와 현대의 가부장적 가족

1) 혼란기 : 모 중심가족과 현모양처이데올로기의 대두

2) 현대 : 현모양처이데올로기의 정착, 여성의 나약화와 자립화

4. 가부장제의 극복

바람직한 대학생활

1. 서론 : 대학교육의 이념과 가치기준

2. 바람직한 대학생활의 방향

1) 적성에 맞는 학과 지원

2) 계획성 있는 대학생활 설계

① 자기관리

② 원만한 대인관계

③ 건강관리

④ 동아리활동

3. 결론 : 대학생의 참다운 멋

4. 글쓰기

4.1. 도입부 쓰기

인상적인 도입부는 글을 계속 읽어나가게 하는 중요한 역할을 한다.

질문을 던지거나 비유 활용, 구제적인 예를 들며 시작하기나 주제를 단도직입적으로 단언하면서 시작하거나 다양한 방식을 동원할 수 있다.

1) 질문 던지기로 시작하기

무엇이 여자를 아름답게 하는가? 어떻게 하면 아름다운 여자가 될 수 있을까? TV를 비롯한 신문, 잡지, 라디오가 매일, 우리시대가 만들어 놓은 답을 가지고 우리를 아름다워지라고 부추긴다. 아름다운 여자란 마르고, 날씬하고, 조그만 얼굴에 패셔너블한 옷을 입고, 화장을 멋있게 하고, 섹시하고, 거기다 잘나가는 프로페셔널한 직업과 돈까지 있어야 한다는 메시지를 가지고 우리를 흔들어댄다.

—현경, 『현경과 앨리스의 신나는 연애』에서

이 글은 "어떻게 하면 아름다운 여자가 될 수 있을까?"란 질문으로 시작하고 있다. 여자라면 대부분 궁금한 질문을 던져놓고 대중매체에서 부추기는 아름다움에 현혹되지 말 것을 설파한다.

2) 비유 활용으로 시작하기

처음에 나는 이 마지막 장에서 데리다의 글쓰기에 대한 논의나 탈식민 담론에서의 글쓰기 전략에 대해 좀 더 자세히 논의할 생각이었다. 그런데 이 작업을 하면서 나는 또 한 번 고개를 저었다. 이게 아니야. 이것은 실크 블라우스야.

나는 유학중에 한국인 유학생과 결혼한 한 미국여자와 가깝게 지냈는데, 그가 한국의 시집에 다녀오더니 -70년대 초반이었다- 이렇게 말했다. “나는 이제 한국여자들이 왜 사치하는지를 알았어.” 항상 소박한 차림이었던 그는 가난한 집안에 사는 자기 시누이들이 번쩍번쩍한 보석과 보드라운 실크 스카프와 실크 블라우스를 끔찍이 좋아하는 것이 이상해서 유심히 관찰을 했다고 한다. 그래서 그가 알아낸 사실은 아무리 노력하고 저축을 해도 자신이 원하는 것-예를 들어 집과 같은 것-을 얻을 희망이 없을 때, 사람은 비단옷이라도 마련하고 사치한 느낌을 받으며 위안을 삼는다는 사실이었다. 데리다의 책은 우리가 원하는 것을 주고 있는가? 아니면 우리가 괴로울 때 꺼내보는 숨겨둔 보석이나 실크블라우스일까?

— 조혜정, 「문화적 자생력 기르기」에서

이 글은 인용하고자 한 외국이론을 가리켜 다소 엉뚱하게 ‘실크 블라우스’라고 명명한다. 어리둥절했던 독자들은 비유 뒤에 숨은 사연을 읽고 난 뒤 그 의미를 이해하게 된다. 비유를 활용할 경우에는 말하고자 하는 내용을 이해하는 데 도움이 될 수 있도록 해야 한다. 논지에서 벗어난 비유 활용은 역효과를 가져올 수 있으므로 주의한다.

뿌리가 튼튼한 사람은 허풍이 없다. 나무는 조상 대대로 이 땅에 터를 잡고 만물을 섬기며 살아온(하늘의 소리를 들어 땅을 이롭게 하고 땅의 혈관을 열어 하늘에 숨을 불어넣는) 농사꾼 닮았다. 바다가 그 품속에 깊은 계곡과 높은 봉우리를 담고 있듯 땅도 바다만큼이나 많은 뭇 생명들을 보듬어 키우고 있는 것이다. 위로는 하늘을 받들어 온갖 날짐승과 길짐승을 길러내는 숲에는, 사람 종류보다 많은 나무들이 있어, 안으로는 물을 머금어 흙을 살찌우고, 뿌리보다 더 넓게 퍼진 벌레들이 다투지 않고 살아가는 그늘을 만들어주며, 밖으로는 비바람에 그 근육을 단련하고 눈보라에 그 뼈를 담금질하여, 퍼뜨리면서도 낳은 것을 소유하지 않고 지으면서도 지은 것을 자신의 뜻대로 만들지 않으며 자라게 하면서도 자라는 것을 지배하지 않는 화평의 마음이 있었으니 예부터 귀 밝은 사람들은 나무를 일컬어 지극한 마음이라 불러왔다.(중략)

이러한 나무들이 마을을 이룬 숲을 마음속에 그려보면 명천 선생의 소설을 따라가는 데 좋은 길잡이가 될 것이다. 선생의 소설은 사람살이에서 모든 인위적인 통념을 거부하고 관념화된 언어를 배제한다. 나무만큼이나 많이 등장하는 소설 속 갑남을녀들은 어려운 자리일수록 끝까지 지키며 항상 그 자리에 없는 듯 있었고 있는 듯 하면 보이지 않았고 부러 찾으려 들면 슬며시 존재를 감추는 듯 했으나 살아 생생했고 끊임없이 움직이고 꿈틀거렸으니, 싸리나무와 으름나무를 통해서는 곧아지려면 우선 굽힐 줄 알아야 되고 굽힘이야말로 싸우지 않고 서로 상생하는 삶의 자세라는 것을 일깨우고 소태나무를 통해서는 일찍이 인생의 쓴맛을 경험해보아야 비로소 진정한 삶의 참맛을 누릴 수 있다는 평범한 진리를 담담하게 들려주며 개암나무와 고욤나무를 통해서는 하찮게 생각하여 함부로 쓰다버린 뭇 생명들의 소중함을 되돌아보게 하고 찔레나무와 화살나무를 통해서는 낮은 곳에 산다고 하여 자칫 소홀하게 대할 수밖에 없었던 촌 무지랭이들도 저마다 자기 주장이 있고 자기 줏대를 지키고 살아간다는 엄연한 사실을 머리가 아닌 몸으로 말해준다.

— 유용주, 「장산리 왕소나무」에서

이 글은 작가 이문구를 인터뷰하기 앞서 그의 특징을 소개한 글이다. 이문구의 소설집 『내 몸은 너무 오래 서 있거나 걸어왔다』의 대부분의 소설들에 나무 이름으로 제목을 붙인 것에 착안하여 이문구의 소설과 성품을 나무에 비유하면서 글을 시작하고 있다.

3) 자기경험으로 시작하기

1929년 나는 파리의 제 15구에 있는 X병원에서 몇 주를 보냈다. 병원 직원들은 접수대에서 가혹한 문초를 하듯 나를 철저히 검사했다. 나는 20분 동안 그들의 질문에 대답을 하고 병원 안에 들어갈 수 있었다. 라틴어 국가에서 서류를 작성해 본 적이 있는 사람이라면 그들의 질문이 어떤 식인지를 이해할 것이다.

– 조지 오웰, 「가난한 자들은 어떻게 죽을까」에서

글쓴이가 파리의 한 병원에서 경험한 일로 시작하는 이 글은 세밀한 관찰력에 의해 그 병원안의 여러 가지 일들을 기술하고 있다. 실제로 경험한 일들은 생생하게 전달되는 이점이 있으므로 좀 더 실감나는 글이 될 수 있다.

4) 인물의 말로 시작하기

홧 아 유 두잉? 당신은 무엇을 하고 있습니까? 아임 리딩 어 북, 나는 책을 읽고 있습니다. 홧즈 유어 프렌드 두잉? 당신의 친구는 무엇을 하고 있습니까?

석양이 오빠의 이마와 목덜미를 붉게 물들이며 방을 깊숙이 가로질렀다.

– 오정희, 「유년의 뜰」에서

글쓴이의 어릴 때 기억을 되살리는 글로서 오빠가 영어책을 소리나게 읽고 있는 장면으로 시작한다. 이처럼 인물의 말을 직접 인용하면서 시작하는 도입부는 소설이나 수필에서 종종 볼 수 있는데 독자의 시선을 끌어당기는 효과를 갖는다.

5) 속담이나 격언, 명언 등을 인용하며 시작하기

"걸프전쟁은 일어나지 않았다"라는 보드리야르의 말은 CNN 생중계로 진행된 1991년 걸프전이 현실 속에서 일어난 것이 아니라, 컴퓨터 그래픽으로 화려하게 치장된 TV 스크린에서 일어난 전쟁 시뮬레이션이었을 뿐이라는 뜻이다. 한마디로 걸프전은 CNN을 비롯한 뉴스 미디어들이 만들어낸 일종의 전쟁 스펙터클이었으며 이 스펙터클은 외부 현실과 무관하게 끊임없이 자기 복제와 증식을 해왔다는 것이다.

– 이종수, 「뉴스의 생방송 양식과 타블로이드 리얼리티」에서

유명학자의 말이나 속담, 격언을 인용할 경우, 필자가 전개하려는 입장을 더욱 확고하게 하는 이점이 있다. 인용된 글은 출처를 확인할 수 있는 확실한 것이어야 하고 격언이나 속담은 일종의 비유이므로 논제에서 벗어나지 않는 것이어야 한다.

6) 주제의 개념을 정의하면서 시작하기

회상이란, 그것이 즐거움이든 혹은 괴로움이든 사유의 일상적 영역이다. 인간에게 있어서 시간은 영원한 쇠사슬인 동시에 자유의 짓푸른 공간이다. 그리하여 시간이란 절망이며 치욕이며 희망이며 혁명이다. 그리움이며 눈물이며 비애이며 탄생과 죽음이다.

– 정찬, 「완전한 영혼」에서

이 글은 죽은 한 사람을 회상하는 소설이다. 회상에 구체적으로 들어가기에 앞서 회상이란 무엇인가에 대한 글쓴이의 생각을 밝히고 있다. 서두에서 이처럼 회상의 개념에 대해 정리하면 이어지는 회상이 어떻게 이루어질 것인가 하는 호기심이 일어나게 된다.

4.2. 본문 쓰기

본문은 서론에서 밝힌 글의 주제를 뒷받침할 수 있는 중심내용과 세부내용으로 이루어진다. 본론의 중심내용을 서론에서 밝혔을 경우, 이론 중심으로 본론 내용을 구성해야 한다. 간혹 서론에서 제시한 문제를 본론에서 충분히 밝히지 않고 지나치는 경우가 있는데, 서론에서 제기한 문제를 일관되게 논의해야 한다.

본론의 내용을 구성할 때 먼저 중심내용을 확실하게 결정한다. 그리고 그에 따라 문단을 만들고 그 문단이 길 경우에는 다시 세부문단으로 나누어 정리한다. 가령, '대학생활' 에 대한 문단을 만든다고 할 때, '학업에 열중' '동아리 활동' '아르바이트로 경험쌓기' '여행으로 견문 넓히기' '외국어 공부' 등으로 세분하여 작은 문단들을 만드는 것이다.

본문을 쓸 때 쓰고자 했던 주제에서 벗어나지 않도록 유의하고 전체 글의 분량을 고려하여 본론의 분량을 조정한다. 또 제기된 주장을 뒷받침하는 적절한 근거를 제시하면서 글을 전개한다.

> 채만식은 처절한 폭력적 현실을 희극적인 관점을 뒤섞어 제시함으로써 모순된 감각을 이성적으로 조율 비판하는 독특한 풍자적 효과를 거두곤 한다. 이러한 풍자의 양상은 주로 그로테스크한 묘사로 표출되곤 하는데 그 대표적인 작품으로는「불효자식」「생명의 유희」「생명」, 장막극「당랑의 전설」등을 거론할 수 있다.
>
> 그의 문학에서 희극과 비극이 융합되는 양상은 관점의 이탈이나 개연성의 부족 등, 그의 문학의 단점으로 지적되곤 했으며 거론할 만한 가치가 있는 구도로는 인식되지 못했다.『탁류』에서 초봉이 형보를 잔인하게 살해하는 문제적 장면은 예외적으로 많은 주목을 받았는데, 이 경우에도 구조적 개연성 없이 등장하는 흥미위주의 사건 또는 채만식의 악취미경향이라고 말해지는 등 부정적인 해석이 많았다. 통속성의 전략적인 사용이라는 언급 정도가 근래 제기된 긍정적인

평가에 해당한다. 그런데 이렇듯 잔혹한 그로테스크 묘사로 인해 발생하는 감정적 혼돈의 양상은 채만식 초기 소설에서부터 보여지는 지속적인 면모이다.

– 양현진, 「채만식의 희극적 풍자문학 연구」에서

이 글은 채만식 소설이 독특한 효과를 거두고 있다는 사실을 제시한 뒤 그에 대한 적절한 사례들을 열거하면서 주장을 뒷받침하고 있다. 만일 적절한 사례를 들지 않는다면 제기된 주장은 설득력을 잃게 된다. 즉 본론에서 주장하는 내용은 반드시 적절한 근거를 제시해서 논의를 전개해야 함을 유의하자.

4.3. 결론 쓰기

결론은 보통 본론에서 논의된 내용을 요약하고 서론에서 제기한 문제를 다시 밝히면서 그에 대한 종합적인 견해를 밝힌다. 본론의 내용을 요약 정리하는 경우, 앞으로의 과제나 대안을 제시하면서 끝맺는 경우, 본론에서 논의한 것을 토대로 총체적으로 자신의 입장을 밝히는 경우들로 나누어 볼 수 있다.

1) 본론의 내용을 요약 정리하는 경우

이상문학은 흔히 분열된 자의식, 병리학적 일탈, 폐쇄적 내면의식 등을 전제로 한 부정의식으로 설명되어 있다. 본 논문에서는 그러한 작가 의식이 어떤 장치를 통해 구조화되어 있는지를 특히 공간적 상황에 주목하여 살펴 보았다. 분명한 사건이나 이야기를 갖고 있지 않은 그의 소설에서 공간적 상황이나 이동은 그 자체로 하나의 서사구조를 형성하고 있기 때문이다. 그 구체적 양상이나 장치에 대한 논의는 크게 수평적 층위와 수직적 층위에서 이루어졌으며, 사실상 수평적 층위에서의 움직임은 그대로 수직적 층위에서의 그것과 대응된다.

– 황도경, 「이상의 소설공간」에서

이 글은 이상의 소설에 나타난 공간에 내해 분석한 것으로 결론에서 논의한 내용을 요약하면서 글을 맺고 있다. 실험 결과나 조사 보고서와 같이 결과 보고가 주목적인 글에서 많이 활용한다.

2) 앞으로의 과제나 대안을 제시하면서 끝내는 경우

끝으로, 노래와 필연적 관계없이 혹은 관계 이상으로 강력한 극적 행동을 끌어들인 극화 뮤직 비디오와 관련하여, 다음 문제들은 이후의 다른 논의에서 더 진전된 연구를 필요로 하는 남은 문제들로 생각되기에 여기 몇 가지 제시해 두기로 한다.

ㄱ. 그 내용적 측면에 대해 과장해서 말하자면, 이와같은 격정적 이야기 구도는 한국 드라마가 유난히 선호하는 것으로 보인다. 대중문화가 아닌 현대문학사 안에서의 희곡만을 보아도, 희곡이라는 장르가 성립되어 가던 1910~20년대부터 우리 극은 서둘러 광기나 죽음 등의 강력한 결말을 끌어들이는 예를 자주 보여왔다. 유난히 한국의 뮤직 비디오에서 이런 극화의 경향이 두드러지게 나타나는 데 대해, 한국의 멜로드라마적 성향이란 측면에서 논의해 볼 수 있을 것이다.

– 정우숙, 「한국 뮤직비디오의 극화방식에 대한 소고」에서

현재 시점에서 환경 악화를 낳는 자본주의 구조까지 극복한 정보사회에서의 환경친화적 생활양식을 구체적으로 전망한다는 것은 지나친 욕심이라고 할 수 있다. 그것은 환경운동의 주체, 정치세력화의 방안, 제3세계의 문제 등 환경사회학 내부의 복잡한 숙제들을 명확히 해결해야만 얻을 수 있는 결론일 것이다. 하지만 그러한 전망을 위한 기본틀로서 여기서는 급진적 인간주의의 기술적 낙관론과는 전혀 다른 맥락에서 인간노동을 중심으로 한 '자연의 생산'이라는 개념을 검토하고 환경정의에 바탕을 둔 생태사회주의의 대안을 제시하고자 한다.

– 한상진, 「정보사회에서의 환경친화적 생활양식의 전망」에서

첫 번째 예문은 한국 뮤직비디오의 극화방식의 특성을 정리한 뒤 앞으로 논의해 볼 수 있는 방향을 제시하면서 끝맺고 있다. 즉 현재 논의로는 다 포괄할 수 없는 부분을 언급하면서 앞으로 해결할 것을 약속하는 경우이다.

두 번째 예문은 현재 시점에서 정보사회에서의 환경친화적 생활양식을 구체적으로 전망하기는 어렵지만 대안을 제시하겠다고 하면서 글을 맺는다. 이 글의 경우는 제목도 '전망'이므로 결론에서 전망에 대한 다양한 언급이 이루어지고 있다.

3) 본론의 논의를 총체적으로 정리하는 경우

이런 인식이 바로 1990년대 소설에 등장한 그림자로서의 동물성이 독자들에게 던지는 화두이자 의도라고 할 수 있다. 모든 재앙의 근원이 인간이라면 그 재앙으로부터의 구원도 인간에게서 발견할 수밖에 없기 때문이다. 우리가 거부하고 싶거나 부정하고 싶은 어두운 그림자도 우리가 책임져야 할 우리 몸의 일부이기 때문이다. 무엇보다도 인간이 자신의 동물성을 자각하고 반성하는 만큼 인간은 동물성으로부터 벗어날 수 있기 때문이기도 하다. 이것이 바로 1990년대 소설에 나타난 동물성이 우리에게 요구하는 '인간적인, 너무도 인간적인' 성찰일 것이다.

– 김미현, 「1990년대 소설에 나타난 동물성」에서

이 글은 1990년대 소설에 나타난 동물성을 분석한 글인데 결론에서 각 소설의 분석 결과를 개별적으로 요약하지 않고 종합적인 의견을 보여준다. 서론에서 제기한 '그림자' 로서의 동물성 개념을 환기하면서 이들 소설들이 보여주는 총체적 의미를 전달하고자 한다. 이처럼 본론에서 논의한 결과를 기계적으로 요약하지 않고 주제와 연결시켜 종합적인 결론으로 글을 맺을 수 있다.

5. 글다듬기

글을 다 쓴 다음에는 아무리 짧은 글이라도 다시 읽어보고 다듬는 과정이 필요하다. 글다듬기는 빠뜨린 것이 없나 확인하고 필요 없는 말은 줄이고 틀린 말이나 정확하지 않은 말을 고치고 보다 적절한 표현이 있다면 바꾸고 하는 과정이다.

명문이라고 일컬어지는 글들도 처음부터 쉽게 쓴 것이 아니다. 동서고금의 위대한 문호들은 모두 글 한 편을 쓰는 데 엄청난 노력을 한다고 한다. 처음에 엉성한 글도 자꾸 다듬으면 좋은 글이 될 수 있다.

글다듬기는 글자가 틀린 것에서부터 문장, 맥락과 문단, 논의의 방향 등 세세한 부분에서 전체적인 맥락과 구성까지 꼼꼼히 살펴봐야 한다.

과제 4

학 과

학 번

이 름

제출일 20 . . .

'교양과목' 이란 쓸거리에 대해 각자 쓰고자 하는 주제를 정리해 봅시다.
먼저 주제를 정하고 그에 따른 주제문을 작성한 뒤 서론과 본론과 결론으로 글짜기를 해 보고 각 내용을 요약해 봅시다.

절
취
선

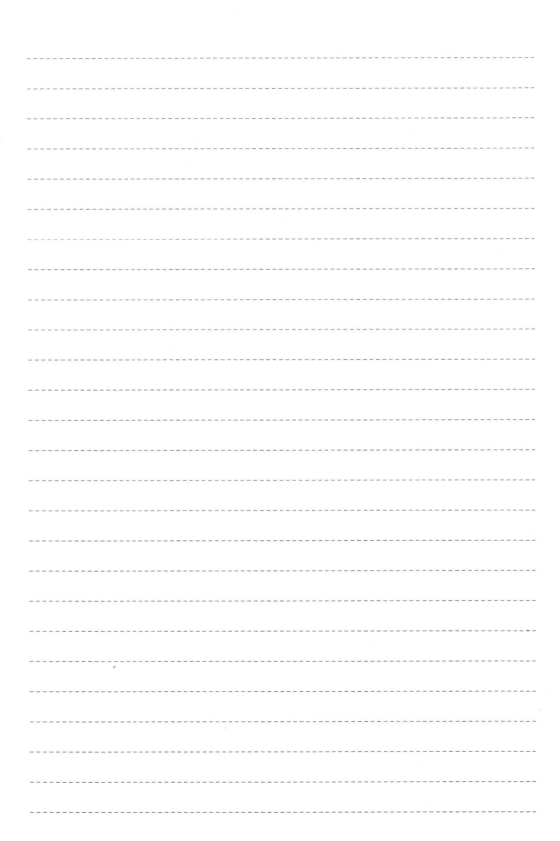

제 5 장

여러 가지 글쓰기

주제를 정하고 그에 맞는 글감을 수집했다면 그것을 정리하고 어떤 글을 쓸 것인가 구상한다. 그리고 쓰고자 하는 글의 성격에 따라 적절한 진술방식을 택하는 것이 좋다. 쓸거리와 문제의 쟁점, 양상에 따라 문장의 종류와 글의 진술방식을 다르게 구상해야 한다. 즉 글의 목적과 글 쓰는 사람의 의도에 따라 가장 효과적인 진술방식을 선택한다.

우리가 읽고 쓰는 글은 대체로 설명적이고 이론적인 글과 감각적이고 문학적인 글로 나눌 수 있다. 이는 객관적인 글과 주관적인 글로 볼 수 있다. 이를 좀더 세분화하면 설명과 논증, 묘사와 서사로 나눌 수 있다.

- 독자에게 무엇인가를 알리려는 의도 → 설명
- 독자로 하여금 필자가 진술한 것을 믿게 하고 나아가 그것에 의해 독자의 생각과 행동을 변화시키려는 의도 → 논증
- 독자로 하여금 필자의 감각적 경험, 그 대상을 실감나게 체험시키려는 의도 → 묘사
- 독자에게 사건의 경과를 알리려는 의도 → 서사

1. 설명하는 글

설명은 어떤 사물이나 사실을 알기 쉽게 풀어서 밝혀주는 진술방식이다. 읽는 이에게 어떤 사실을 정의하여 알려주고 정보를 제공하며 사물이나 상황을 분석해 보여주는 방식으로 설명의 궁극적 목적은 이해에 있다. 따라서 설명적 글쓰기에서 중요한 것은 객관성과 명료성, 구체성과 정확성이다.

필자의 주관적 판단이나 주장을 드러내지 않도록 객관적 입장을 유지해야 하며 내용을 쉽게 풀어서 그 의미를 명확하게 밝혀야 한다. 즉 수사나 비유, 난해한 표현으로 글을 모호하게 만들지 말아야 하며 복잡한 내용을 명료하게 전달하는 것이 중요하다. 그리고 자료를 구체적으로 제시하고 정확한 내용을 전달하도록 한다. 설명의 구체적인 방법으로는 지정, 정의, 비교, 대조, 예시, 인용, 분류, 분석 등이 있다.

1.1. 지정과 정의

지정은 어떤 사실이나 대상을 가장 간단히 가리키거나 밝히는 설명방식이다.

명지전문대학은 홍은동에 위치한 전문대학이다.
만해 한용운은 승려이자 시인이다.

정의는 피정의항(정의되는 부분)과 정의항(정의되는 부분)으로 이루어진다.

- 정의항은 피정의항보다 구체적인 어휘로 이루어져야 하며 그 의미를 선명하게 드러낼 수 있어야 한다.
- 보다 적절한 범주에서 정의할 수 있어야 한다.
- 피정의항을 정의항에서 되풀이해 사용하는 순환 정의, 부정어를 사용해서 하는 부정어법의 정의는 피해야 한다. 가령 '대학' 의 정의를 '대학생이 공부하는 곳' 이라고 하거나 '학생' 의 정의를 '교수가 아닌 사람' 으로 하는 경우들이다.

사전에 나와 있는 설명처럼 그 의미를 글자 그대로 정의하는 경우를 '사전적 정의'라고 한다면 자신만의 생각이 덧붙여진 정의를 '확장된 정의'라고 한다. 앞의 것이 논리적이고 객관적 정의라고 한다면 뒤의 것은 주관적 견해가 덧붙여진 경우로 글쓴이의 감각과 생각을 읽을 수 있다.

다음의 정의들을 읽어 보자.

- 포스트잇 – 아무 흔적 없이 떨어졌다 별 저항 없이 다시 붙는, 포스트잇 같은 관계들. 여태 이루지 못한, 내 은밀한 유토피아이즘.
- 인터넷은 이드(id)다. 한 편의 뒤숭숭한 꿈이다. 링크야말로 인터넷 일장춘몽설의 강력한 증거다. 보라. 단 한 번의 클릭으로 우리는 대법원 사이트에서 원조교제를 주선하는 채팅방으로, 채팅방에서 호주제 철폐모임으로, 호주제 철폐모임에서 플레이보이로, 플레이보이에서 롯데백화점으로, 아무 체계도, 어떤 계통도 없이 이동한다. 이런 클릭에는 어떤 초자아도 개입하지 않는다.

  – 김영하, 「포스트잇」에서
- 어두워진다는 것 – 몸을 비추던 햇살이/ 불현듯 그 온기를 거두어가는 것/ 시든 손등이 더는 보이지 않게 되는 것/ 아무도 쓰러진 나무를 거두어가지 않는 것

  – 나희덕, 「어두워진다는 것」에서
- 국회의원 – 잘 선출하면 우리나라의 시너지 효과, 잘못 선출하면 핵폭탄

  – 명지전문대학 컴퓨터전자, 고정직
- 짝사랑 – 그가 사는 동네를 지날 때 심한 통증을 느끼는 것. 호흡곤란

  – 명지전문대학 사회복지, 김운식
- 핸드폰 – 편리한 물건이지만 자유를 표방한 구속으로 삶의 즐거움과 여유를 방해하는 것. 하지만 이 사실을 알아도 버릴 수 없는 중독성 깊은 바가지 긁는 아내와 같은 존재.

  – 명지전문대학 부동산경영, 이지성

1.2. 비교와 대조

비슷한 사물이나 개념, 서로 다른 사물이나 개념을 서로 연관시켜 그 개념의 특성을 보다 정확하게 부각시키는 방식이다. 예를 들어 '청춘' 에 대해 설명하는데 '노년' 과 비교한다든지, '중학교 과정' 을 설명하는데 '고등학교 과정' 과 비교하는 경우를 들 수 있다. 이때 비교가 두 대상의 유사성에 초점을 둔 것이라면 대조는 차이점을 강조하는 것이다.

비교나 대조의 방식을 사용할 경우 사람들이 잘 알고 있는 개념을 활용하는 것이 효과적이다. 또 비교와 대조의 기준이 일관되어야 한다. 즉 비교 대조의 관계에 있는 두 항목이 등가적이어야 한다. 가령 '여성' 과 '남성' 을 비교 혹은 대조할 수 있으나 '여성' 과 '소녀' 의 경우, 동일한 범주로 보기 어렵기 때문에 비교나 대조의 대상이 될 수 없다.

다음의 글은 두 인물의 상이함을 보여주고 있는데 대조적인 식습관을 제시하여 인상적으로 설명하고 있다.

> 할머니는 평생 소식(小食)주의였고, 하루 세끼의 식사량이 일정했다. 반찬도 간갈치, 간고등어 구은 것이나 짠 젓갈 종류를 즐기셨다. 거기에 비하면 체격이 우람한 여장부인 어머니도 폭식주의였고 입이 걸어 아무 음식이나 잘 드셨다. 혈압이 높으신데도 특히 돼지고기 두루치기를 즐겼고, 생선 지진 국물에 된장을 곁들인 상치쌈이 나오면 지금도 한그릇 반을 느끈히 비우셨다.
>
> – 김원일, 「미망」에서

다음은 소년을 주인공으로 하고 있으나 인물의 성격을 그려낸 점에서 차이가 나는 두 영화 「소년, 천국에 가다」와 「사랑해, 말순씨」를 비교하는 글이다.

그가 꿈꾸는 천국은 사랑하는 여자와 계속 뽀뽀하는 것이다. 이 영화 (「소년, 천국에 가다」, 필자 주)는 일찌감치 철든 애늙은이가 사회적 존재되기를 거부하고 어린아이와 같은 마음으로 완벽한 사적 존재되기를 실현코자 하는 욕망의 재현이다. 「사랑해, 말순씨」와 비교하면 더 명확해진다. 남다은이 아쉽다고 말한 모자(母子)의 수평적 관계의 가능성은 네모 모자에게서 제대로 그려진다. 광호가 은숙을 어머니와는 다른 존재, 즉 성적 판타지로 향유하다 성인남자의 그림자에 좌절하던 것과 달리, 네모는 부자를 어머니와 같게 이해하고 그녀의 성기만 바라보는 자들에 대항한다.

– 황진미, 「아무것도 되기 싫은 남자」에서

다음의 예문은 잘 알려진 나도향의 수필이다. 그믐달의 느낌을 표현하기 위해 초승달과 보름달의 이미지와 비교하면서 재미있게 설명하고 있다.

서산 위에 잠깐 나타났다 숨어버리는 초승달은 세상을 후려 삼키려는 독부(毒婦)가 아니면 철모르는 처녀 같은 달이지만 그믐달은 세상의 갖은 풍상을 다 겪고 나중에는 그 무슨 원한을 품고서 애처롭게 쓰러지는 원부(怨婦)와 같이 비절하고 애절한 맛이 있다. 보름에 둥근 달은 모든 영화와 끝없는 숭배를 받는 여왕 같은 달이지만 그믐달은 애인을 잃고 쫓겨남을 당한 공주와 같은 달이다.

– 나도향, 「그믐달」에서

다음은 인라인스케이트의 바퀴를 다른 바퀴들과 비교하며 인간의 몸을 성찰하는 글이다. 인라인스케이트를 타는 것은 수만 년 동안 감추어지고 눌려있던 몸의 선과 곡면과 근육의 움직임이 살아나는 것으로 두 발로 땅을 딛고 걸어 다니는 것과 비교하면서, 인간 본래의 몸을 되찾는 개벽에 가까운 혁명이라고 찬탄하고 있다.

인라인스케이트의 바퀴는 자동차나 자전거의 바퀴와는 비교할 수 없이 원시적이다. 이 바퀴에는 엔진의 힘이 걸려 있지 않고, 힘을 증폭하거나 분산시키는 기어, 구동축 또는 트랜스미션 같은 장치와 연결되어 있지 않다. 이 바퀴는 바퀴 그 자체일 뿐이다. 바퀴의 발달사 맨 첫 장에 나오는 둥근 통나무와 같다.

스케이트보드나 '싱싱이'(한 발을 보드에 대고 한 발로는 땅을 밀면서 나아가는 탈 것)도 바퀴가 달려 있지만, 이 바퀴는 인간의 발바닥에 직접 붙는 바퀴는 아니다. 인라인스케이트의 바퀴는 몸의 일부가 되어 인간의 걸음을 인간의 몸의 의지에 따라 직접, 변형시켜 준다. 그 변형의 완성은 '미끄러짐'이다. 인라인스케이트는 아득한 과거와 아득한 미래를 종합하는 바퀴이며, 가장 원시적이고 가장 첨단적인 바퀴이다.

– 김훈, 「인라인스케이트를 타며」에서

1.3. 예시와 인용

어떤 대상이나 개념에 대해 설명하면서 구체적인 일화나 실례, 인용을 덧붙이면 보다 쉽게 이해되는 이점이 있다. 예시는 구체적인 사례를 통해 설명하는 방법으로 독자에게 설명하고자 하는 대상을 효과적으로 이해시키는 방법 중 하나이다. 특히 설명하려는 대상이 추상적이거나 관념적이어서 어려울 경우 적절한 예를 제시하는 것은 보다 이해를 쉽게 한다.

예시를 할 때 주의할 점은 첫째, 설명하려는 대상과 긴밀한 연관을 갖는 적절한 예를 들어야 한다. 둘째, 예의 성격에 따라 글의 품격이 좌우될 수도 있으므로 예시의 수준과 내용에 유의해야 한다. 셋째, 너무 많은 예시는 글을 산만하게 만들기 때문에 주의해야 한다.

다음의 글은 글쓰기에서 중요한 것이 전통적 언어를 사용하느냐에 있지 않고 말하고 싶은 것을 쓰는 것임을 설명하기 위해 한 작가의 말을 예로 들어 인용하고 있다.

현대 불란서 문단에서 가장 비전통적 문장으로 비난을 받는 폴 모랑은 자기가 비전통적 문장을 쓰지 않을 수 없는 답변을 다음과 같이 하였는데 그 답변은 어느 곳 문장계에서나 경청할 가치가 있다고 생각한다.

> 물론 나도 완전한, 전통적인, 그리고 고전적인 불란서어로 무엇이고 쓰고 싶기는 하다. 그러나 무엇이고 그런 것을 쓰기 전에 먼저 나에겐 나로서 말하고 싶은 것이 따로 있는 것이다. 더욱 나로서 말하고 싶은 그런 것은 유감이지만 재래의 전통적인, 그리고 고전적인 불란서어로로는 도저히 표현해 낼 수가 없는 종류의 것들이기 때문이다.

– 이태준, 「문장강화」에서

다음의 글은 최인훈의 소설 「광장」을 분석한 글이다. 주인공 이명준이 추구하는 삶이란 '진리를 향한 삶' 인데 이러한 입장에서 볼 때 그가 몸담고 있는 남한사회는 의미 없는 삶이 가득 찬 사회로 보일 수밖에 없음을 설명한다. 현실에 대해 분노와 결핍을 느끼는 것을 그의 말을 인용하면서 제시하고 있다.

이명준은 이처럼 쉽게 달성할 수 없지만 쉽게 달성할 수 없기에 매혹적으로 다가오는 '진리를 향한 삶' 만을 진정한 삶으로 설정하거니와, 그런만큼 그에게 진리와는 무관한 삶, 그러니까 밀실과 광장의 조화를 의욕하지 않는 존재는 물론 그 조화를 깨뜨리는 모든 삶은 당연하게도 의미 없는 삶으로 비쳐진다. 이명준은 그렇게 자신이 발 딛고 있는 사회, 즉 해방직후의 남한사회를 의미 없는 삶이 가득 찬 사회로 규정한다.

> 좋은 아버지, 불란서로 유학 보내준 좋은 아버지, 깨끗한 교사를 목 자르는 나쁜 장학관. 그게 같은 인물이라는 이런 역설, 아무도 광장에서 머물지 않아요. 필요한 약탈과 사기만 끝나면 광장은 텅 빕니다. 광장이 죽

> 은 곳. 이게 남한 아닙니까? 광장은 비어 있습니다.
>
> – 류보선, 「사생아, 자유인, 편모슬하」에서

다음의 글은 인간사회에서 일어나는 일을 설명하기 위해 동물의 세계에서 비슷한 사례를 들어 흥미롭게 비교하고 있다.

> 농어류의 작은 고기는 큰 고기의 청소부 역할을 담당하고 있는데 이 작은 고기가 접근하면 큰 고기는 입을 크게 벌려서 작은 고기가 자기의 입속으로 들어오게 한다. 입안이나 아가미에 붙어 있는 음식찌꺼기와 기생충들을 청소하게 하는 것이다. 이것은 훌륭한 공생관계이다. 큰 고기는 청소를 통하여 유해물을 제거하고 작은 고기는 힘들이지 않고 공짜로 식사를 하는 '누이 좋고 매부 좋은' 관계인 것이다. 원래 큰 고기는 자기에게 접근하는 모든 고기를 용서 없이 삼켜 버리지만 이 작은 고기가 접근하여 '물결이 파도치듯 춤을 추면' 갑자기 모든 동작을 멈추고 입을 크게 벌린 채 부동자세를 취한다고 한다. 아마도 이 작은 고기의 춤이 큰 고기의 부동자세를 발생시키는 유발기제의 역할을 하는 것 같다.
>
> 검치 베도라치는 이러한 상호 협조 관계를 알고 있다. 따라서 작은 고기의 파도치는 춤을 모방하여 큰 고기를 부동자세로 만든 후에 날카로운 이빨로 순식간에 큰 고기의 살점을 뜯어 먹고는 큰 고기가 최면상태에서 깨어나기 전에 유유히 사라진다.
>
> 유감스럽게도 동물의 세계와 마찬가지로 사람들 중에도 자동적인 반응을 일으키게 하는 유발기제를 이용하여 불로소득을 취하는 자들이 존재한다. 동물의 세계에서는 이러한 자동화된 행동이 본능에서 비롯된 것이지만 인간의 세계에서는 이들이 후천적으로 학습된 심리적인 법칙이나 고정관념에 의해 생성된다는 점이 다르다고 할 수 있겠다.
>
> – 로버트 치알디니, 「설득의 심리학」에서

1.4. 분류

대상이 여러 가지이거나 복합적일 때 일정한 기준에 따라 나누거나 묶어서 설명하는 것을 '분류'라고 한다. 예를 들어 환경오염에 대한 글을 쓴다고 가정하자. 환경오염에 대해 모든 것을 쓸 수는 없으므로 일단 오염의 종류에 따라 대기 오염, 수질 오염 등으로 나눌 수 있고 오염의 정도에 따라 구분할 수도 있으며 지역별로 나누어 살펴볼 수도 있다. 이러한 분류를 통해 설명할 경우 아무 구분 없이 제시하는 경우보다 쉽게 이해될 수 있다.

분류에서 중요한 것은 분류의 기준이다. 여러 대상들에 일관되게 적용되는 기준을 정해야 하는데 이 기준은 해당 대상에 대해 전반적으로 잘 이해하고 있어야 타당하게 설정될 수 있다.

다음 글은 숫자 계산에 밝지 못한 사람을 산치算痴라고 명명하면서 산치를 세 가지로 분류해서 재미있게 설명하고 있다.

> 음정 잡는 데 노상 실패하는 사람이 음치라면, 숫자 계산에 밝지 못한 사람은 산치라 부를 만하다. 계산에 서툰 사람, 계산하기를 싫어하는 사람, 계산을 거부하는 사람이 '산치부족'을 구성한다. 좀 더 정밀하게 말해도 된다. 음치에 여러 등급이 있듯이 산치의 종류도 다양하다.
>
> 첫 번째 산치는 1에서 100까지를 틀리지 않게 셀 수 없는 사람이다. 40, 41, 42하다가 48로 건너뛰고 50에서 60으로 곧장 넘어가는 것이 그의 셈법이다. …(중략)…
>
> 두 번째 산치는 숫자만 보면 도망치는 사람이다. 1에서 100까지는 어찌어찌 세어내지만 100단위를 넘어가면 절망이다. …(중략) 그가 계산을 기피하는 이유는 셈을 못해서라기보다는 계산 자체를 싫어하기 때문이라는 소문도 있다.
>
> 세 번째 산치는 계산을 거부하는 사람이다. 그는 산치이기를 적극적으로 선택한 산치, 지상의 산법을 버리기로 작정한 '철학적' 산치다.
>
> – 도정일, 「타이 사람들의 오징어 셈법」에서

다음의 예문은 어떤 행동이나 말에 대한 반응을 수동적인 반응, 공격적인 반응, 단호한 반응의 세 가지로 나누어 살핀 경우이다.

수동적인 반응은 "나는 아무래도 좋아. 중요한 건 바로 당신." 이라는 메시지를 전달하며, 은연중에 자기 자신을 다른 사람들과 동등하게 여기지 않고 있음을 보여준다. 이런 반응을 보이면 남을 이용하거나 못살게 구는 사람들의 표적이 되기 쉽다.

수동적인 사람들은 마음 속에 있는 생각을 표현하면 분란이 일어날까봐 두려워한다. 그러나 자신의 의견을 말하지 않는 한, 자신이 원하는 것을 결코 얻을 수 없다.

이와 정반대로 공격적인 반응은 "당신은 아무래도 좋아. 중요한 건 바로 나." 라는 의미를 전달한다. 이런 사람들은 항상 자신의 권리만 챙기고, 자기를 다른 사람보다 우위에 둔다. 남을 희생시켜 자신이 원하는 것을 얻으려는 것이다. 공격적인 사람은 사람들이 싫어하는 행동을 일삼을 뿐만 아니라, 말로 상대방을 공격하는 경향이 있다.

그러나 단호한 반응은 공격적인 반응과 다르다. "나도 중요하고 당신도 중요하다. 우리 모두 중요하다."는 메시지를 전하기 때문이다. 즉, 다른 사람의 권리를 침해하지 않으면서 자신의 권리를 존중하고 지키겠다는 것이다. 이는 자긍심을 희생하지 않으면서 상대방을 배려하는 태도를 보여준다.

– 폴렛 데일, 「대화의 기술」에서

1.5. 분석

분석은 전체를 이해하기 위하여 대상을 부분으로 나누어 보는 방법이다. 어떤 사물이나 개념을 설명할 때 그것이 어떻게 이루어져 있는가, 왜 이런 일이 일어났는가를 살펴보는 것이다.

다음 글은 베스트셀러인 『국화꽃 향기』에 숨어있는 신데렐라 콤플렉스를 잘 분석하고 있다. 지나치게 완벽한 남자주인공에 비해 약한 여성인물을 설정함으로써 사랑에 대한 여성의 소극성을 보여주고 있음을 설명한다.

무엇보다도 이 소설은 사랑에 대해 그릇된 관념을 심어준다. 이 소설의 남자 주인공 '승우'는 완벽한 남자이다. 3년 연상에다가 모든 면에서 다소 '딸리는' 듯한 여자 주인공 '미주'의 말처럼 '키 크지 잘 잘 생겼지 집안 좋지 실력 좋지 인간성 좋지 5관왕이다.' 그런 남자가 사랑한다는데 어떤 여자가 끝까지 거절할 수 있단 말인가. 세상에는 이런 남자를 구경만이라도 하고 싶은 여자들도 많다. 그래서인지 이 소설은 이런 남자에게 사랑 받는다는 사실에 강조점을 두느라 또 다른 주체인 미주라는 인물의 설정에는 소홀하다. '국화꽃 향기'로 대변되는 그녀의 이미지는 너무 추상적이고 소극적이다. 이것은 사랑 문제에서 여성을 수동적인 입장에 한정시키는 것이기도 하다. 신데렐라 콤플렉스가 해로운 이유는 이 세상에 존재하지 않는 왕자를 존재하는 것처럼 착각하게 하는 것뿐만이 아니다. 여성을 사랑의 수혜자로 그림으로써 능동성과 주체성을 제거하는 것이 더 큰 문제이다.

– 김미현, 「Shall We Read – 최근 베스트셀러의 명암」에서

다음 예문은 대화체로 되어 있어서 편하게 읽히지만 신화가 내포하고 있는 진실을 분석하고 있는 글이다. 즉 미로라는 시련을 극복하는 것이 우리 삶이 진리에 도달하는 길이라는 사실을 단테의 경우를 예를 들어 설명하고 있다.

캠벨 : 이 미로는 앞길을 막는 존재인 동시에 영생으로 들어가는 길이기도 합니다. 이것이 신화의 궁극적인 비밀입니다. 삶의 미로를 뚫고 지나가면 삶의 영적인 가치를 접하게 된다, 이것이 바로 신화가 드러내고자 하는 진실입니다.

단테의 「신곡」이 다루고 있는 문제도 결국은 이것입니다. 우리는 '삶의 한 중

간에 이르렀을' 때 문득 위기를 만나게 됩니다. 몸은 시들어가는데 별같이 무수한 우리 삶의 주제가 매일 밤 꿈자리를 차고 들어옵니다. 단테는 이것을 '중년에 아주 무서운 숲에서 길을 잃었다'는 말로 표현하고 있습니다. 단테는 이 숲에서 각각 자만, 욕망, 공포를 상징하는 괴물 세 마리를 만납니다. 그런데, 시적 통찰력의 화신인 베르겔리우스가 나타나 지옥의 미궁을 무사히 빠져나갈 수 있게 해 줍니다. 이 지옥은 미궁은 자만과 욕망과 공포에 사로잡혀 영원으로 들어가지 못한 사람들이 있는 곳입니다. 단테는 베르겔리우스의 인도를 받아 하느님의 지복 직관을 경험하지요.

– 조셉 캠벨, 빌 모이어스 대담, 『신화의 힘』에서

생각해보기

1. 다음 단어에 대해 사전을 찾아 뜻을 알아보고 각자의 입장에서 '확장된 정의'를 내려 보시오.

대학 :

청춘 :

성공 :

인터넷 :

스마트폰 :

2. 비교와 대조를 사용하여 설명하시오.

신세대와 기성세대 :

사랑과 우정 :

3. 다음의 주제에 대해 예를 들어 설명하시오

운동의 효과 :

나를 기분 좋게 하는 것 :

4. 다음을 분류하여 설명하시오.

대학생 아르바이트의 유형 :

취업준비의 유형 :

연애의 유형 :

5. 다음 주제를 분석하여 설명하시오.

대학생이 등장하는 TV 드라마나 영화 :

우리나라의 소비문화 :

2. 논증하는 글

논증은 객관적으로 입증할 수 있는 문제가 아니라 다양한 입론이 가능한 주제를 다룰 때 요구되는 진술양식이다. 즉 보는 사람들마다 각기 다른 생각이나 주장을 할 수 있는, 견해상의 갈등을 내포하고 있는 문제의 경우, 다른 사람들이 자신의 생각에 공감해주기를 바라면서 쓰게 되는 글이다.

논증의 궁극적인 목적은 의견대립의 문제를 해결하여 독자의 생각을 변화시키는 데 있다. 설명이 단순히 정보를 전달하는 데 그치는 데 비해 논증은 의견 대립을 해소하고자 독자를 설득하는 글이다.

어떤 문제에 대한 의견 대립이 있을 때 먼저 그에 대한 판단을 내린다. 이 판단을 명제로 드러내 논리적 근거를 만들고 이를 바탕으로 독자를 설득시키는 것이다. 따라서 논증하는 글은 다른 어느 글보다 논리적이어야 한다.

좋은 논증적 글쓰기는 진실성과 타당성을 갖추어야 한다. 글에서 제시된 주장이 보편적 설득력을 지니려면 주장을 뒷받침하는 근거가 참이어야 하고 주장의 추론과정이 타당해야 한다.

일반적으로 논증적 글의 구조는 3단계로 구분된다. 첫 단계에서 주제와 쟁점을 명확하게 제시하고 상반된 주장을 선명하게 부각시키며 두 번째 단계에서는 참인 전제들을 체계적으로 배열한 다음 세 번째 단계에서 전제들로부터 타당하게 추론된 결론을 제시하는 구조로 이루어진다.

2.1. 논리전개방법

–연역적 추리

연역은 일반 원칙에서 구체적이고 특수한 결론을 도출하는 방법으로 3단 논법을 예로 들 수 있다. '모든 사람은 죽는다' 란 대전제에 '영수는 사람이다' 라는 소전제가 이루어지고 '그러므로 영수는 죽는다' 라는 결론에 도달하게 된다.

–귀납적 추리

귀납적 추리는 개개의 구체적 실례로부터 일반적 명제 및 법칙을 유도하는 것이다. 개별적이고 특수한 지식은 개개인의 경험과 개별적인 실험과 학습을 통해서 얻어진다. 대부분의 학술논문은 귀납적 추리에 의거해서 결론을 이끌어내는 경우가 많다.

–유추

유추는 연구되는 대상과 다른 대상 간에 여러 가지 유사점이 발견되었을 때 다른 사실도 역시 비슷할 것이라고 추리하는 방식으로 일종의 귀납적 사고에 속한다. 유추를 할 때는 두 사실 간의 유사점은 될 수록 많아야 하며 두 사실의 유사점이 표면적인 것이 아니라 본질적인 것이라야 한다.

2.2. 오류

논증이 타당성을 지니기 위해서는 일정한 규칙을 지켜야 하는데 이를 어길 경우 일어나는 문제를 오류라고 한다.

많이 범하는 오류는 첫째, 흑백논리로 바라보는 데서 나타나는 오류이다. 논증의 문제를 이것 아니면 저것 두 종류로만 나누어 보는 경우로 자기 생각에 동조하지 않으면 자기와 반대 입장이라고 생각하거나 해당사항을 긍정하는 것이 아니면 부정해야 한다고 생각하는 경우를 들 수 있다.

둘째, 비약을 보이는 경우이다. 논리를 전개할 때 단계적으로 해야 하는데 전제한 명제와 연결되지 않는 결론을 제시하는 오류를 의미한다.

셋째, 용어의 뜻이 모호할 때 오류가 일어난다.

넷째, 문제의 핵심에 이르지 못하고 주위를 맴도는 순환 오류가 있다.

다섯째, 문제의 핵심을 파악하지 못하는 오류이다. 예를 들어 “학생식당의 문제점이 무엇인가?”라는 물음에 “나는 학생식당을 이용하지 않으니까 상관없어.”라고 대답하는 경우이다.

여섯째, 너무 적은 예로 성급하게 일반화를 시키는 오류이다. "내가 아는 00학교 학생이 인사를 잘 하고 예의 바르다. 그 학교 학생들이 다 예의 바를 거야"라고 말할 경우는 한 두 사람의 예를 가지고 전체를 파악하는 오류를 범한 것이 되겠다.

희망은 잠자고 있지 않는 인간의 꿈이다.
인간의 꿈이 있는 한, 이 세상은 도전해 볼 만하다.
어떠한 일이 있더라도 꿈을 잃지 말자, 꿈을 꾸자.
꿈은 희망을 버리지 않는 사람에겐 선물로 주어진다.

– 아리스토텔레스

생 각 해 보 기

1. 다음의 글은 2005년 12월 여론을 뜨겁게 달군 황우석박사 연구에 관한 네티즌의 글이다. 반론을 제기해 봅시다.

황우석박사를 둘러싼 여러 논란 속에서 네티즌의 결집된 힘이 발휘되고 있다. 이제까지 네티즌을 한데 묶은 여러 사건을 살펴보면 그 중심에는 '남성적 국가와 민족' 이 있었음을 알 수 있다.

네티즌을 강하게 불러내는 것은 특정한 사건이다. 민족의 이름으로, 국가의 이름으로, 그리고 남성의 이름으로 네티즌은 강하게 목소리를 내왔다. 최근 황우석 박사를 둘러싼 논란에서도 주되게 드러나는 것은 '민족적 자부심' 이다.

MBC방송은 세계최초 배아복제 성공이라는 민족적 자부심에 흠집을 냈기 때문에 문제가 되는 것이며 자랑스러운 한국인의 정체성을 위해 연구는 어떠한 윤리적 기준에도 방해받아서는 안 된다는 것이다.

연구원의 난자를 사용했든, 매매된 난자를 사용해 연구했든, 그것은 '한국의 윤리기준' 에는 전혀 문제가 되지 않으며 이를 강요하는 '미국의 윤리' 에 의해 영향을 받는 것이 '약소국의 비애' 를 나타낸다는 주장은 네티즌을 또 다시 강하게 뭉칠 수 있게 한다.

이 속에서 난자를 매매한 구체적인 여성의 경험, 과학현장에서 여성연구자의 위치, 난자를 채취하는 과정의 경험들은 드러나지 않으며 '숭고한 난자 기증' 을 독려한 말들만 남게 된다.

네티즌은 집단으로서 정체성을 강하게 드러낸다. 공동의 힘으로 인터넷 서버를 다운시키고 개인정보를 유출시키며 사이버테러를 가한다.

네티즌이라는 주체에 의미를 부여할 수 있었던 것은 사회적 위치와 신분, 성별, 지역, 나이와 상관없이 동등한 상태에서 자신의 의견을 표출하는 방식으로 시민의 권리를 행사하고 있다고 믿었기 때문이다.

하지만 현재 드러나고 있는 네티즌의 행태에서 사회적 소수와 약자의 입장은 찾아보기 어렵다. 오히려 강한 민족주의와 애국주의로 뭉친 네티즌의 목소리에 소수의 의견이 묻혀버리는 것은 아닌가 하는 생각이 든다. 자신의 의견을 쏟아부을 수 있는 인터넷 공간은 광범위해졌지만 자신의 입장과 다른 의견을 듣고자 하는 태도는 더 위축된 것 같다.

– 김한선혜, 「오피니언」에서 〈중앙일보〉 2005/12/15

2. 현재 시행중인 대학입학제도에 대한 개선방안을 생각하여 주장하는 글을 써 봅시다.

3. 학과가 발전하려면 어떤 것들이 필요할까 써 봅시다.

3. 묘사하는 글

묘사는 글 쓰는 이가 어떤 대상에 자신의 느낌을 생생하게 전달하는 방식이다. 설명이 대상에 대한 객관적 정보를 전달하는 것이라면 묘사는 주관적 느낌을 전달하는 것이라고 할 수 있다. 설명이 이해를 목적으로 한다고 할 때, 묘사는 상상력을 자극함으로써 감각에 호소한다.

보통 그림그리기를 떠올리면 쉽다. 그림을 잘 그리기 위해 먼저 해야 할 것은 관찰이다. 관찰한 것을 화폭 위에 표현하듯이 언어로 그리는 것이 묘사이다. 대상으로부터 받은 인상과 느낌을 생생하게 전달함으로써 읽는이가 가능한 글쓴이와 같은 체험을 가질 수 있도록 한다.

그러나 묘사에도 객관적으로 정확하게 전달하는 경우가 있다. 이를 '설명적 묘사' 라 하고 보다 주관적 느낌에 의해 상상력을 자극하는 묘사는 '암시적 묘사' 로 구분한다.

몇 가지 예문을 읽어보자

사십이 가까운 처녀인 그는 주근깨투성이 얼굴이 처녀다운 맛이란 약에 쓰려도 찾을 수 없을 뿐인가, 시들고 꺼칠고 마르고 누렇게 뜬 품이 곰팡스런 굴비를 생각나게 한다. 여러 겹 주름이 잡힌 훌렁 벗겨진 이마라든지 숱이 적어서 맘대로 쪽지거나 틀어 올리지를 못하고 엉성하게 그냥 빗겨 넘긴 머리꼬리가 뒤통수에 염소똥 만하게 붙은 것이라든지 벌써 늙어 가는 자취를 감출 길이 없었다. 뾰족한 입을 앙다물고 돋보기 너머로 쌀쌀한 눈이 놀랠 때엔 기숙사생이 오싹하고 몸서리를 치리만큼 그는 엄격하고 매서웠다.

– 현진건, 「B사감과 러브레터」에서

> 무성한 나무처럼 큰 키와 깎아놓은 듯 뚜렷하고 단정한 외모 때문에 직원들은 모두 그를 기억하고 있었다. 라틴계 특유의 검은 피부색. 그의 선이 뚜렷하고 두툼한 입술은 말을 하기 위해서라기보다는 휘파람을 불기 위해서, 혹은 안으로 수줍게 말린 몇 장의 꽃잎을 공들여 한 장 한 장 들춰내 그 안에 깊이 숨겨진 꽃술을 빨아들이기 위해 만들어진 듯 섬세하고 탐욕스럽게 생겼다.
>
> – 조경란, 「망원경」에서

> 그 할아버지의 얼굴은 깊은 주름살로 가득했으며 입은 옷에서는 이상한 냄새가 났다. 희끗한 머리털과 처진 눈 아래 깊이 패인 주름, 듬성듬성한 수염과 꺼칠한 입술 사이로 보이는 이는 거뭇거뭇했다. 그런데 등에 메고 있는 가방은 미키 마우스가 그려진 어린이용 배낭이었다.

첫 예문은 인물 묘사에 대한 예로 많이 거론되는 현진건의 「B사감과 러브레터」이다. 이는 사실적인 묘사라기보다는 글쓴이의 주관적 느낌이 들어간 묘사이다. '곰팡스런 굴비' 나 '염소똥' 이라는 과장된 표현은 B사감에 대한 글쓴이의 부정적 감정이 개입되어 있다. 즉 B사감을 희화하기 위하여 일부러 과장된 묘사를 사용하여 표현한 것이다.

두 번째 예문은 인물의 키와 얼굴빛, 입술의 생김새에 대해 객관적으로 묘사한 뒤 끝에서 글쓴이의 느낌을 덧붙였다.

이에 비해 세 번째 예문은 인물의 생김새를 있는 그대로 묘사한 경우로 객관적 정보 전달에 가깝다.

풍경을 묘사할 경우도 보이는 풍경 그대로 그리는 경우와 글쓴이의 주관적 느낌이 들어간 묘사로 나눌 수 있다. 가령, 어느 흐린 토요일 오후에 대해 "하늘엔 잿빛 구름이 떠있는 토요일 오후, 도시 전체가 흐릿하게 보인다."라고 썼을 경우는 객관적 묘사라 할 수 있다. 이를 다음과 같이 고쳐보자.

"잿빛 구름과 뿌연 스모그가 뒤섞여 온통 흐릿한 토요일 오후, 태양은 찬란한 빛과 열기를 잃어버린 채 낮게낮게 가라앉고 있다. 거리엔 분출하지 못한 욕망을 숨긴 채 무표정한 얼굴로 사람들이 걸어가고 있다."

이러한 묘사는 흐린 토요일 오후를 어둡게 바라보는 글쓴이의 느낌이 들어 있으므로 암시적 묘사라고 할 수 있다.

다음 예문을 비교해 보자.

창 밖에 늦가을의 너른 들판이 가로누워 있다. 들판 한가운데 도랑을 따라 길이 나 있고 전봇대가 일렬로 비스듬히 꽂혀 있다. 길은 끝에 이르러 제방에 막혀 돌아서 논둑을 타고 씨줄과 날줄로 겹친다. 바람이 심하게 불던 날 후드점퍼를 머리끝까지 뒤집어쓰고 제방 위에 올라가본 적이 있다. …(중략)… 저물녘 검붉게 빛나는 뻘밭에 철새의 무리들이 내려와 샛강을 향해 돌아서 있었다. 샛강은 갈대밭 중간에서 좀 더 사행을 거듭한 다음 미처 뒷걸음질을 칠 겨를도 없이 한강에 끌려들고 만다.

– 윤대녕, 「누가 걸어간다」에서

종착역을 앞두고 서서히 속력을 줄이던 기차 차창을 통해 인자는 철도 연변을 따라 끝없이 넓은 양배추 밭을 보았다. 넓은 벌에 탁한 녹빛의 무리가 정연하게 줄지어 생뚱스럽게 둥글둥글 솟아 있었다. 그것은 산 채로 몸만 매장된 사람의, 지상에 남겨진 머리처럼 둥글고 단단하게 보였다. 해뜨는 아침의 예배의식 혹은 제물처럼 보이기도 했다.

그 넓은 밭에서 둔탁하고 불투명한 녹빛의 이랑을 따라 한 사내가 양배추를 베고 있었다. 허리를 굽힌 사내는 낫날을 밑동에 넣어 탁탁 치며 앞으로 나아가고 양배추들은 잘려진 목처럼 그의 발밑에서 둥그렇게 나동그라졌다.

– 오정희, 「구부러진 길 저쪽」에서

첫 번째 예문이 눈에 보이는 대로의 풍경을 묘사한 것이라면 두 번째 예문에서는 풍경을 바라보는 글쓴이의 마음을 읽을 수 있다. 낯선 곳에 혼자 남겨져 막막하고 두려운 마음이 풍경에 투사되어 양배추밭이 실제보다 끝없이 넓게 보이고 베어진 양배추는 잘린 목으로 보이는 것이다.

'오늘' 이란 너무 평범한 날인 동시에 과거와 미래를 잇는 가장 소중한 시간이다.

–괴테

생각해보기

1. 다음을 묘사해보시오.

우리대학 캠퍼스 :

자신의 얼굴 :

2. 다음은 책에 대한 묘사이다. 이를 참고로 해서 자신이 갖고 있는 책들의 여러 가지 모양을 묘사해보시오.

물질 이상인 것이 책이다. 한 표정 고운 소녀와 같이, 한 그윽한 눈매를 보이는 젊은 미망인처럼 매력은 가지가지다. 신간란에서 새로 뽑을 수 있는 잉크 냄새 새로운 것은, 소녀라고 해서 어찌 다 그다지 신선하고 상냥스러우랴! 고서점에서 먼지를 털고 겨드랑 땀내 같은 것을 풍기는 것들은 자못 미망인다운 함축미인 것이다.

– 이태준, 「책」에서

4. 서사하는 글

서사는 사건 즉 '무엇이 일어났는가'를 쓰는 것이다. 그러나 우리를 둘러싼 세계에서 일어난 모든 사건들이 의미를 가지는 것은 아니다. 그러면 어떤 사건이 의미 있는 사건인가?

지금까지 나의 삶을 되돌아보자. 일어난 모든 사건들이 의미 있는 것은 아닐 것이다. 몇 개의 의미 있는 사건을 통해 오늘의 내가 이루어졌다고 할 수 있다. 즉 의미 있는 사건이란 내 삶에 영향을 끼치고 내 삶을 변화시킨 계기가 된 사건을 말하는 것이다. 이처럼 의미 있는 사건들을 기록하는 것이 서사이다.

그리고 의미있는 사건을 기록하되, 시간적 전개과정에 따라 기술하는 것이다. 달리 말한다면 시간 경과에 따라 사건의 추이나 행동의 변화를 인과적으로 기술하는 것을 서사라고 할 수 있다. 서사문에는 일기, 기사문, 자서전, 회고록, 역사 서술, 소설, 서사시, 동화, 신화, 르포르타주 등이 포함된다.

의미있는 사건을 선정하고 그 전모를 파악한 후에는 어떤 시점에서 쓸 것인가를 정해야 한다. 시점은 사건을 바라보는 시각을 의미하므로 '어떤 시점에서 쓰는가'는 '누가 이야기하는가'와 '그 사건에 얼마나 관계하고 있는가'를 내포한다. 즉 객관적 입장에서 거리를 유지한 채 쓸 것인가, 혹은 느낌을 보다 생생하게 전달할 것인가를 정한 뒤 서사문을 시작한다.

서사문은 크게 1인칭 서술과 3인칭 서술로 구분한다. 화자가 '나'로 나타나는 경우 1인칭 서사문이고 그렇지 않은 경우는 3인칭 서사문이라고 한다. 그리고 사건의 시간적 공간적 배경을 활용하고 사건의 앞 뒤 관계나 문맥적 연관성 등을 구체적으로 제시해야 한다.

어느 해 봄 나는 혈액암에 걸렸다. 오랫동안 치료를 받으면서 나에게 남은 것은 고독, 슬픔, 좌절 같은 쓸쓸한 단어들이었다. 감정을 피폐화시키는 방법을 배운 것도 그때였다. 병든 몸 사이사이로 계절이 몇 번 지나가는 동안 삶은 차

층 세상과 멀어져갔고, 나는 그림을 그리기 시작했다.(중략)

몇 년 후 다시 봄이 왔을 때, 나를 괴롭히던 혈액암은 흔적을 감추기 시작했다. 병이란 사랑과도 같은 것이란 생각이 들었다. 그림을 그리는 일도 마찬가지였을 것이다. 굳이 손 내밀지 않아도 다가오고, 또 사라지는 것.

– 지미, 「왜?」에서

– 1967년 국민학교 입학. 여리고 청초한 처녀를 담임선생으로 맞아 사모하는 마음을 가누지 못함. 그 해 겨울 선생은 결혼식을 한다고 학교에 나오지 않았음. 그때 딴 녀석들은 수업시간이 줄어들어서 좋다고 책상에 뛰어오르는 등 광란을 하며 환호했는데 홀로 집으로 돌아가는 길, 십릿길을 울면서 걸었음. 다시는 여선생을 사랑하지 않으리라 결심.
– 2학년 때 담임선생은 여성은 여성이었으되 영국의 대처 수상을 연상케 하는 강철 같은 의지와 철권의 소유자. 감히 딴 마음을 품을 수 없어서 책으로 관심을 돌림. (중략)
– 3학년 때 「아라비안 나이트」와 세익스피어의 「햄릿」, 중고등학생용 자유교양신서를 만남. 읽고 또 읽고 또 읽고…… 각 백번은 읽어 독서백편의자현이라는 말뜻을 체득하게 됨.
– 4학년 때 백일장에 나가 '노을' 이라는 제목으로 '노을 보면 시집간 누나가 생각난다' 는 요지의 거짓말을 주워섬겨대 당선 있는 가작 상을 받음.

– 성석제, 「성석제가 쓴 성석제」에서

큰 한길만 따라 걷던 엄마가 전찻길이 끝나는 데서부터 골목길로 접어들었다. 그때서부터 우리가 앞장서고 지게꾼은 뒤졌다. 꼬불꼬불한 골목길은 천엽 속처럼 너절하고 복잡하고 끝이 없이 험했다. 짐을 가지고 전차를 탈 수 있었을 텐데 못 이기는 체 지게꾼을 산 까닭을 알 수 있었다.

"막걸리 값이나 더 얹어 주셔야겠는뎁쇼" 저만큼 뒤처진 지게꾼이 헉헉대면서 새로운 흥정을 걸어왔다. 엄마는 대답하지 않았다. 꼬불꼬불한 오르막길이 마침내 사다리를 세워놓은 것 같은 좁다란 층층대로 변했다.

"마님, 마님, 이러구두 상상꼭대기가 아니라굽쇼?"

지게꾼이 숨이 턱에 닿아 비명을 질렀다. 이상한 동네였다. 시골집의 한데 뒷간만한 집들이 상자갑을 쏟아부어 놓은 것처럼 아무렇게나 밀집돼 있었다. 내가 송도라는 대처에서 최초로 목격한 것도 사람과 집들의 이런 밀집상태였다. 그러나 나를 압도하고 주눅들게 한 건 밀집 그 자체가 아니라 그걸 다스리는 질서였다. 질서란 밀집에 아름다움을 부여하는 그 무엇이었다. 그것이 자연 그대로의 상태에 제멋대로 방목되었던 계집애를 한 눈에 주눅들게 한 것도 사실이지만 한 눈에 매혹한 것도 사실이었다.

– 박완서, 「엄마의 말뚝1」에서

다음은 기행문의 예이다. 기행문은 여러 장소를 다니면서 보고 듣고 느낀 것을 적은 글이다. 이동하는 공간의 특징을 주로 적을 수도 있지만 그 공간 속에서 만나는 사람들이나 분위기에 대한 감상을 적을 수도 있다.

날이 춥다. 어디 급한 데 출장을 가는 사람처럼 챙겨 입고 아침 8시 5분 전에 춘천 시외버스 터미널에서 평창행 버스를 탔다. 타는 사람이 딱 두 사람이다. 평창 시댁에 제사를 지내러 가는 아주머니와, 아무 볼일도 없이 평창에 가는 나. 운전수가 투덜거린다.

"기름값도 안 나오는 길 가라니까 가야지 뭐."

춘천에서 출발한 버스는 홍천 터미널에서 잠시 정차했다. 대합실 안에 민간인보다 군인들이 더 많다. 군인들은 다 어디로 가는가. 홍천에서 딱 한 사람이 탔다.

다시 버스는 출발했다. 세 사람 탄 버스 안이 지나치게 덥다. 운전수는 난방을 사정없이 틀어놓고 트롯 메들리도 신나게 틀어댄다. 슬슬 잠이 쏟아지려고 하는데 횡성 터미널이다. 홍천과는 달리 사람이 텅 빈 차부. 20분을 정차하겠다고 말해놓고 운전수는 어디론가 횡하니 가 버린다. 아침을 안 먹어서 배가 출출하다. 국밥집이라고 쓰여 있어 문을 열어 보려고 했는데 잠겨 있다.

"거기 장사 안한대요. 여기로 와요."

나를 부른 사람은 신신서울상회 주인 최노인이다. 최노인의 가게에서 따뜻한 베지밀 한 병과 보름달 빵 하나를 샀다. 꼭 먹고 싶다는 것보다 어쩐지 그런 데서는 그런 음료에 그런 빵을 먹어야만 할 것 같은 기분이 들어서였다.

연탄난로를 끼고 앉은 최노인이 커피 들겠냐고 묻는다. 최노인이 타주는 커피는 4백원. 한 달 가게세도 안 나와 올 겨울만 넘기면 최노인은 가게일 그만두고 원주 집으로 돌아가겠다고 한다.

"요새는 마트라는 게 생겨가지고 장사 안돼요. 자가용 타고 마트 가서 싣고 가면 그만인데, 이런 데 누가 옵니까."

그는 하루종일 연탄난로를 끼고 앉아 오지 않는 손님 기다리며 '테레비' 보는 것도 중노동이라고 했다.

– 공선옥, 「가을 끝, 강원도 국도변을 헤매다」에서

기사문은 서사문의 하나로 신문 잡지 등에 쓰는 글이다. 보통 '언제, 어디서, 누가, 무엇을, 어떻게, 왜' 라는 6하원칙에 근거하여 쓴다.

지난 13일 중앙선거관리위원회가 인터넷을 이용한 선거운동을 상시 허용하는 공직선거법 운용기준을 발표해 트위터 등을 이용한 정치적 의사표현에 대한 재갈이 풀렸다.

이는 지난해 12월 29일 헌법재판소의 결정에 따른 것이다. 선관위는 2010년 2월 "트위터를 이용해 특정 후보나 정당에 관한 지지 · 반대를 표시하거나 선거운동 정보가 담긴 트위트를 리트위트하는 행위를 … 공직선거법 93조 1항에 의해 규제하겠다"고 밝힌 바 있다. 이에 헌법소원이 제기됐고, 헌재는 "선거운동

기간에 상관없이 인터넷 누리집, 블로그, 트위터, UCC 등을 통해 특정 정당이나 후보자를 지지 · 반대하는 것을 규제해서는 안 된다"는 취지로 한정 위헌 결정을 내렸다. 위헌 결정이 93조 1항에 한정된 것이긴 하지만, 선관위는 결정 취지를 반영해 사전선거운동 및 선거일의 선거운동을 금지하는 254조 위반 때도 인터넷을 이용한 경우는 단속하지 않기로 했다.

– 「비방과 비판사이 … 트위터 '선거재갈' 풀렸지만 수사기관 재량권 여전」
『한겨레』 2012. 1. 17

생각해보기

다음을 서사문으로 써보시오.

1. 대학에 들어오기까지 자신의 삶

2. 영화 「빌리엘리어트」에 나타난 빌리의 인생

과제 5

학 과

학 번

이 름

제출일 20 . . .

이 세상에서 가장 행복한 사람의 삶은 어떤 것일까 상상해서 써 봅시다.

절 취 선

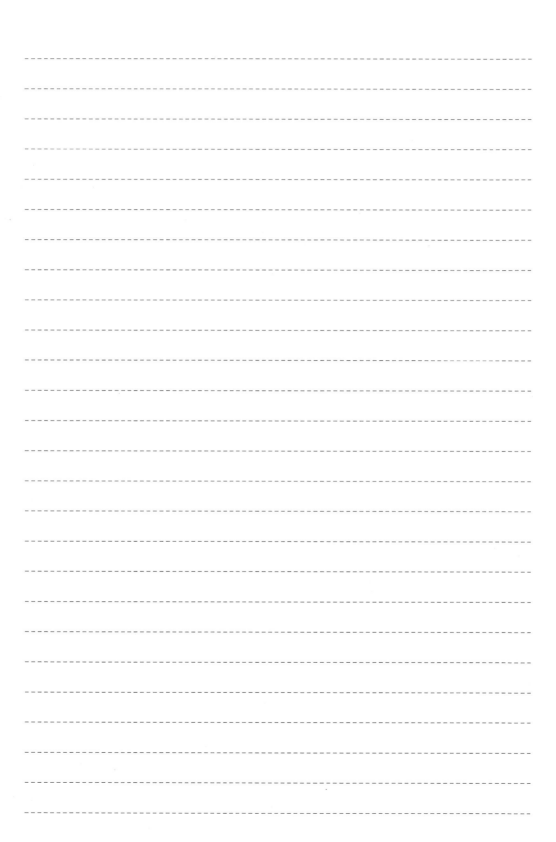

부 록

한글 맞춤법 및 외래어 · 로마자 표기법

1. 한글 맞춤법
2. 외래어·로마자 표기법
3. 친척계보표

1. 한글맞춤법

제1장 총칙

제1항 한글맞춤법은 표준어를 소리대로 적되, 어법에 맞도록 함을 원칙으로 한다.

제2항 문장의 각 단어는 띄어 씀을 원칙으로 한다.

제3항 외래어는 '외래어 표기법'에 따라 적는다.

제2장 자모

제4항 한글 자모의 수는 스물넉 자로 하고, 그 순서와 이름은 다음과 같이 정한다.

ㄱ(기역)	ㄴ(니은)	ㄷ(디귿)	ㄹ(리을)	ㅁ(미음)
ㅂ(비읍)	ㅅ(시옷)	ㅇ(이응)	ㅈ(지읒)	ㅊ(치읓)
ㅋ(키읔)	ㅌ(티읕)	ㅍ(피읖)	ㅎ(히읗)	
ㅏ(아)	ㅑ(야)	ㅓ(어)	ㅕ(여)	ㅗ(오)
ㅛ(요)	ㅜ(우)	ㅠ(유)	ㅡ(으)	ㅣ(이)

[붙임1] 위의 자모로서 적을 수 없는 소리는 두 개 이상의 자모를 어울러서 적되, 그 순서와 이름은 다음과 같이 정한다.

ㄲ(쌍기역) ㄸ(쌍디귿) ㅃ(쌍비읍) ㅆ(쌍시옷) ㅉ(쌍지읒)

ㅐ(애) ㅒ(얘) ㅔ(에) ㅖ(예) ㅘ(와) ㅙ(왜)

ㅚ(외) ㅝ(워) ㅞ(웨) ㅟ(위) ㅢ(의)

[붙임2] 사전에 올릴 적의 자모 순서는 다음과 같이 정한다.

자음 ㄱ ㄲ ㄴ ㄷ ㄸ ㄹ ㅁ ㅂ ㅃ ㅅ ㅇ ㅈ ㅉ ㅊ ㅋ ㅌ ㅍ ㅎ

모음 ㅏ ㅐ ㅑ ㅒ ㅓ ㅔ ㅕ ㅖ ㅗ ㅘ ㅙ ㅚ ㅛ ㅜ ㅝ ㅞ ㅟ ㅠ ㅡ ㅢ ㅣ

제3장 소리에 관한 것

제1절 된소리

제5항 한 단어 안에서 뚜렷한 까닭없이 나는 된소리는 다음 음절의 첫소리를 된소리로 적는다.

1. 두 모음 사이에서 나는 된소리

소쩍새 어깨 오빠 으뜸 아끼다 기쁘다 깨끗하다

어떠하다 해쓱하다 가끔 거꾸로 부썩 어찌 이따금

2. '**ㄴ, ㄹ, ㅁ, ㅇ**' 받침 뒤에서 나는 된소리

산뜻하다 잔뜩 살짝 훨씬 담뿍 움찔 몽땅 엉뚱하다

다만, '**ㄱ, ㅂ**' 받침 뒤에서 나는 된소리는, 같은 음절이나 비슷한 음절이 겹쳐나는 경우가 아니면 된소리로 적지 아니한다.

국수 깍두기 딱지 색시 싹둑(~싹둑) 법석 갑자기 몹시

제2절 구개음화

제6항 'ㄷ, ㅌ' 받침 뒤에 종속적 관계를 가진 '–이(–)'나 '–히–'가 올 적에는, 그 'ㄷ, ㅌ'이 'ㅈ, ㅊ'으로 소리나더라도, 'ㄷ, ㅌ'으로 적는다. (ㄱ을 취하고, ㄴ을 버림)

ㄱ	ㄴ	ㄱ	ㄴ
맏이	마지	핥이다	할치다
해돋이	해돋이	걷히다	거치다
굳이	구지	닫히다	다치다
같이	가치	묻히다	무치다
끝이	끄치		

제3절 'ㄷ'의 소리 방침

제7항 'ㄷ' 소리로 나는 받침 중에서, 'ㄷ'으로 적을 근거가 없는 것은 'ㅅ'으로 적는다.

덧저고리 돗자리 엇셈 웃어른 핫옷 무릇 사뭇 얼핏
자칫하면 뭇[衆] 옛 첫 헛

제4절 모음

제8항 '계, 례, 몌, 폐, 혜'의 'ㅖ'는 'ㅔ'로 소리나는 경우가 있더라도, 'ㅖ'로 적는다. (ㄱ을 취하고, ㄴ을 버림)

ㄱ	ㄴ	ㄱ	ㄴ
계수(桂樹)	게수	연몌(連袂)	연메
사례(謝禮)	사레	폐품(廢品)	페품
혜택(惠澤)	헤택	핑계	핑게
계집	게집	계시다	게시다

다만, 다음 말은 본음대로 적는다.

계송(偈頌) 게시판(揭示板) 휴게실(休憩室)

제9항 '의'나, 자음을 첫소리로 가지고 있는 음절의 'ㅢ'는 'ㅣ'로 소리나는 경우가 있더라도, '의'로 적는다.(ㄱ을 취하고, ㄴ을 버림)

ㄱ	ㄴ	ㄱ	ㄴ
의의(意義)	의이	닁큼	닝큼
본의(本義)	본이	띄어쓰기	띠어쓰기
무늬[문(紋)]	무니	씌어	씨어
보늬	보니	틔어	티어
오늬	오니	희망(希望)	히망
하늬바람	하니바람	희다	히다
늴리리	닐리리	유희(遊戲)	유히

제5절 두음법칙

제10항 한 자음 '녀, 뇨, 뉴, 니'가 단어 첫머리에 올 적에는 두음 법칙에 따라 '여, 요, 유, 이'로 적는다. (ㄱ을 취하고, ㄴ을 버림)

ㄱ	ㄴ	ㄱ	ㄴ
여자(女子)	녀자	유대(紐帶)	뉴대
연세(年歲)	년세	이토(泥土)	니토
요소(尿素)	뇨소	익명(匿名)	닉명

다만, 다음과 같은 의존 명사에서는 '냐, 녀' 음을 인정한다.

냥(兩) 냥쭝(兩一) 년(年)(몇 년)

[붙임 1] 단어의 첫머리 이외의 경우에는 본음대로 적는다.

남녀(男女) 당뇨(糖尿) 결뉴(結紐) 은닉(隱匿)

[붙임 2] 접두사처럼 쓰이는 한자가 붙어서 된 말이나 합성어에서, 뒷말의 첫소리가

'ㄴ' 소리로 나더라도 두음 법칙에 따라 적는다.

신여성(新女性)　　공염불(空念佛)　　남존여비(男尊女卑)

[붙임 3] 둘 이상의 단어로 이루어진 고유 명사를 붙여 쓰는 경우에도 붙임 2에 준하여 적는다.

한국여자대학　　대한요소비료회사

제11항 한자음 '랴, 려, 례, 료, 리'가 단어의 첫머리에 올 적에는 두음법칙에 따라 '야, 여, 요, 유, 이'로 적는다. (ㄱ을 취하고, ㄴ을 버림)

ㄱ	ㄴ	ㄱ	ㄴ
양심(良心)	량심	용궁(龍宮)	룡궁
역사(歷史)	력사	유행(流行)	류행
예의(禮儀)	례의	이발(理髮)	리발

다만, 다음과 같은 의존 명사는 본음대로 적는다.

리(里) : 몇 리냐?

리(理) : 그럴 리가 없다.

[붙임 1] 단어의 첫머리 이외의 경우에는 본음대로 적는다.

개량(改良)　선량(善良)　수력(水力)　협력(協力)

사례(謝禮)　혼례(婚禮)　와룡(臥龍)　쌍룡(雙龍)

하류(下流)　급류(急流)　도리(道理)　진리(眞理)

다만, 모음이나 'ㄴ' 받침 뒤에 이어디는 '렬, 률'은 '열, 율'로 적는다. (ㄱ을 취하고, ㄴ을 버림)

ㄱ	ㄴ	ㄱ	ㄴ
나열(羅列)	나렬	진열(陣烈)	진렬
치열(齒列)	치렬	선율(旋律)	선률
비열(卑劣)	비렬	비율(比率)	비률
규율(規律)	규률	실패율(失敗率)	실패률

분열(分裂)	분렬	전율(戰慄)	전률
선열(先烈)	선렬	백분율(百分率)	백분률

[붙임 2] 외자로 된 이름을 성에 붙여 쓸 경우에도 본음대로 적을 수 있다.

신립(申砬)　최린(崔麟)　채륜(蔡倫)　하륜(河崙)

[붙임 3] 준말에서 본음으로 소리나는 것은 본음대로 적는다.

국련(국제연합)　대한교련(대한교육연합회)

[붙임 4] 접두사처럼 쓰이는 한자가 붙어서 된 말이나 합성어에서 뒷말의 첫소리가 'ㄴ' 또는 'ㄹ' 소리로 나더라도 두음 법칙에 따라 적는다.

역이용(逆利用)　연이율(年利率)　열역학(熱力學)　해외여행(海外旅行)

[붙임 5] 둘 이상의 단어로 이루어진 고유 명사를 붙여 쓰는 경우나 십진법에 따라 쓰는 수(數)도 붙임 4에 준하여 적는다.

서울여관　신흥이발관　육천육백육십육(六千六百六十六)

제12항 한자음 '라, 래, 로, 뢰, 루, 르'가 단어의 첫머리에 올 적에는 두음 법칙에 따라 '나, 내, 노, 뇌, 누, 느'로 적는다. (ㄱ을 취하고, ㄴ을 버림)

ㄱ	ㄴ	ㄱ	ㄴ
낙원(樂園)	락원	뇌성(雷聲)	뢰성
내일(來日)	래일	누각(樓閣)	루각
노인(老人)	로인	능묘(陵墓)	릉묘

[붙임 1] 단어의 첫머리 이외의 경우에는 본음대로 적는다.

쾌락(快樂)	극락(極樂)	거래(去來)	왕래(往來)
부로(父老)	연로(年老)	지뢰(地雷)	낙뢰(落雷)
고루(高樓)	광한루(廣寒樓)	가정란(家庭欄)	동구릉(東九陵)

[붙임 2] 접두사처럼 쓰이는 한자가 붙어서 된 단어는 뒷말을 두음법칙에 따라 적는다.

내내월(來來月)　상노인(上老人)　중노동(重勞動)　비논리적(非論理的)

제6절 겹쳐 나는 소리

제13항 한 단어 안에서 같은 음절이나 비슷한 음절이 겹쳐 나는 부분은 같은 글자로 적는다. (ㄱ을 취하고, ㄴ을 버림)

ㄱ	ㄴ	ㄱ	ㄴ
딱딱	딱닥	꼿꼿하다	꼿곳하다
쌕쌕	쌕색	놀놀하다	놀롤하다
씩씩	씩식	눅눅하다	눙눅하다
똑딱똑딱	똑닥똑닥	밋밋하다	민밋하다
연연불망(戀戀不忘)	연련불망	쌉쌀하다	쌉살하다
유유상종(類類相從)	유류상종	씁쓸하다	씁슬하다
누누이	누루이	짭짤하다	짭잘하다

제4장 형태에 관한 것

제1절 체언과 조사

제14항 체언은 조사와 구별하여 적는다.

떡이	떡을	떡에	떡도	떡만	밭이	밭을	밭에	밭도	밭만
손이	손을	손에	손도	손만	앞이	앞을	앞에	앞도	앞만
팔이	팔을	팔에	팔도	팔만	밖이	밖을	밖에	밖도	밖만
밤이	밤을	밤에	밤도	밤만	넋이	넋을	넋에	넋도	넋만
집이	집을	집에	집도	집만	흙이	흙을	흙에	흙도	흙만
옷이	옷을	옷에	옷도	옷만	삶이	삶을	삶에	삶도	삶만
콩이	콩을	콩에	콩도	콩만	여덟이	여덟을	여덟에	여덟도	여덟만
낮이	낮을	낮에	낮도	낮만	곬이	곬을	곬에	곬도	곬만
꽃이	꽃을	꽃에	꽃도	꽃만	값이	값을	값에	값도	값만

제2절 어간과 어미

제15항 용언의 어간과 어미는 구별하여 적는다.

먹다	먹고	먹어	먹으니	깎다	깎고	깎아	깎으니
신다	신고	신어	신으니	앉다	앉고	앉아	앉으니
믿다	믿고	믿어	믿으니	많다	많고	많아	많으니
울다	울고	울어	우니	늙다	늙고	늙어	늙으니
넘다	넘고	넘어	넘으니	젊다	젊고	젊어	젊으니
입다	입고	입어	입으니	넓다	넓고	넓어	넓으니
웃다	웃고	웃어	웃으니	훑다	훑고	훑어	훑으니
찾다	찾고	찾아	찾으니	읊다	읊고	읊어	읊으니
좇다	좇고	좇아	좇으니	옳다	옳고	옳아	옳으니
같다	같고	같아	같으니	없다	없고	없어	없으니
높다	높고	높아	높으니	있다	있고	있어	있으니
좋다	좋고	좋아	좋으니				

[붙임 1] 두 개의 용언이 어울려 한 개의 용언이 될 적에, 앞말의 본뜻이 유지되고 있는 것은 그 원형을 밝히어 적고, 그 본뜻에서 멀어진 것은 밝히어 적지 아니한다.

(1) 앞말의 본뜻이 유지되고 있는 것

넘어지다 늘어나다 늘어지다 돌아가다 되짚어가다
들어가다 떨어지다 벌어지다 엎어지다 접어들다
틀어지다 흩어지다

(2) 본뜻에서 멀어진 것

드러나다 사라지다 쓰러지다

[붙임 2] 종결형에서 사용되는 어미 '-오'는 '요'로 소리나는 경우가 있더라도 그 원형을 밝혀 '오'로 적는다.(ㄱ을 취하고, ㄴ을 버림)

ㄱ	ㄴ
이것은 책이오.	이것은 책이요.
이리로 오시오.	이리로 오시요.
이것은 책이 아니오.	이것은 책이 아니요.

[붙임 3] 연결형에서 사용되는 '이오'는 '이요'로 적는다. (ㄱ을 취하고, ㄴ을 버림)

ㄱ	ㄴ
이것은 책이요, 저것은 붓이요, 또 저것은 먹이다.	이것은 책이오, 저것은 붓이오, 또 저것은 먹이다.

第16항 어간은 끝 음절 모음이 'ㅏ, ㅗ'일 때에는 어미를 '-아'로 적고, 그밖의 모음일 때는 '-어'로 적는다.

1. '-아'로 적는 경우

나아	나아도	나아서
막아	막아도	막아서
얇아	얇아도	얇아서
돌아	돌아도	돌아서
보아	보아도	보아서

2. '-어'로 적는 경우

개어	개어도	개어서
겪어	겪어도	겪어서
되어	되어도	되어서
베어	베어도	베어서
쉬어	쉬어도	쉬어서
저어	저어도	저어서
주어	주어도	주어서

피어　　피어도　　피어서

희어　　희어도　　희어서

제17항 어미 뒤에 덧붙는 조사 '-요'는 '-요'로 적는다.

읽어　　읽어요

참으리　　참으리요

좋지　　좋지요

제18항 다음과 같은 용언들은 어미가 바뀔 경우, 그 어간이나 어미가 원칙에 벗어나면 벗어나는 대로 적는다.

1. 어간의 끝 '**ㄹ**'이 줄어질 적

갈다:	가니	간	갑니다	가시다	가오
놀다:	노니	논	놉니다	노시다	노오
불다:	부니	분	붑니다	부시다	부오
둥글다:	둥그니	둥근	둥급니다	둥그시다	둥그오
어질다:	어지니	어진	어집니다	어지시다	어지오

[붙임] 다음과 같은 말에서도 '**ㄹ**'이 준 대로 적는다.

마지못하다　　머지않다

(하)다마다　　(하)자마자

(하)지 마라　　(하)지 마(아)

2. 어간의 끝 '**ㅅ**'이 줄어질 적

긋다:	그어	그으니	그었다
낫다:	나아	나으니	나았다
잇다:	이어	이으니	이었다
짓다:	지어	지으니	지었다

3. 어간의 끝 'ㅎ'이 줄어질 적

그렇다:	그러니	그럴	그러면	그럽니다	그러오
까맣다:	까마니	까말	까마면	까맙니다	까마오
동그랗다:	동그라니	동그랄	동그라면	동그랍니다	동그라오
퍼렇다:	퍼러니	퍼럴	퍼러면	퍼럽니다	퍼러오
하얗다:	하야니	하얄	하야면	하얍니다	하야오

4. 어간의 끝 'ㅜ, ㅡ'가 줄어질 적

푸다:	퍼	펐다	뜨다:	떠	떴다
끄다:	꺼	껐다	크다:	커	컸다
담그다:	담가	담갔다	고프다:	고파	고팠다
따르다:	따라	따랐다	바쁘다:	바빠	바빴다

5. 어간의 끝 'ㄷ'이 'ㄹ'로 바뀔 적

걷다[步] :	걸어	걸으니	걸었다
듣다[聽] :	들어	들으니	들었다
묻다[問] :	물어	물으니	물었다
싣다[載] :	실어	실으니	실었다

6. 어간의 끝 'ㅂ'이 'ㅜ'로 바뀔 적

깁다:	기워	기우니	기웠다
굽다[炙]:	구워	구우니	구웠다
가깝다:	가까워	가까우니	가까웠다
괴롭다:	괴로워	괴로우니	괴로웠다
맵다:	매워	매우니	매웠다
무겁다:	무거워	무거우니	무거웠다

밉다: 미워 미우니 미웠다

쉽다: 쉬워 쉬우니 쉬웠다

다만, '돕-, 곱-'과 같은 단음절 어간에 어미 '-아'가 결합되어 '와'로 소리나는 것은 '-와'로 적는다.

돕다[助]: 도와 도와도 도왔다

곱다[麗]: 고와 고와서 고왔다

7. '하다'의 활용에서 어미 '-아'가 '-여'로 바뀔 적

하다: 하여 하여서 하여도 하여라 하였다

8. 어간의 끝 음절 '르' 뒤에 오는 어미 '-어'가 '-러'로 바뀔 적

이르다[至]: 이르러 이르렀다 누르다: 누르러 누르렀다

노르다: 노르러 노르렀다 푸르다: 푸르러 푸르렀다

9. 어간의 끝 음절 '르'의 '—'가 줄고, 그 뒤에 오는 어미 '-아/-어'가 '-라/-러'로 바뀔 적

가르다: 갈라 갈랐다 부르다: 불러 불렀다

거르다: 걸러 걸렀다 오르다: 올라 올랐다

구르다: 굴러 굴렀다 이르다: 일러 일렀다

벼르다: 별러 별렀다 지르다: 질러 질렀다

제3절 접미사가 붙어서 된 말

제19항 어간에 '-이'나 '-음/-ㅁ'이 붙어서 명사로 된 것과 '-이'나 '-히'가 붙어서 부사로 된 것은 그 어간의 원형을 밝히어 적는다.

1. '-이'가 붙어서 명사가 된 것

길이 깊이 높이 다듬이 땀받이 달맞이

먹이 미닫이 벌이 벼훑이 살림살이 쇠붙이

2. '–음/–ㅁ' 이 붙어서 명사가 된 것

걸음 묶음 믿음 얼음 엮음 울음

웃음 졸음 죽음 앎 만듦

3. '–이' 가 붙어서 부사로 된 것

같이 굳이 길이 높이 많이 실없이

좋이 짓궂이

4. '–히' 가 붙어서 부사로 된 것

밝히 익히 작히

다만, 어간에 '–이' 나 '–음' 이 붙어서 명사로 바뀐 것이라도 그 어간의 뜻과 멀어진 것은 원형을 밝히어 적지 아니한다.

굽도리 다리[髢] 목거리(목병) 무녀리

코끼리 거름(비료) 고름[膿] 노름(도박)

[붙임] 어간에 '–이' 나 '–음' 이외의 모음으로 시작된 접미사가 붙어서 다른 품사로 바뀐 것은 그 어간의 원형을 밝히어 적지 아니한다.

(1) 명사로 바뀐 것

귀머거리 까마귀 너머 뜨더귀 마감 마개

마중 무덤 비렁뱅이 쓰레기 올가미 주검

(2) 부사로 바뀐 것

거뭇거뭇 너무 도로 뜨덤뜨덤 바투

불긋불긋 비로소 오긋오긋 자주 차마

(3) 조사로 바뀌어 뜻이 달라진 것

나마 부터 조차

제20항 명사 뒤에 '-이'가 붙어서 된 말은, 그 명사의 원형을 밝히어 적는다.

1. 부사로 된 것

곳곳이 낱낱이 몫몫이 샅샅이 앞앞이 집집이

2. 명사로 된 것

곰배팔이 바둑이 삼발이 애꾸눈이 육손이 절뚝발이/절름발이

[붙임] '-이' 이외의 모음으로 시작된 접미사가 붙어서 된 말은 그 명사의 원형을 밝히어 적지 아니한다.

꼬락서니 끄트머리 모가치 바가지 바깥 사타구니

싸라기 이파리 지붕 지푸라기 짜개

제21항 명사나 혹은 용언의 어간 뒤에 자음으로 시작된 접미사가 붙어서 된 말은 그 명사나 어간의 원형을 밝히어 적는다.

1. 명사 뒤에 자음으로 시작된 접미사가 붙어서 된 것

값지다 홑지다 넋두리 빛깔 옆댕이 잎사귀

2. 어간 뒤에 자음으로 시작된 접미사가 붙어서 된 것

낚시 늙정이 덮개 뜯게질 갉작갉작하다

갉작거리다 뜯적거리다 뜯적뜯적하다 굵다랗다 굵직하다

깊숙하다 넓적하다 높다랗다 늙수그레하다 얽죽얽죽하다

다만, 다음과 같은 말은 소리대로 적는다.

(1) 겹받침의 끝소리가 드러나지 아니하는 것

할짝거리다 널따랗다 널찍하다 말끔하다 말쑥하다

말짱하다 실쭉하다 실큼하다 얄따랗다 얄팍하다

짤막하다 짤따랗다 실컷

(2) 어원이 분명하지 아니하거나 본뜻에서 멀어진 것

넙치　　율무　　골막하다　　납작하다

제22항 용언의 어간에 다음과 같은 접미사들이 붙어서 이루어진 말들은 그 어간을 밝히어 적는다.

1. '–기–, –리–, –이–, –히–, –구–, –우–, –추–, –으키–, –이키–, –애–'가 붙는 것

맡기다　옮기다　웃기다　쫓기다　뚫리다　울리다

낚이다　쌓이다　핥이다　굳히다　굽히다　넓히다

앉히다　얽히다　잡히다　돋구다　솟구다　돋우다

갖추다　곧추다　맞추다　일으키다　돌이키다　없애다

다만, '–이–, –히–, –우–'가 붙어서 된 말이라도 본뜻에서 멀어진 것은 소리대로 적는다.

도리다(칼로~)　드리다(용돈을~)　고치다　바치다(세금을~)

부치다(편지를~)　거두다　미루다　이루다

2. '–치–, –뜨리–/–트리–'가 붙는 것

놓치다 덮치다　떠받치다　받치다　밭치다　부딪치다

뻗치다 엎치다　부딪뜨리다/부딪트리다　쏟뜨리다/쏟트리다

젖뜨리다/젖트리다　찢뜨리다/찢트리다　흩뜨리다/흩트리다

[붙임] '–업–, –읍–, –브–'가 붙어서 된 말은 소리대로 적는다.

미덥다　우습다　미쁘다

제23항 '–하다'나 '–거리다'가 붙는 어근에 '–이'가 붙어서 명사가 된 것은 그 원형을 밝히어 적는다.(ㄱ을 취하고, ㄴ을 버림)

ㄱ	ㄴ	ㄱ	ㄴ
깔쭉이	깔쭈기	살살이	살사리
꿀꿀이	꿀꾸리	쌕쌕이	쌕쌔기
눈깜짝이	눈깜짜기	오뚝이	오뚜기
더펄이	더퍼리	코납작이	코납자기
배불뚝이	배불뚜기	푸석이	푸서기
삐죽이	삐주기	홀쭉이	홀쭈기

[붙임] '-하다'나 '-거리다'가 붙을 수 없는 어근에 '-이'나 또는 다른 모음으로 시작되는 접미사가 붙어서 명사가 된 것은 그 원형을 밝히어 적지 아니한다.

개구리	귀뚜라미	기러기	깍두기	꽹과리
날나리	누더기	동그라미	두드러기	딱따구리
매미	부스러기	뻐꾸기	얼루기	칼싹두기

제24항 '-거리다'가 붙을 수 있는 시늉말 어근에 '-이다'가 붙어서 된 용언은 그 어근을 밝히어 적는다.(ㄱ을 취하고, ㄴ을 버림)

ㄱ	ㄴ	ㄱ	ㄴ
깜짝이다	깜짜기다	속삭이다	속사기다
꾸벅이다	꾸버기다	숙덕이다	숙더기다
끄덕이다	끄더기다	움직이다	움지기다
들먹이다	들머기다	지껄이다	지꺼리다
망설이다	망서리다	퍼덕이다	퍼더기다
번득이다	번드기다	허덕이다	허더기다
번쩍이다	번쩌기다	헐떡이다	헐떠기다

第25항 '–하다'가 붙는 어근에 '–히'나 '–이'가 붙어서 부사가 되거나, 부사에 '–이'가 붙어서 뜻을 더하는 경우에는, 그 어근이나 부사의 원형을 밝히어 적는다.

1. '–하다'가 붙는 어근에 '–히'나 '–이'가 붙는 경우

급히 꾸준히 도저히 딱히 어렴풋이 깨끗이

[붙임] '–하다'가 붙지 않는 경우에는 소리대로 적는다.

갑자기 반드시(꼭) 슬며시

2. 부사에 '–이'가 붙어서 역시 부사가 되는 경우

곰곰이 더욱이 생긋이 오뚝이 일찍이 해죽이

第26항 '–하다'나 '–없다'가 붙어서 된 용언은 그 '–하다'나 '–없다'를 밝히어 적는다.

1. '–하다'가 붙어서 용언이 된 것

딱하다 숱하다 착하다 텁텁하다 푹하다

2. '–없다'가 붙어서 용언이 된 것

부질없다 상없다 시름없다 열없다 하염없다

제4절 합성어 및 접두사가 붙은 말

第27항 둘 이상의 단어가 어울리거나 접두사가 붙어서 이루어진 말은 각각 그 원형을 밝히어 적는다.

국말이 꺾꽂이 꽃잎 끝장 물난리
밑천 부엌일 싫증 옷안 웃옷
젖몸살 첫아들 칼날 팥알 헛웃음
홀아비 홑몸 흙내 값없다 겉늙다
굶주리다 낮잡다 맞먹다 받내다 벋놓다

빗나가다　빛나다　새파랗다　샛노랗다　시꺼멓다　싯누렇다
엇나가다　엎누르다　엿듣다　옻오르다　짓이기다　헛되다

[붙임 1] 어원은 분명한 소리만 특이하게 변한 것은 변한 대로 적는다.

할아버지　할아범

[붙임 2] 어원이 분명하지 아니한 것은 원형을 밝히어 적지 아니한다.

골병　골탕　끌탕　며칠　아재비　오라비
업신여기다　부리나케

[붙임 3] '이[齒, 蝨]'가 합성어나 이에 준하는 말에서 '니' 또는 '리'로 소리날 때에는 '니'로 적는다.

간니　덧니　사랑니　송곳니　앞니　어금니
윗니　젖니　톱니　틀니　가랑니　머릿니

제28항 끝소리가 'ㄹ'인 말과 딴 말이 어울릴 적에 'ㄹ' 소리가 나지 아니하는 것은 아니 나는 대로 적는다.

다달이(달-달-이)　따님(딸-님)　마되(말-되)
마소(말-소)　무자위(물-자위)　바느질(바느-질)
부나비(불-나비)　부삽(불-삽)　부손(불-손)
소나무(솔-나무)　싸전(쌀-전)　여닫이(열-닫이)
우짖다(울-짖다)　화살(활-살)

제29항 끝소리가 'ㄹ'인 말과 딴 말이 어울릴 적에 'ㄹ' 소리가 'ㄷ' 소리로 나는 것은 'ㄷ'으로 적는다.

반짇고리(바느질~)　사흗날(사흘~)　삼짇날(삼질~)
섣달(설~)　숟가락(술~)　이튿날(이틀~)
잗주름(잘~)　푿소(풀~)　섣부르다(설~)
잗다듬다(잘~)　잗다랗다(잘~)

제30항 사이시옷은 다음과 같은 경우에 받치어 적는다.

1. 순 우리말로 된 합성어로서 앞말이 모음으로 끝난 경우

(1) 뒷말의 첫소리가 된소리로 나는 것

고랫재 귓밥 나룻배 나뭇가지 냇가 댓가지
뒷갈망 맷돌 머릿기름 모깃불 못자리 바닷가
뱃길 볏가리 부싯돌 선짓국 쇳조각 아랫집
우렁잇속 잇자국 잿더미 조갯살 찻집 쳇바퀴
킷값 핏대 햇볕 혓바늘

(2) 뒷말의 첫소리 'ㄴ, ㅁ' 앞에서 'ㄴ' 소리가 덧나는 것

멧나물 아랫니 텃마당 아랫마을 뒷머리
잇몸 깻묵 냇물 빗물

(3) 뒷말의 첫소리 모음 앞에서 'ㄴㄴ' 소리가 덧나는 것

도리깻열 뒷열 두렛일 뒷일 뒷입맛
베갯잇 욧잇 깻잎 나뭇잎 댓잎

2. 순 우리말과 한자어로 된 합성어로서 앞말이 모음으로 끝난 경우

(1) 뒷말의 첫소리가 된소리로 나는 것

귓병 머릿방 뱃병 봇둑 사잣밥
샛강 아랫방 자릿세 전셋집 찻잔
찻종 촛국 콧병 탯줄 텃세
핏기 햇수 횟가루 횟배

(2) 뒷말의 첫소리 'ㄴ, ㅁ' 앞에서 'ㄴ' 소리가 덧나는 것

곗날 제삿날 훗날 툇마루 양칫물

(3) 뒷말의 첫소리 모음 앞에서 'ㄴㄴ' 소리가 덧나는 것

가욋일 사삿일 예삿일 훗일

3. 두 음절로 된 다음 한자어

곳간(庫間)　셋방(貰房)　숫자(數字)

찻간(車間)　툇간(退間)　횟수(回數)

제31항 두 말이 어울릴 적에 'ㅂ' 소리나 'ㅎ' 소리가 덧나는 것은, 소리대로 적는다.

1. 'ㅂ' 소리가 덧나는 것

댑싸리(대ㅂ싸리)　멥쌀(메ㅂ쌀)　볍씨(벼ㅂ씨)

입때(이ㅂ때)　입쌀(이ㅂ쌀)　접때(저ㅂ때)

좁쌀(조ㅂ쌀)　햅쌀(해ㅂ쌀)

2. 'ㅎ' 소리가 덧나는 것

머리카락(머리ㅎ가락)　살코기(살ㅎ고기)　수캐(수ㅎ개)

수컷(수ㅎ것)　수탉(수ㅎ닭)　안팎(안ㅎ밖)

암캐(암ㅎ개)　암컷(암ㅎ것)　암탉(암ㅎ닭)

제5절 준말

제32항 단어의 끝 모음이 줄어지고 자음만 남은 것은 그 앞의 음절에 받침으로 적는다.

본말	준말	본말	준말
기러기야	기럭아	온가지	온갖
어제그저께	엊그저께	가지고, 가지지	갖고, 갖지
어제저녁	엊저녁	디디고, 디디지	딛고, 딛지

제33항 체언과 조사가 어울리어 줄어지는 경우에는 준 대로 적는다.

본말	준말	본말	준말
그것은	그건	너는	넌

그것이	그게	너를	널
그것으로	그걸로	무엇을	뭣을/무얼/뭘
나는	난	무엇이	뭣이/무에
나를	날		

第34항 모음 'ㅏ, ㅓ'로 끝난 어간에 '–아/–어, –았–/–었–'이 어울릴 적에는 준 대로 적는다.

본말	준말	본말	준말
가아	가	가았다	갔다
나아	나	나았다	났다
타아	타	타았다	탔다
서어	서	서었다	섰다
켜어	켜	켜었다	켰다
펴어	펴	펴었다	폈다

[붙임 1] 'ㅐ, ㅔ' 뒤에 '–어, –었–'이 어울려 줄 적에는 준 대로 적는다.

본말	준말	본말	준말
개어	개	개었다	갰다
내어	내	내었다	냈다
베어	베	베었다	벴다
세어	세	세었다	셌다

[붙임 2] '하여'가 한 음절로 줄어서 '해'로 될 적에는 준 대로 적는다.

본말	준말	본말	준말
하여	해	하였다	했다
더하여	더해	더하였다	더했다
흔하여	흔해	흔하였다	흔했다

제35항 모음 'ㅗ, ㅜ'로 끝난 어간에 '-아/-어, -았-/-었-'이 어울려 'ㅘ/ㅝ, 왔/웠'으로 될 적에는 준 대로 적는다.

본말	준말	본말	준말
꼬아	꽈	꼬았다	꽜다
보아	봐	보았다	봤다
쏘아	쏴	쏘았다	쐈다
두어	둬	두었다	뒀다
쑤어	쒀	쑤었다	쒔다
주어	줘	주었다	줬다

[붙임 1] '놓아'가 '놔'로 줄 적에는 준 대로 적는다.

[붙임 2] 'ㅚ' 뒤에 '-어, -었-'이 어울려 'ㅙ, 뇄'으로 될 적에는 준 대로 적는다.

본말	준말	본말	준말
괴어	괘	괴었다	괬다
되어	돼	되었다	됐다
뵈어	봬	뵈었다	뵀다
쇠어	쇄	쇠었다	쇘다
쐬어	쐐	쐬었다	쐤다

제36항 'ㅣ' 뒤에 '-어'가 와서 'ㅕ'로 줄 적에는 준 대로 적는다.

본말	준말	본말	준말
가지어	가져	가지었다	가졌다
견디어	견뎌	견디었다	견뎠다
다니어	다녀	다니었다	다녔다
막히어	막혀	막히었다	막혔다
버티어	버텨	버티었다	버텼다
치이어	치여	치이었다	치였다

제37항 'ㅏ, ㅕ, ㅗ, ㅜ, ㅡ'로 끝난 어간에 '-이-'가 와서 각각 'ㅐ, ㅖ, ㅚ, ㅟ, ㅢ'로 줄 적에는 준 대로 적는다.

본말	준말	본말	준말
싸이다	쌔다	누이다	뉘다
펴이다	폐다	뜨이다	띄다
보이다	뵈다	쓰이다	씌다

제38항 'ㅏ, ㅗ, ㅜ, ㅡ' 뒤에 '-이어'가 어울려 줄어질 적에는 준 대로 적는다.

본말	준말	본말	준말
싸이어	쌔어, 싸여	뜨이어	띄어
보이어	뵈어, 보여	쓰이어	씌어, 쓰여
쏘이어	쐬어, 쏘여	트이어	틔어, 트여
누이어	뉘어, 누여		

제39항 어미 '-지' 뒤에 '않-'이 어울려 '-잖-'이 될 적과 '-하지' 뒤에 '않-'이 어울려 '-찮'이 될 적에는 준 대로 적는다.

본말	준말	본말	준말
그렇지 않은	그렇잖은	만만하지 않다	만만찮다
적지 않은	적잖은	변변하지 않다	변변찮다

제40항 어간의 끝 음절 '하'의 'ㅏ'가 줄고 'ㅎ'이 다음 음절의 첫소리와 어울려 거센소리로 될 적에는 거센소리로 적는다.

본말	준말	본말	준말
간편하게	간편케	다정하다	다정타
연구하도록	연구토록	정결하다	정결타
가하다	가타	흔하다	흔타

[붙임 1] 'ㅎ'이 어간의 끝소리로 굳어진 것은 받침으로 적는다.

않다	않고	않지	않든지
그렇다	그렇고	그렇지	그렇든지
아무렇다	아무렇고	아무렇지	아무렇든지
어떻다	어떻고	어떻지	어떻든지
이렇다	이렇고	이렇지	이렇든지
이렇다	이렇고	이렇지	이렇든지
저렇다	저렇고	저렇지	저렇든지

[붙임 2] 어간의 끝 음절 '하'가 아주 줄 적에는 준 대로 적는다.

본말	준말	본말	준말
거북하지	거북지	생각하다 못하여	생각다 못해
생각하건대	생각건대	깨끗하지 않다	깨끗지 않다
넉넉하지 않다	넉넉지 않다	섭섭하지 않다	섭섭지 않다
못하지 않다	못지않다	익숙하지 않다	익숙지 않다

[붙임 3] 다음과 같은 부사는 소리대로 적는다.

결단코　결코　기필코　무심코　아무튼　요컨대

정녕코　필연코　하마터면　하여튼　한사코

제5장 띄어쓰기

제1절 조사

제41항 조사는 그 앞말에 붙여 쓴다.

꽃이　꽃마저　꽃밖에　꽃에서부터　꽃으로만

꽃이나마 꽃이다 꽃입니다 꽃처럼 어디까지나
거기도 멀리는 웃고만

第2절 의존명사, 단위를 나타내는 명사 및 열거하는 말들

第42항 의존명사는 띄어 쓴다.

아는 **것**이 힘이다. 나도 할 **수** 있다.
먹을 **만큼** 먹어라. 아는 **이**를 만났다.
네가 뜻한 **바**를 알겠다.

第43항 단위를 나타내는 명사는 띄어 쓴다.

한 **개** 차 한 **대** 금 서 **돈**
소 한 **마리** 옷 한 **벌** 열 **살**
조기 한 **손** 연필 한 **자루** 버선 한 **죽**
집 한 **채** 신 두 **켤레** 북어 한 **쾌**

다만, 순서를 나타내는 경우나 숫자와 어울리어 쓰이는 경우에는 붙여 쓸 수 있다.

두**시** 삼십**분** 오**초** 제일**과** 삼학**년** 육**층**
1446**년** 10**월** 9**일** 2**대대** 16**동** 502**호** 제1**어학실습실**
80**원** 10**개** 7**미터**

第44항 수를 적을 적에는 '만(萬)' 단위로 띄어 쓴다.

십이억 삼천사백오십육만 칠천팔백구십팔
12억 3456만 7898

第45항 두 말을 이어 주거나 열거할 적에 쓰이는 말들은 띄어 쓴다.

국장 겸 과장 열 내지 스물

청군 대 백군 책상, 걸상 등이 있다.
이사장 및 이사들 사과, 배, 귤 등등
사과, 배 등속 부산, 광주 등지

제46항 단음절로 된 단어가 연이어 나타날 적에는 붙여 쓸 수 있다.

그때 그곳 좀더 큰것 이말 저말 한잎 두잎

제3절 보조 용언

제47항 보조 용언은 띄어 씀을 원칙으로 하되, 경우에 따라 붙여 씀도 허용한다.

(ㄱ을 원칙으로 하고, ㄴ을 허용함)

ㄱ	ㄴ
불이 꺼져 간다.	불이 꺼져간다.
내 힘으로 막아 낸다.	내 힘으로 막아낸다.
어머니를 도와 드린다.	어머니를 도와드린다.
그릇을 깨뜨려 버렸다.	그릇을 깨뜨려버렸다.
비가 올 듯하다.	비가 올듯하다.
그 일은 할 만하다.	그 일은 할만하다.
일이 될 법하다.	일이 될법하다.
비가 올 성싶다.	비가 올성싶다.
잘 아는 척한다.	잘 아는척한다.

다만, 앞말의 조사가 붙거나 앞말이 합성 동사인 경우, 그리고 중간에 조사가 들어갈 적에는 그 뒤에 오는 보조 용언은 띄어 쓴다.

잘도 놀아만 나는구나! 책을 읽어도 보고…….
네가 덤벼들어 보아라. 강물에 떠내려가 버렸다.
그가 올 듯도 하다. 잘난 체를 한다.

제4절 고유 명사 및 전문 용어

제48항 성과 이름, 성과 호 등은 붙여 쓰고, 이에 덧붙는 호칭어, 관직명 등 띄어 쓴다.

김양수(金良洙)　　서화담(徐花潭)　　채영신 씨

최치원 선생　　박동식 박사　　충무공 이순신 장군

다만, 성과 이름, 성과 호를 분명히 구분할 필요가 있을 경우에는 띄어 쓸 수 있다.

남궁억/남궁 억　　독고준/독고 준　　황보지봉(皇甫芝峰)/황보 지봉

제49항 성명 이외의 고유 명사는 단어별로 띄어 씀을 원칙으로 하되, 단위별로 띄어 쓸 수 있다.(ㄱ을 원칙으로 하고, ㄴ을 허용함)

ㄱ	ㄴ
대한 중학교	대한중학교
한국 대학교 사범 대학	한국대학교 사범대학

제50항 전문 용어는 단어별로 띄어 씀을 원칙으로 하되, 붙여 쓸 수 있다. (ㄱ을 원칙으로 하고, ㄴ을 허용함)

ㄱ	ㄴ
만성 골수성 백혈병	만성골수성백혈병
중거리 탄도 유도탄	중거리탄도유도탄

제6장 그 밖의 것

제51항 부사의 끝 음절이 분명히 '이'로만 나는 것은 '-이'로 적고, '히'로만 나거나 '이'나 '히'로 나는 것은 '-히'로 적는다.

1. '이'로만 나는 것

가붓이	깨끗이	나붓이	느긋이	둥긋이
따뜻이	반듯이	버젓이	산뜻이	의젓이
가까이	고이	날카로이	대수로이	번거로이
많이	적이	헛되이		
겹겹이	번번이	일일이	집집이	틈틈이

2. '히'로만 나는 것

극히	급히	딱히	속히	작히
족히	특히	엄격히	정확히	

3. '이, 히'로 나는 것

솔직히	가만히	간편히	나른히	무단히
각별히	소홀히	쓸쓸히	정결히	
과감히	꼼꼼히	심히	열심히	
급급히	답답히	섭섭히		
공평히	능히	당당히	분명히	상당히
조용히	간소히	고요히	도저히	

제52항 한자에서 본음으로도 나고 속음으로도 나는 것을 각각 그 소리에 따라 적는다.

본음으로 나는 것 속음으로 나는 것

승낙(承諾)	수락(受諾)	쾌락(快諾)	허락(許諾)
만난(萬難)	곤란(困難)	논란(論難)	
안녕(安寧)	의령(宜寧)	회령(會寧)	
분노(忿怒)	대로(大怒)	희로애락(喜怒哀樂)	

토론(討論)	의논(議論)	
오륙십(五六十)	오뉴월	유월(六月)
목재(木材)	목과(木瓜)	
십일(十日)	시방정토(十方淨土)	시왕(十王)
시월(十月)	팔일(八日)	초파일(初八日)

第53항 다음과 같은 어미는 예삿소리로 적는다. (ㄱ을 취하고, ㄴ을 버림)

ㄱ	ㄴ	ㄱ	ㄴ
-(으)ㄹ거나	-(으)ㄹ꺼나	-(으)ㄹ지니라	-(으)ㄹ찌니라
-(으)ㄹ걸	-(으)ㄹ껄	-(으)ㄹ지라도	-(으)ㄹ찌라도
-(으)ㄹ게	-(으)ㄹ께	-(으)ㄹ지어다	-(으)ㄹ찌어다
-(으)ㄹ세	-(으)ㄹ쎄	-(으)ㄹ지언정	-(으)ㄹ찌언정
-(으)ㄹ세라	-(으)ㄹ쎄라	-(으)ㄹ진대	-(으)ㄹ찐대
-(으)ㄹ수록	-(으)ㄹ쑤록	-(으)ㄹ진저	-(으)ㄹ찐저
-(으)ㄹ시	-(으)ㄹ씨	-(으)ㄹ진저	-(으)ㄹ찐저
-(으)ㄹ시	-(으)ㄹ씨	-올시다	-올씨다
-(으)ㄹ지	-(으)ㄹ찌		

다만, 의문을 나타내는 다음 어미들은 된소리로 적는다.

-(으)ㄹ까? -(으)ㄹ꼬? -(스)ㅂ니까? -(으)리까? -(으)ㄹ쏘냐?

第54항 다음과 같은 접미사는 된소리로 적는다. (ㄱ을 취하고, ㄴ을 버림)

ㄱ	ㄴ	ㄱ	ㄴ
심부름꾼	심부름군	지게꾼	지겟군
익살꾼	익살군	때깔	땟갈
일꾼	일군	빛깔	빛갈
장꾼	장군	성깔	성갈

장난꾼	장난군	귀때기	귓대기
볼때기	볼대기	이마빼기	이맛배기
판자때기	판잣대기	코빼기	콧배기
뒤꿈치	뒤굼치	객쩍다	객적다
팔꿈치	팔굼치	겸연쩍다	겸연적다

제55항 두 가지로 구별하여 적던 다음 말들은 한 가지로 적는다.(ㄱ을 취하고, ㄴ을 버림)

ㄱ	ㄴ
맞추다(입을 맞춘다. 양복을 맞춘다.)	마추다
뻗치다(다리를 뻗친다. 멀리 뻗친다.)	뻐치다

제56항 '-더라, -던'과 '-든지'는 다음과 같이 적는다.

1. 지난 일을 나타내는 어미는 '-더라, -던'으로 적는다. (ㄱ을 취하고, ㄴ을 버림)

ㄱ	ㄴ
지난 겨울은 몹시 춥더라.	지난 겨울은 몹시 춥드라.
깊던 물이 얕아졌다.	깊든 물이 얕아졌다.
그렇게 좋던가?	그렇게 좋든가?
그 사람 말 잘하던데!	그 사람 말 잘하든데!
얼마나 놀랐던지 몰라.	얼마나 놀랐든지 몰라.

2. 물건이나 일의 내용을 가리지 아니하는 뜻을 나타내는 조사와 어미는 '(-)든지'로 적는다.(ㄱ을 취하고, ㄴ을 버림)

ㄱ	ㄴ
배든지 사과든지 마음대로 먹어라.	배던지 사과던지 마음대로 먹어라.

가든지 오든지 마음대로 해라.　　　가던지 오던지 마음대로 해라.

제57항 다음 말들은 각각 구별하여 적는다.

가름　　　둘로 가름
갈음　　　새 책상으로 갈음하였다.
거름　　　풀을 썩인 거름
걸음　　　빠른 걸음

거치다　　　영월을 거쳐 왔다.
걷히다　　　외상값이 잘 걷힌다.

걷잡다　　　걷잡을 수 없는 상태
겉잡다　　　겉잡아서 이틀 걸릴 일
그러므로(그러니까)　　　그는 부지런하다. 그러므로 잘 산다.
그럼으로(써)(그렇게 하는 것으로)
　　　그는 열심히 공부한다. 그럼으로(써) 은혜에 보답한다.

노름　　　노름판이 벌어졌다.
놀음(놀이)　　　즐거운 놀음

느리다　　　진도가 너무 느리다
늘이다　　　고무줄을 늘인다.
늘리다　　　수출량을 더 늘린다.

다리다　　　옷을 다린다.
달이다　　　약을 달인다.

다치다 부주의로 손을 다쳤다.
닫히다 문이 저절로 닫혔다.
닫치다 문이 힘껏 닫쳤다.

마치다 벌써 일을 마쳤다.
맞히다 여러 문제를 다 맞혔다.

목거리 목거리가 덧났다.
목걸이 금 목걸이, 은 목걸이

바치다 나라를 위해 목숨을 바쳤다.
받치다 우산을 받치고 간다.
책받침을 받친다.

반드시 약속은 반드시 지켜라.
반듯이 고개를 반듯이 들어라.

받히다 쇠뿔에 받혔다.
밭치다 술을 체에 밭친다.

부딪치다 차와 차가 부딪쳤다.
부딪히다 마차가 화물차에 부딪혔다.
부치다 힘이 부치는 일이다.
편지를 부친다.
논밭을 부친다.
빈대떡을 부친다.

식목일에 부치는 글
회의에 부치는 안건
인쇄에 부치는 원고
삼촌 집에 숙식을 부친다.

붙이다 우표를 붙인다.
책상을 벽에 붙였다.
흥정을 붙인다.
불을 붙인다.
감시원을 붙인다.
조건을 붙인다.
취미를 붙인다.
별명을 붙인다.

시키다 일을 시킨다.
식히다 끓인 물을 식힌다.

아름 세 아름 되는 둘레
알음 전부터 알음이 있는 사이
앎 앎이 힘이다

안치다 밥을 안친다.
앉히다 윗자리에 앉힌다.

어름 경계선 어름에서 일어난 현상
얼음 얼음이 얼었다.
이따가 이따가 오너라

있다가 돈은 있다가도 없다.

저리다 다친 다리가 저리다.

절이다 김장 배추를 절인다.

조리다 생선을 조린다. 통조림, 병조림

졸이다 마음을 졸인다.

주리다 여러 날을 주렸다.

줄이다 비용을 줄인다.

하노라고 하노라고 한 것이 이 모양이다.

하느라고 공부하느라고 밤을 새웠다.

-**느니보다**(어미) 나를 찾아 오느니보다 집에 있거라.

-**는 이보다**(의존명사) 오는 이가 가는 이보다 많다.

-(으)**리만큼**(어미) 그가 나를 미워하리만큼 내가 그에게 잘못한 일이 없다.

-(으)**ㄹ이만큼**(의존명사) 찬성할 이도 반대할 이만큼이나 많을 것이다.

-(으)**러**(목적) 공부하러 간다.

-(으)**려**(의도) 서울 가려 한다.

-(으)**로서**(자격) 사람으로서 그럴 수는 없다.

-(으)**로써**(수단) 닭으로써 꿩을 대신했다.

-(으)**므로**(어미) 그가 나를 믿으므로 나도 그를 믿는다.

(-ㅁ, -음)**으로**(써)(조사) 그는 믿음으로(써) 산 보람을 느꼈다.

[부록] 문장부호

문장 부호의 이름과 그 사용법은 다음과 같이 정한다.

Ⅰ. 마침표[終止符]

1. 온점(.), 고리점(｡)

가로쓰기에는 온점, 세로쓰기에는 고리점을 쓴다.

(1) 서술, 명령, 청유 등을 나타내는 문장의 끝에 쓴다.

젊은이는 나라의 기둥이다.

황금 보기를 돌같이 하라.

집으로 돌아가자.

다만, 표제어나 표어에는 쓰지 않는다.

압록강은 흐른다(표제어)

꺼진 불도 다시 보자(표어)

(2) 아라비아 숫자만으로 연월일을 표시할 적에 쓴다.

1919. 3. 1. (1919년 3월 1일)

(3) 표시 문자 다음에 쓴다.

1. 마침표　ㄱ. 물음표　가. 인명

(4) 준말을 나타내는 데 쓴다.

서. 1987. 3. 5.(서기)

2. 물음표(?)

의심이나 물음을 나타낸다.

(1) 직접 질문할 때에 쓴다.

이제 가면 언제 돌아오니?

이름이 뭐지?

(2) 반어나 수사 의문(修辭疑問)을 나타낼 때에 쓴다.

제가 감히 거역할 리가 있습니까?

이게 은혜에 대한 보답이냐?

남북 통일이 되면 얼마나 좋을까?

(3) 특정한 어구 또는 그 내용에 대하여 의심이나 빈정거림, 비웃음 등을 표시할 때, 또는 적절한 말을 쓰기 어려운 경우에 소괄호 안에 쓴다.

그거 참 훌륭한(?) 태도야.

우리 집 고양이가 가출(?)을 했어요.

[붙임 1] 한 문장에서 몇 개의 선택적인 물음에 겹쳤을 때에는 맨 끝의 물음에만 쓰지만, 각각 독립된 물음인 경우에는 물음마다 쓴다.

너는 한국인이냐, 중국인이냐?

너는 언제 왔니? 어디서 왔니? 무엇하러?

[붙임 2] 의문형 어미로 끝나는 문장이라도 의문의 정도가 약할 때에는 물음표 대신 온점(또는 고리점)을 쓸 수도 있다.

이 일을 도대체 어쩐단 말이냐.

아무도 그 일에 찬성하지 않을 거야. 혹 미친 사람이면 모를까.

3. 느낌표(!)

감탄이나 놀람, 부르짖음, 명령 등 강한 느낌을 나타낸다.

(1) 느낌을 힘차게 나타내기 위해 감탄사나 감탄형 종결 어미 다음에 쓴다.

앗!

아, 달이 밝구나!

(2) 강한 명령문 또는 청유문에 쓴다.

지금 즉시 대답해!

부디 몸조심하도록!

(3) 감정을 넣어 다른 사람을 부르거나 대답할 적에 쓴다.

춘향아!

예, 도련님!

(4) 물음의 말로써 놀람이나 항의의 뜻을 나타내는 경우에 쓴다.

이게 누구야!

내가 왜 나빠!

[붙임] 감탄형 어미로 끝나는 문장이라도 감탄의 정도가 약할 때에는 느낌표 대신 온점(또는 고리점)을 쓸 수도 있다.

개구리가 나온 것을 보니, 봄이 오긴 왔구나.

Ⅱ. 쉼표[休止符]

1. 반점(,), 모점(、)

가로쓰기에는 반점, 세로쓰기에는 모점을 쓴다.

문장 안에서 짧은 휴지를 나타낸다.

(1) 같은 자격의 어구가 열거될 때에 쓴다.

근면, 검소, 협동은 우리 겨레의 미덕이다.

충청도의 계룡산, 전라도의 내장산, 강원도의 설악산은 모두 국립 공원이다.

다만, 조사로 연결될 적에는 쓰지 않는다.

매화와 난초와 국화와 대나무를 사군자라고 한다.

(2) 짝을 지어 구별할 필요가 있을 때에 쓴다.

닭과 지네, 개와 고양이는 상극이다.

(3) 바로 다음의 말을 꾸미지 않을 때에 쓴다.

슬픈 사연을 간직한, 경주 불국사의 무영탑

성질 급한, 철수의 누이동생이 화를 내었다.

(4) 대등하거나 종속적인 절이 이어질 때에 절 사이에 쓴다.

콩 심으면 콩 나고, 팥 심으면 팥 난다.

흰 눈이 내리니, 경치가 더욱 아름답다.

(5) 부르는 말이나 대답하는 말 뒤에 쓴다.

얘야, 이리 오너라.

예, 지금 가겠습니다.

(6) 제시어 다음에 쓴다.

빵, 빵이 인생의 전부이더냐?

용기, 이것이야말로 무엇과도 바꿀 수 없는 젊은이의 자산이다.

(7) 도치된 문장에 쓴다.

이리 오세요, 어머님.

다시 보자, 한강수야.

(8) 가벼운 감탄을 나타내는 말 뒤에 쓴다.

아, 깜박 잊었구나.

(9) 문장 첫머리의 접속이나 연결을 나타내는 말 다음에 쓴다.

첫째, 몸이 튼튼해야 한다.

아무튼, 나는 집에 돌아가겠다.

다만, 일반적으로 쓰이는 접속어(그러나, 그러므로, 그리고, 그런데 등) 뒤에는 쓰지 않음으로 원칙으로 한다.

그러나 너는 실망할 필요가 없다.

(10) 문장 중간에 끼여든 구절 앞뒤에 쓴다.

나는, 솔직히 말하면, 그 말이 별로 탐탁하지 않소.

철수는 미소를 띠고, 속으로는 화가 치밀었지만, 그들을 맞았다.

(11) 되풀이를 피하기 위하여 한 부분을 줄일 때에 쓴다.

여름에는 바다에서, 겨울에는 산에서 휴가를 즐겼다.

(12) 문맥상 끊어 읽어야 할 곳에 쓴다.

갑돌이가 울면서, 떠나는 갑순이를 배웅했다.

갑돌이가, 울면서 떠나는 갑순이를 배웅했다.

철수가, 내가 제일 좋아하는 친구이다.

남을 괴롭히는 사람들은, 만약 그들이 다른 사람에게 괴롭힘을 당해 본다면 남을 괴롭히는 일이 얼마나 나쁜 일인지 깨달을 것이다.

(13) 숫자를 나열할 때에 쓴다.

1, 2, 3, 4

(14) 수의 폭이나 개략의 수를 나타낼 때에 쓴다.

5, 6세기　　6, 7개

(15) 수의 자릿점을 나열할 때에 쓴다.

14,314

2. 가운뎃점(·)

열거된 여러 단위가 대등하거나 밀접한 관계임을 나타낸다.

(1) 쉼표로 열거된 어구가 다시 여러 단위로 나누어질 때에 쓴다.

철수 · 영이 · 순이가 서로 짝이 되어 윷놀이를 하였다.

공주 · 논산, 천안 · 안산 · 철원 등 각 지역구에서 2명씩 국회 의원을 뽑는다.

시장에 가서 사과 · 배 복숭아, 고추 · 마늘 · 파, 조기 · 명태 · 고등어를 샀다.

(2) 특정한 의미를 가지는 날을 나타내는 숫자에 쓴다.

3 · 1운동　　8 · 15광복

(3) 같은 계열의 단어 사이에 쓴다.

경북 방언의 조사 · 연구

충북 · 충남 두 도를 합하여 충청도라고 한다.

동사 · 형용사를 합하여 용언이라고 한다.

3. 쌍점(:)

(1) 내표되는 종류를 들 적에 쓴다.

문장 부호 : 마침표, 쉼표, 따옴표, 묶음표 등

문방사우 : 붓, 먹, 벼루, 종이

(2) 소표제 뒤에 간단한 설명이 붙을 때에 쓴다.

일시 : 1984년 10월 15일 10시

마침표 : 문장이 끝남을 나타낸다.

(3) 저자명 다음에 저서명을 적을 때에 쓴다.

정약용 : 목민심서, 경세유표

주시경 : 국어문법, 서울 박문서관, 1910.

(4) 시(時)와 분(分), 장(章)과 절(節) 따위를 구별할 때나, 둘 이상을 대비할 때에 쓴다.

오전 10 : 20(오전 10시 20분)

요한 3 : 16(요한복음 3장 16절)

대비 65 : 60(65 대 60)

4. 빗금(/)

(1) 대응, 대립되거나 대등한 것을 함께 보이는 단어와 구, 절 사이에 쓴다.

남궁만/ 남궁 만 백이십오원/125원

착한 사람/ 악한 사람 맞닥뜨리다/맞닥트리다

(2) 분수를 나타낼 때에 쓰기도 한다.

3/4분기 3/20

Ⅲ. 따옴표[引用符]

1. 큰따옴표(“ ”), 겹낫표(『 』)

가로쓰기에는 큰따옴표, 세로쓰기에는 겹낫표를 쓴다.

대화, 인용, 특별 어구 따위를 나타낸다.

(1) 글 가운데서 직접 대화를 표시할 때에 쓴다.

“전기가 없었을 때에는 어떻게 책을 보았을까?”

“그야 등잔불을 켜고 보았겠지.”

(2) 남의 말을 인용할 경우에 쓴다.

예로부터 “민심은 천심이다.”라고 하였다.

“사람은 사회적 동물이다.”라고 말한 학자가 있다.

2. 작은 따옴표(‘ ’), 낫표(「 」)

가로쓰기에는 작은따옴표, 세로쓰기에는 낫표를 쓴다.

(1) 따온 말 가운데 다시 따온 말이 있을 때에 쓴다.

“여러분! 침착해야 합니다. ‘하늘이 무너져도 솟아날 구멍이 있다.’고 합니다.”

(2) 마음 속으로 한 말을 적을 때에 쓴다.

‘만약 내가 이런 모습으로 돌아간다면 모두들 깜짝 놀라겠지.’

[붙임] 문장에서 중요한 부분을 두드러지게 하기 위해 드러냄표 대신에 쓰기도 한다.

지금 필요한 것은 ‘지식’이 아니라 ‘실천’입니다.

‘배부른 돼지’보다는 ‘배고픈 소크라테스’가 되겠지.

Ⅳ. 묶음표[活弧符]

1. 소괄호(( ))

(1) 원어, 연대, 주석, 설명 등을 넣을 적에 쓴다.

커피(coffee)는 기호 식품이다.

3·1운동(1919) 당시 나는 중학생이었다.

'무정(無情)' 은 춘원(6·25때 납북)의 작품이다.

니체(독일의 철학자)는 이렇게 말했다.

(2) 특히, 기호 또는 기호적인 구실을 하는 문자, 단어, 구에 쓴다.

(1) 주어 (ㄱ) 명사 (라) 소리에 관한 것

(3) 빈 자리임을 나타낼 적에 쓴다.

우리 나라의 수도는 (　)이다.

2. 중괄호({ })

여러 단위를 동등하게 묶어서 보일 때에 쓴다.

주격 조사 { 이 / 가 }　국가의 삼 요소 { 국토 / 국민 / 주권 }

3. 대괄호([ ])

(1) 묶음표 안의 말이 바깥 말과 음이 다를 때에 쓴다.

나이[年歲]　　낱말[單語]　　손발[手足]

(2) 묶음표 안에 또 묶음표가 있을 때에 쓴다.

명령에 있어서의 불확실[단호(斷乎)하지 못함.]은 복종에 있어서의 불확실[모호(模糊)함.]을 낳는다.

Ⅴ. 이음표[連結符]

1. 줄표(–)

이미 말한 내용을 다른 말로 부연하거나 보충함을 나타낸다.

(1) 문장 중간에 앞의 내용에 대해 부연하는 말이 끼여들 때에 쓴다.

그 신동은 네 살에–보통 아니 같으면 천자문도 모를 나이에–벌써 시를 지었다.

(2) 앞의 말을 정정 또는 변명하는 말이 이어질 때에 쓴다.

어머님께 말했다가–아니, 말씀드렸다가–꾸중만 들었다.

이건 내 것이니까–아니, 내가 처음 발견한 것이니까–절대로 양보할 수가 없다.

2. 붙임표(-)

(1) 사전, 논문 등에서 합성어를 나타낼 적에, 또는 접사나 어미임을 나타낼 적에 쓴다.

겨울-나그네 불-구경 손-발

휘-날리다 슬기-롭다 -(으)ㄹ걸

(2) 외래어와 고유어 또는 한자어가 결합되는 경우를 보일 때에 쓴다.

나일론-실 다-장조 빛-에너지 염화-칼륨

3. 물결표(~)

(1) '내지' 라는 뜻에 쓴다.

9월 15일 ~ 9월 25일

(2) 어떤 말의 앞이나 뒤에 들어갈 말 대신 쓴다.

새마을: ~운동 ~노래

-가(家): 음악~ 미술~

Ⅵ. 드러냄표(顯在符)

1. 드러냄표(· , ˚)

· 이나 ˚을 가로쓰기에는 글자 위에, 세로쓰기에는 글자 오른쪽에 쓴다. 문장 내용 중에서 주의가 미쳐야 할 곳이나 중요한 부분을 특별히 드러내 보일 때에 쓴다.

한글의 본 이름은 훈민정음이다.

중요한 것은 왜 사느냐가 아니라 어떻게 사느냐 하는 문제이다.

[붙임] 가로쓰기에는 밑줄(_ , ﹏)을 치기도 한다.

다음 보기에서 명사가 아닌 것은?

Ⅶ. 안드러냄표[潛在符]

1. 숨김표(××, OO)

알면서도 고의로 드러내지 않음을 나타낸다.

(1) 금기어나 공공연히 쓰기 어려운 비속어의 경우, 그 글자의 수효만큼 쓴다.

배운 사람 입에서 어찌 OOO란 말이 나올 수 있느냐?

그 말을 듣는 순간×××란 말이 목구멍까지 치밀었다.

(2) 비밀을 유지할 사항일 경우, 그 글자의 수효만큼 쓴다.

육군OO부대 OOO명이 작전에 참가하였다.

그 모임의 참석자는 김××씨, 정××씨 등 5명이었다.

2. 빠짐표(□)

글자의 자리를 비워 둠을 나타낸다.

(1) 옛 비문이나 서적 등에서 글자가 분명하지 않을 때에 그 글자의 수효만큼 쓴다.

大師爲法主□□賴之□薦(옛 비문)

(2) 글자가 들어가야 할 자리를 나타낼 때에 쓴다.

훈민정음의 초성 중에서 아음(牙音)은 □□□의 석 자다.

3. 줄임표(……)

(1) 할 말을 줄였을 때에 쓴다.

"어디 나하고 한 번……."

하고 철수가 나섰다.

(2) 말이 없음을 나타낼 때에 쓴다.

"빨리 말해!"

"……."

2. 외래어·로마자 표기법

1. 외래어 표기법

제1장 표기의 기본원칙

제1항 외래어는 국어의 현용 24자모만으로 적는다.

제2항 외래어의 1 음운은 원칙적으로 1기호로 적는다.

제3항 받침에는 'ㄱ, ㄴ, ㄹ, ㅁ, ㅂ, ㅅ, ㅇ'만을 쓴다.

제4항 파열음 표기에는 된소리를 쓰지 않는 것을 원칙으로 한다.

제5항 이미 굳어진 외래어는 관용을 존중하되, 그 범위와 용례는 따로 정한다.

제2장 표기 알람표

외래어는 표 1~5에 따라 표기한다.

〈표 1〉 국제 음성 기호와 한글 대조표

자음			반모음		모음	
국제음성 기호	한글		국제음성 기호	한글	국제음성 기호	한글
	모음앞	자음 앞 또는 어말				
p	ㅍ	ㅂ, 프	j	이*	i	이
b	ㅂ	브	ɥ	위	y	위
t	ㅌ	ㅅ, 트	w	오, 우*	e	애
d	ㄷ	드			ø	외
k	ㅋ	ㄱ, 크			ɛ	에
g	ㄱ	그			ɛ̃	앵
f	ㅍ	ㅂ, 프			œ	외
v	ㅂ	브			œ̃	욍
θ	ㅅ	스			æ	애
ð	ㄷ	드			a	아
s	ㅅ	스			ɑ	아
z	ㅈ	즈			ɑ̃	앙
ʃ	시	슈, 시			ʌ	어
ʒ	ㅈ	지			ɔ	오
ts	ㅊ	ㅊ			ɔ̃	옹
dz	ㅈ	즈			o	오
tʃ	ㅊ	치			u	우
ʤ	ㅈ	지			ə**	어
m	ㅁ	ㅁ			ɚ	어
n	ㄴ	ㄴ				
ɲ	니*	뉴				
ŋ	ㅇ	ㅇ				
l	ㄹ, ㄹㄹ	ㄹ				
r	ㄹ	르				
h	ㅎ	흐				
ç	ㅎ	히				
x	ㅎ	흐				

* [j], [w]의 '이'와 '오, 우', 그리고 ɲ]의 '니'는 모음과 결합할 때 제 3장 표기 세칙에 따른다.

** 독일어의 경우에는 '에', 프랑스어의 경우에는 '으'로 적는다.

〈표 2〉 에스파냐 어 자모와 한글 대조표(생략)

〈표 3〉 이탈리아 어 자모와 한글 대조표(생략)

〈표 4〉 일본어의 가나와 한글 대조량(생략)

〈표 5〉 중국어의 주음 부호와 한글 대조표(생략)

제3장 표기 세칙

제1절 영어의 표기

〈표 1〉에 따라 적되, 다음 사항에 유의하여 적는다.

제1항 무성 파열음([p], [t], [k])

1) 짧은 모음 다음의 어말 무성 파열음 ([p], [t], [k])은 받침으로 적는다.

보기 gap[gæp] 갭　cat[kæt] 캣　book[buk] 북

2) 짧은 모음과 유음 · 비음([l], [r], [m], [n]) 이외의 자음 사이에 오는 무성 파열음 ([p], [t], [k]은 받침으로 적는다.

보기 apt[æpt] 앱트　setbæk[setbæk] 셋백　act[ækt] 액트

3) 위 경우 이외의 어말과 자음 앞의 [p], [t], [k]는 '으'를 붙여 적는다.

보기			
stamp[stæmp]	스탬프	cape[keip]	케이프
nest[nest]	네스트	part[pa:t]	피트
desk[desk]	데스크	make[meik]	메이크
apple[æpl]	애플	mattress[mætris]	매트리스
chipmunk[tʃipmʌŋk]	치프멍크	sickness[siknis]	시크니스

제2항 유성 파열음 ([b], [d], [g])

어말과 모든 자음 앞에 오는 유성 파열음은 '으'를 붙여 적는다.

보기

bulb[bʌlb]	벌브	[lænd]	랜드
zigzag[zigzæg]	지그재그	lobster[lɔbstə]	로브스터
kidnap[kidnæp]	키드냅	signal[signəl]	시그널

제3항 마찰음([s], [z], [f], [v], [θ], [ð], [ʃ], [ʒ]

1) 어말 또는 자음 앞의 [s], [z], [f], [v], [θ], [ð]는 '으'를 붙여 적는다.

보기

mask[maːsk]	마스크	jazz[dʒæz]	재즈
graph[græf]	그래프	olive[ɔliv]	올리브
thrill[θril]	스릴	bathe[beið]	베이드

2) 어말의 [ʃ]는 '시'로 적고, 자음 앞의 [ʃ]는 '슈'로, 모음 앞의 [ʃ]는 뒤 따르는 모음에 따라 '샤', '섀', '셔', '셰', '쇼', '슈', '시'로 적는다.

보기

flash[flæʃ]	플래시	shrub[ʃrʌb]	슈러브
shark[ʃaːk]	샤크	shank[ʃæŋk]	섕크
fashion[fæʃən]	패션	sheriff[ʃerif]	셰리프
shopping[ʃɔpiŋ]	쇼핑	shoe[ʃuː]	슈
shim[ʃim]	심		

3) 어말 또는 자음 앞의 [ʒ]는 '지'로 적고, 모음 앞의 [ʒ]는 'ㅈ'으로 적는다.

보기

mirage[miraːʒ]	미라지	vision[viʒən]	비전

제4항 파찰음([ts], [dz], [tʃ], [ʤ])

1) 어말 또는 자음 앞의 [ts], [dz]는 '츠', '즈'로 적고, [tʃ], [ʤ]는 '치', '지'로 적는다.

보기	Keats[ki:ts]	키츠	odds[ɔdz]	오즈
	switch[switʃ]	스위치	bridge[bridʒ]	브리지
	Pittsburgh[pitsbəːg]	피츠버그	hitchhike[hitʃhaik]	히치하이크

2) 모음 앞의 [tʃ], [ʤ]는 'ㅊ', 'ㅈ'로 적는다.

보기	chart[tʃaːt]	차트	virgin[vəːdʒin]	버진

제5항 비음([m], [n], [ŋ])

1) 어말 또는 자음 앞의 비음은 모두 받침으로 적는다.

보기	steam[stiːm]	스팀	corn[kɔːn]	콘
	ring[riŋ]	링	lamp[læmp]	램프
	hint[hint]	힌트	ink[iŋk]	잉크

2) 모음과 모음 사이의 [ŋ]은 앞 음절의 받침 'ㅇ'으로 적는다.

보기	hanging[hæŋiŋ]	행잉	logning[lɔŋiŋ]	롱잉

제6항 유음([l])

1) 어말 또는 자음 앞의 [l]은 받침으로 적는다.

보기	hotel[houtél]	호텔	pulp[pʌlp]	펄프

2) 어중의 [l]이 모음 앞에 오거나, 모음이 따르지 않는 비음([m], [n]) 앞에 올 때에는 'ㄹㄹ'로 적는다. 다만 비음([m], [n]) 뒤의 [l]은 모음 앞에 오더라도 'ㄹ'로 적는다.

보기	slide[slaid]	슬라이드	film[film]	필름
	helm[helm]	헬름	swoln[swouln]	스월른
	Hamlet[hæmlit]	햄릿	Henley[henli]	헨리

제7항 장모음

장모음의 장음은 따로 표기하지 않는다.

보기	team[tiːm]	팀	route[ruːt]	루트

제8항 중모음([ai], [au], [ei], [ɔi], [ou], [auə])

중모음은 각 단모음의 음가를 살려서 적되, [ou]는 '오'로, [auə]는 '아워'로 적는다.

보기				
	time[taim]	타임	house[haus]	하우스
	skate[skeit]	스케이트	oil[ɔil]	오일
	boat[bout]	보트	tower[tauə]	타워

제9항 반모음([w], [j])

1) [w]는 뒤따르는 모음에 따라 [wɔ], [wə], [wou]는 '워', [wa]는 '와', [wæ]는 '왜', [we]는 '웨', [wi]는 '위', [wu]는 '우'로 적는다.

보기				
	word[wəːd]	워드	want[wɔnt]	원트
	woe[wou]	워	wander[wandə]	완더
	wag[wæg]	왜그	west[west]	웨스트
	witch[witʃ]	위치	wool[wul]	울

2) 자음 뒤에 [w]가 올 때에는 두 음절로 갈라 적되, [gw], [hw], [kw]는 한 음절로 붙여 적는다.

보기				
	swing[swiŋ]	스윙	twist[twist]	트위스트
	penguin[peŋgwin]	펭귄	whistle[hwisl]	휘슬
	quarter[kwɔːtə]	쿼터		

3) 반모음 [j]는 뒤따르는 모음과 합쳐 '야', '얘', '여', '예', '요', '유', '이'로 적는다. 다만, [d], [l], [n] 다음에 [jə]가 올 때에는 각각 '디어', '리어', '니어'로 적는다.

보기			
yard[jad]	ə 야드	yank[jæŋk]	얭크
yearn[iəːn]	연	yellow[jelou]	옐로
yawn[jɔːn]	욘	you[juː]	유
year[jiə]	이어		
lndian[indjən]	인디언	battalion[bətælijən]	버탤리언
union[juːnjən]	유니언		

제10항 복합어

1. 따로 설 수 있는 말의 합성으로 이루어진 복합어는 그것을 구성하고 있는 말이 단독으로 쓰일 때의 표기대로 적는다.

보기			
cuplike[kʌplaik]	컵라이크	bookend[bukend]	북엔드
headlight[hedlait]	헤드라이트	touchwood[tətʃwud]	터치우드
sit-in[sitin]	싯인	bookmaker[bukmeikə]	북메이커
flashgun[flæʃgn]	플래시건	topknot[tɔpnɔt]	톱놋

2. 원어에서 띄어 쓴 말은 띄어 쓴 대로 한글 표기를 하되, 붙여 쓸 수도 있다.

보기	
Los Alamos[lsɔ æləmous]	로스 앨러모스/로스앨러모스
top class[tɔpklæs]	톱 클래스/톱클래스

제4장 인명, 지명 표기의 원칙

제1절 표기 원칙

제1항 외국의 인명, 지명의 표기는 제1장, 제2장, 제3장의 규정을 따르는 것을 원칙으로 한다.

제2항 제3장에 포함되어 있지 않은 언어권의 인명, 지명은 원지음을 따르는 것을 원칙으로 한다.

Ankara 앙카라 Gandhi 간디

제3항 원지음이 아닌 제3국의 발음으로 통용되고 있는 것은 관용을 따른다.

Hague 헤이그 Caesar 시저

제4항 고유 명사의 번역명이 통용되는 경우 관용을 따른다.

Pacific Ocean 태평양 Black Sea 흑해

제2절 동양의 인명, 지명 표기

제1항 중국 인명은 과거인과 현대인을 구분하여 과거인은 종전의 한자음대로 표기하고, 현대인은 원칙적으로 중국어표기법에 따라 표기하되, 필요한 경우 한자를 병기한다.

제2항 중국의 역사 지명으로서 현재 쓰이지 않는 것은 우리 한자음대로 하고, 현재 지명과 동일한 것은 중국어 표기법에 따라 표기하되, 필요한 경우 한자를 병기한다.

제3항 일본의 인명과 지명은 과거와 현대의 구분 없이 일본어 표기법에 따라 표기

하는 것을 원칙으로 하되, 필요한 경우 한자를 병기한다.

제4항 중국 및 일본의 지명 가운데 한국 한자음으로 읽는 관용이 있는 것은 이를 허용한다.

보기 東京 도쿄, 동경　　京都 교토, 경도
上海 상하이, 상해　　臺灣 타이완, 대만
黃河 황허, 황하

제3절 바다, 섬, 강, 산 등의 표기 세칙

제1항 '해', '섬', '강', '산' 등이 외래어에 붙을 때에는 띄어 쓰고, 우리말에 붙을 때에는 붙여 쓴다.

보기 카리브 해　북해　발리 섬　목요섬

제2항 바다는 '해(海)'로 통일한다.

보기 홍해　발트 해　아라비아 해

제3항 우리 나라(4)를 제외하고 섬은 모두 '섬'으로 통일한다.

보기 타이완 섬　코르시카 섬(우리 나라: 제주도, 울릉도)

제4항 한자 사용 지역(일본, 중국)의 지명이 하나의 한자로 되어 있을 경우, '강', '산', '호', '섬' 등은 겹쳐 적는다.

보기 온타케 산(御岳)　주장 강(珠江)　도시마 섬(利島)
하야카와 강(早川)　위산 산(玉山)

제5항 지명이 산맥, 산, 강 등의 뜻이 들어 있는 것은 '산맥', '산', '강' 등을 겹쳐 적는다.

보기	Rio Grande 리오그란데 강	Monte Rosa 몬테로사 산
	Mont Blanc 몽블랑 산	Sierra Madre 시에라마드레 산맥

2. 국어의 로마자 표기법

제1장 표기의 기본 원칙

제1항 국어의 로마자 표기는 국어의 표준 발음법에 따라 적는 것을 원칙으로 한다.

제2항 로마자 이외의 부호는 되도록 사용하지 않는다.

제3항 1음운 1기호의 표기를 원칙으로 한다.

제2장 표기 일람

제1항 모음은 다음 각 호와 같이 적는다.

1. 단모음

ㅏ	ㅓ	ㅗ	ㅜ	ㅡ	ㅣ	ㅐ	ㅔ	ㅚ	ㅟ
a	ŏ	o	u	ŭ	i	ae	e	oe	wi

2. 중모음

ㅑ	ㅕ	ㅛ	ㅠ	ㅒ	ㅖ	ㅘ	ㅝ	ㅙ	ㅞ	ㅢ
ya	yo	yo	yu	yae	ye	wa	wo	wae	we	wi

[붙임] 장모음의 표기는 따로 하지 않는다.

제2항 자음은 다음과 같이 적는다.

1. 파열음

ㄱ	ㄲ	ㅋ	ㄷ	ㄸ	ㅌ	ㅂ	ㅃ	ㅍ
g, k	kk	k	d, t	tt	t	b, p	pp	p

2. 파찰음

ㅈ	ㅉ	ㅊ
j	jj	ch

3. 마찰음

ㅅ	ㅆ	ㅎ
s	ss	h

4. 비음

ㄴ	ㅁ	ㅇ
n	m	ng

5. 유음

ㄹ
r, l

[붙임 1] 'ㄱ, ㄷ, ㅂ'은 모음 앞에서는 'g, d, b'로, 자음 앞이나 어말에서는 'k, t, p'로 적는다.([ ] 안의 발음에 따라 표기함.)

보기 구미 Gumi　영동 Yeongdong　백암 Baegam
옥천 Okcheon　합덕 Hapdeok　호법 Hobeop
월곶[월곧] Wolgot　벚꽃[벋꼳] beotkkot　한밭[한받] Hanbat

[붙임 2] 'ㄹ'은 모음 앞에서는 'r'로, 자음 앞이나 어말에서는 'l'로 적는다. 단, 'ㄹㄹ'은 'll'로 적는다.

보기 구리 Guri　설악 Seorak　칠곡 Chilgok　임실 Imsil
울릉 Ulleung　대관령[대괄령] Daegwallyeong

제3장 표기상의 유의점

제1항 음운 변화가 일어날 때에는 변화의 결과에 따라 다음 각 호와 같이 적는다.

1. 자음 사이에서 동화 작용이 일어나는 경우

보기 백마[뱅마] Baengma 신문로[신문노] Sinmunno
종로[종노] Jongno 왕십리[왕심니] Wangsimni
별내[별래] Byeollae 신라[실라] Silla

2. 'ㄴ, ㄹ'이 덧나는 경우

보기 학여울[항녀울] Hangnyeoul 알약[알략] allyak

3. 구개음화가 되는 경우

보기 해돋이[해도지] haedoji 같이[가치] gachi
맞히다[마치다] machida

4. 'ㄱ, ㄷ, ㅂ, ㅈ'이 'ㅎ'과 합하여 거센소리로 소리 나는 경우

보기 좋고[조코] joko 놓다[노타] nota
잡혀[자펴] japyeo 낳지[나치] nachi

다만, 체언에서 'ㄱ, ㄷ, ㅂ' 뒤에 'ㅎ'이 따를 때에는 'ㅎ'을 밝혀 적는다.

보기 묵호 Mukho 집현전 Jiphyeonjeon

[붙임] 된소리되기는 표기에 반영하지 않는다.

보기 압구정 Apgujeong 낙동강 Nakdonggang
죽변 Jukbyeon 낙성대 Nakseongdae
합정 Hapjeong 팔당 Paldang
샛별 saetbyeol 울산 Ulsan

제2항 발음상 혼동의 우려가 있을 때에는 음절 사이에 '–'(짧은줄표)를 써서 따로

적는다.

보기 중앙 Jung-ang 반구대 Ban-gudae
세운 Se-un 해운대 Hae-undae

[붙임] 인명과 행정 구역 단위명 표기에서 '–'(짧은줄표) 앞뒤에서 일어나는 동화 작용은 표기에 반영하지 않는다.

제3항 고유 명사는 첫 글자를 대문자로 적는다.

보기 부산 Busan 세종 Sejong

제4항 인명은 성과 이름의 순서로 띄어 쓴다. 이름은 붙여 쓰는 것을 원칙으로 하되 음절 사이에 붙임표(-)를 쓰는 것을 허용한다.(( ) 안의 표기를 허용함.)

보기 민용하 Min Yongha (Min Yong-ha)
송나리 Song Nari (Song Na-ri)

(1) 이름에서 일어나는 음운 변화는 표기에 반영하지 않는다.

보기 한복남 Han Boknam (Han Bok-nam)
홍빛나 Hong Bitna (Hong Bit-na)

(2) 성의 표기는 따로 정한다.

제5항 제2항 붙임의 규정에 불구하고 '도, 시, 군, 구, 읍, 면, 리, 동'의 행정 구역 단위와 '가'는 각각 'do, shi, gun, gu, ŭp, myŏn, ri, dong, ga'로 적고, 그 앞에는 붙임표(-)를 넣는다. 붙임표(-) 앞뒤에서 일어나는 음운 변화는 표기에 반영하지 않는다.

보기 충청북도 Chungcheongbuk-do 제주도 Jeju-do
의정부시 Uijeongbu-si 양주군 Yangju-gun
도봉구 Dobong-gu 신창읍 Sinchang-eup
삼죽면 Samjuk-myeon 인왕리 Inwang-ri

당산동 Dangsan-dong　　봉천1동 Bongcheon 1(il)-dong

종로 2가 Jongno 2(i)-ga　　퇴계로 3가 Toegyero 3(sam)-ga

[붙임] '특별시, 광역시, 시, 군, 읍'의 행정 구역 단위는 생략할 수 있다.

보기 부산광역시 Pusan　　청주시 Cheongju

함평군 Hampyeong　　순창읍 Sunchang

제6항 자연 지물명, 문화재명, 인공 축조물명은 붙임표(–) 없이 붙여 쓴다.

보기

남산	Namsan	속리산	Songnisan
금강	Geumgang	독도	Dokdo
경복궁	Gyeongbokgung	무량수전	Muryangsujeon
연화교	Yeonhwagyo	극락전	Geungnakjeon
안압지	Anapji	남한산성	Namhansanseong
화랑대	Hwarangdae	불국사	Bulguksa
현충사	Hyeonchungsa	독립문	Dongnimmun
오죽헌	Ojukheon	촉석루	Chokseongnu
종묘	Jongmyo	다보탑	Dabotap

[붙임] 5음절 이상일 경우에는 낱말 사이에 '–'를 쓸 수 있다.

보기 금동 미륵보살 반가상 Kŭmdong-mirŭkposal-pan-gasang

제7항 고유 명사의 표기는 국제 관계 및 종래의 관습적 표기를 고려해서 갑자기 변경할 수 없는 것에 한하여 다음과 같이 적는 것을 허용한다.

보기 서울 Seoul　　이순신 Yi Sun-shin　　이승만 Syngman Rhee

연세 Yonsei　　이화 Ewha

제8항 인쇄나 타자의 어려움이 있을 때에는 의미의 혼동을 초래하지 않을 경우 ŏ, ŭ, ŏ, ui 등의 '˘'(반달표)와 k', t', p', ch'들의 ' ' '(어깨점)을 생략할 수

있다

제9항 인명, 회사명, 단체명 등은 그동안 써 온 표기를 쓸 수 있다.

제10항 학술 연구 논문 등 특수 분야에서 한글 복원을 전제로 표기할 경우에는 한글 표기를 대상으로 적는다. 이때 글자 대응은 제2장을 따르되 'ㄱ, ㄷ, ㅂ, ㄹ'은 'g, d, b, l'로만 적는다. 음가 없는 'ㅇ'은 붙임표(-)로 표기하되 어두에서는 생략하는 것을 원칙으로 한다. 기타 분절의 필요가 있을 때에도 붙임표(-)를 쓴다.

보기

집	jib	짚	jip
밖	bakk	값	gabs
붓꽃	buskkoch	먹는	meogneun
독립	doglib	문리	munli
물엿	mul-yeos	굳이	gud-i
좋다	johda	가곡	gagog
조랑말	jolangmal	없었습니다	eobs-eoss-seubnida

부 칙

1. **(시행일)** 이 규정은 고시한 날부터 시행한다.
2. **(표지판 등에 대한 경과 조치)** 이 표기법 시행 당시 종전의 표기법에 의하여 설치된 표지판(도로, 광고물, 문화재 등의 안내판)은 2005. 12. 31.까지 이 표기법을 따라야 한다.
3. **(출판물 등에 대한 경과 조치)** 이 표기법 시행 당시 종전의 표기법에 의하여 발간된 교과서 등 출판물은 2002. 2. 28.까지 이 표기법을 따라야 한다.

3. 친척계보표

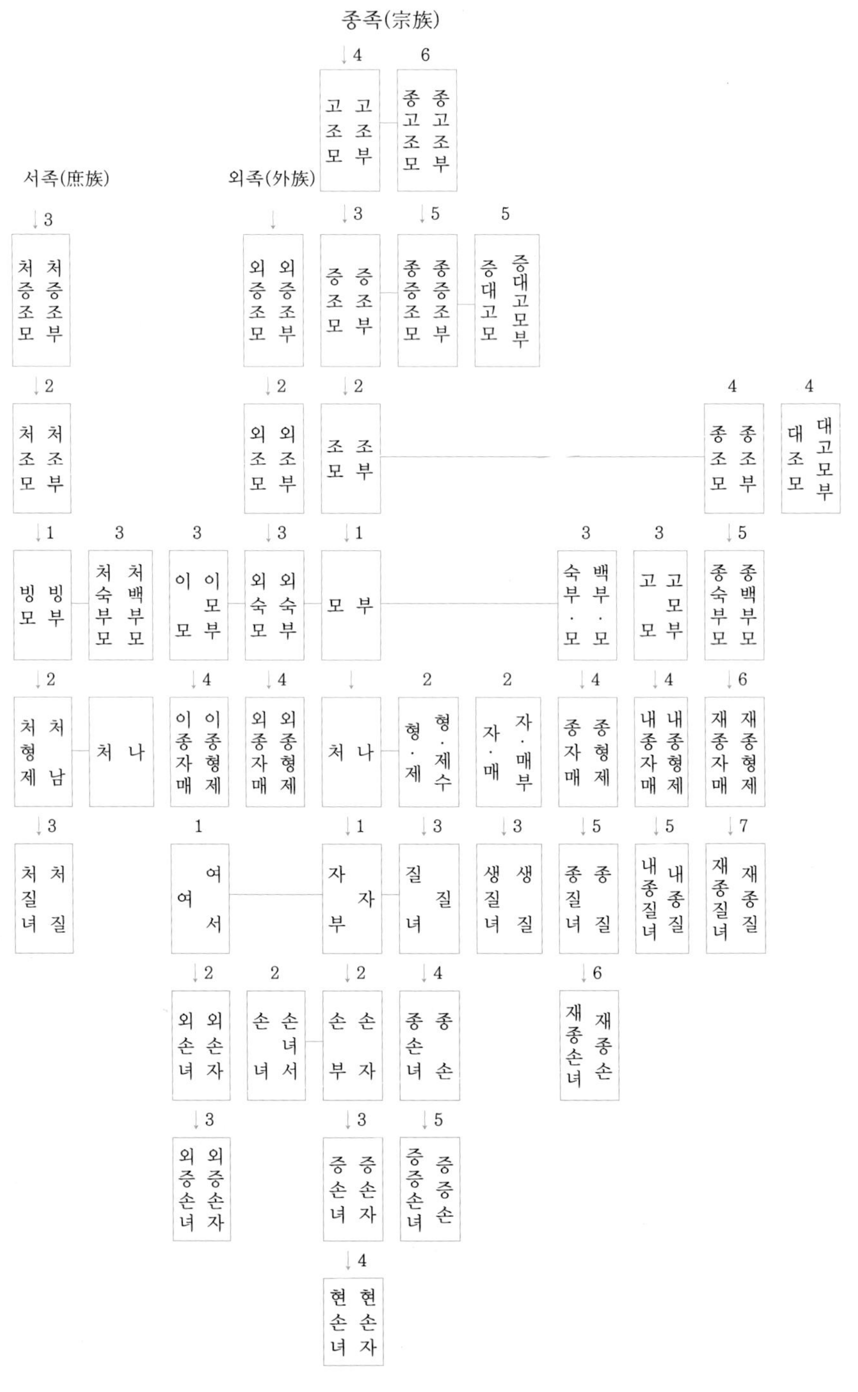

종족(宗族)
서족(庶族)
외족(外族)
고조부 고조모
종고조부 종고조모
처증조부 처증조모
외증조부 외증조모
증조부 증조모
종증조부 종증조모
증대고모부 증대고모
처조부 처조모
외조부 외조모
조부 조모
종조부 종조모
대고모부 대조모
빙부 빙모
처백부모 처숙부모
이모부 이모
외숙부 외숙모
부 모
백부·모 숙부·모
고모부 고모
종백부모 종숙부모
처남 처형제
나 처
이종형제 이종자매
외종형제 외종자매
나 처
형·제수 형·제
자·매부 자·매
종형제 종자매
내종형제 내종자매
재종형제 재종자매
처질 처질녀
여서 여
자 자부
질 질녀
생질 생질녀
종질 종질녀
내종질 내종질녀
재종질 재종질녀
외손자 외손녀
손녀서 손녀
손자 손부
종손 종손녀
재종손 재종손녀
외증손자 외증손녀
증손자 증손녀
증증손 증증손녀
현손자 현손녀